棄女成凰
卷二
一手遮天攻心計
木子西 著
好讀出版

目錄

大順皇朝後宮品位

正宮	皇后
正一品	皇貴妃
從一品	貴妃
正二品	妃
從二品	昭儀
正三品	婕妤
從三品	充儀
正四品	貴嬪
從四品	嬪
正五品	貴人
從五品	才人
正六品	常在
從六品	答應

第三章 攀龍附鳳

眾人見太后金口稱讚且要裝裱懸掛，紛紛附和著，直把這百壽圖誇得天上有而地下無似的。眾妃嘴上誇著好，我則鮮明地感受到一堆幽怨嫉恨的目光，也難怪了，眾人花盡心思和金錢卻被我拔得頭籌，心裡自然不是滋味。

十四　龍子龍女

天氣日趨暖和，因著我臨盆在即，省去了一切禮儀往來，只在櫻雨殿中安心待產。

半夜朦朧中醒來想喝水，彩衣扶我起身，甫坐起便覺有些頭重腳輕、天旋地轉的，我忙又躺落，靠在軟枕上喘著氣。

「主子，怎麼啦？」彩衣緊張地看著我疼得煞白的臉。

一股綿綿的疼痛自小腹蔓延開，渾身如墜冰窖般抖得厲害，我咬著牙道：「彩……彩衣……」

彩衣著急萬分，不待我說完已高聲吼道：「小安子，快去傳太醫！」

我聽得彩衣叫傳太醫，略感安心，忽地眼前一黑便軟軟倒落床榻，隱約聽見彩衣聲聲尖喚和眾人紛沓腳步。

不知過了多久，恍惚間聽見皇上氣急敗壞的吼聲：「大人孩子都不許有事，否則讓你們都殉葬！」

「是，是，微臣自當竭盡全力！」耳邊傳來南宮陽沉穩的應答聲，我心中著實平靜不少。有他在，至少我是平安的，我信他！

「肅……」

我想開口說話，卻被一旁的穩婆生生打斷。

「娘娘，您醒了？」不待我答話，穩婆又自顧自說道：「醒了就好啦。」

我倏地想起我即將臨盆，急道：「孩子，我的孩子呢？」

「娘娘，您別急，您聽老奴的，不時便可順利臨盆。」見我頷首作應，她才有節奏地念著：「呼氣，吸氣，呼氣，吸氣。」

如此再三，我漸漸平靜下來。不一時又聽得穩婆喜道：「娘娘，已經看見頭了，用力、用力……」

我渾身早已大汗淋漓，欲張口說話，口中卻被塞入了一塊軟木。我咬牙使盡全力，全身恍如被車駕輾過似的疼痛無力，無數金星在眼前閃爍。

忽又聽得穩婆大叫：「娘娘，出來了，出來了，再使點勁！」

我強撐著的一口氣盡洩，隨即癱軟在床上，只覺周身劇痛，無形中有好幾隻大手把我朝不同方向拉扯，我好似要被扯得四分五裂般難受。

復聽得穩婆到外間稟了皇上：「稟萬歲爺，昭儀娘娘產下公主一名，母女均安。」

我聽得孩子平安，立時鬆了口氣，昏厥過去。

不曉過得多久，朦朧間聽得彩衣喜道：「醒了，醒了！」

又感覺有人撲到床前欲碰我，正爲我扎針的人阻止道：「皇上，不可觸碰！昭儀娘娘此刻只怕是疼痛難忍！」

一聽「疼痛」二字，我頓覺身上的痛楚加劇，眼前人影漸漸分明。我眨眨眼，凝視著皇上，他柔情無限看著我，眼中滿溢憐惜和心疼。

我側過頭，卻見枕邊空空，突地心下一沉，笑容愣生生凍住。我明明聽見母女均安的，怎會不在呢？不由伸手捂著肚子，帶著哭腔道：「孩子，我的孩子！」

「別怕！別怕！」他想挨近我，又想起南宮陽的話，怕我疼痛，只在一旁著急著，像哄孩子似的柔聲道：「她好好的，穩婆帶她清洗著衣去了。」

我這才稍復平靜，可仍放不下心。見此情狀，他認真地點了點頭，柔聲安慰著：「朕會好好看著她，太醫說你身子虛弱得很，快閉眼安歇一會。」

心頭的大石總算落地，我看著他布滿血絲的雙眼，心裡說不出是甚滋味，溫順地闔上了眼，在紫砂香爐裡所飄出安息香的一片溫和氣息之中，沉沉睡去。

再次醒來已是次日午後了。彩衣見我醒來，喜道：「主子真醒了！」

我看著彩衣憔悴不堪的面容道：「真苦了你啊！」爾後無力地笑了笑，身子略略發軟。

忽聽見窗外一陣「咕嚕咕嚕」聲直響，我抬眼瞧看。

彩衣低聲道：「小安子和秋霜用銀吊子在煎藥呢！萬歲爺上早朝去了，方才叫小玄子傳過話，說是晚點再來看主子。」

正說話間，小安子帶著秋霜用木盤托了青花瓷碗進來。見我醒轉，小安子滿臉喜色道：「主子，您可醒啦。南太醫說主子今日午時便會醒轉，讓我們備好湯藥飲食，果真就醒了，真是神醫！」

彩衣半跪床邊服侍我用完膳、服下藥，又讓秋霜、秋菊幫我稍加擦洗身子，我頓覺清爽了不少。

月子裡我足不出戶調養身子，女兒自然養在公主房裡，奶娘每日抱來給我看看。我懷胎時身子異常虛弱，加之又是早產，女兒的身子骨實令我憂心忡忡，生下未足一月便要時常扎針、服藥調養。皇上和我萬分心疼之餘，卻是無可奈何。

好不容易熬到滿月，我早早起身沐浴更衣。

剛收拾停當，小安子進來稟道：「南太醫來給主子請脈了！」

我頷首而應，轉身躺落榻上，彩衣取來軟枕墊於背後讓我半靠著，又放下暖閣的羅帳。我從帳幔中緩緩伸出手，擱放側邊矮几的金絲繡墩上，彩衣拿了絲繡錦帕蓋落。

南宮陽進來向我請過安，細細地診了脈，寫下方子交給隨身的小太監，讓他們去御藥房抓藥。

「恭喜娘娘出月，娘娘身子已然恢復，堪比未懷胎前一般康健。」南宮陽面露喜色。

我點了點頭，吩咐彩衣把羅帳掛上，又道：「給南太醫看茶。」

彩衣會意，帶了其他奴才一同退下。

我朝南宮陽頷首道：「南太醫快請坐。」

南宮陽謝了禮，甫在椅上落坐。他接過彩衣遞上的茶，啜了幾口，連讚：「好茶！」

依我對南宮陽的瞭解，他定然有事相稟，否則不會在我剛出月的上半日便急急趕來。想來他已是放在心中許久，直等著我調養好身子。

我心下瞭然，表面卻是不動聲色，笑道：「本宮知南太醫喜愛佳茗，早早便已備下。彩衣，去把櫃裡那罐蒙頂黃芽拿了給南太醫帶回去。」

「多謝娘娘，微臣拜受了。」南太醫連說。

待到彩衣踏出門，南宮陽方收起笑容，道：「娘娘，微臣有下情稟報，唯娘娘聽後切莫過於激動！」

我心下微詫，臉上卻凜然道：「本宮省得，南太醫只管道來。」

「娘娘早產，小公主體弱多病，並非身子虛弱之故，實因爲外物所致。」南宮陽邊說邊細細察看我的神色。

我大驚，急道：「是什麼東西，可查清楚了？」

「那日微臣一進房中便覺味道可疑，忙喚人開窗，點上微臣所送摻了保胎藥的薰香。後來娘娘產下小公主，微臣入內診脈之時，不著痕跡帶了小安子詳查娘娘屋中各物，發現是蠟燭有問題。」南宮陽從隨身醫箱裡取出半截紅燭，「經微臣仔細查驗，有人將麝香粉末摻進此燭之中，娘娘屋中素來焚燒薰香，故不易覺察出。」

我一驚，環視屋內所點的蠟燭。

小安子忙回道：「主子放心，當日經南太醫一提點，奴才便去內務府領了批新的紅燭，將先前領來的那些悉數銷毀。」

「依微臣看，娘娘殿裡只怕是有娘娘不知道的暗樁啊！」南宮陽又道。

小安子奉上一方小匣，打開匣子，只見裡頭靜躺著一只盛過湯藥的青花瓷碗，泛黑的湯汁早已乾涸沾於白淨碗沿上。

我不明所以的看向小安子。小安子恭敬回道：「主子，這是當日您臨盆之時，彩衣端湯藥進來時在屋外窗沿下發現的。當時穩婆正稟告皇上，說主子誕下小公主，母女均安。」

我一驚，顫聲道：「你……你的意思是當日若穩婆稟告本宮誕下皇子，這碗藥便送進來了？」

「回娘娘，此純是微臣和小安子猜測之意。微臣細查，發現這湯藥中含有大量的藏紅花，娘娘若然服下，不時便會血崩……」

我心裡一緊，復暗自舒了口氣，近些日子時常歎息並未產下皇子，如此看來，產下小公主也未嘗是不幸，至少命還在。俗話不是總說「留著青山在，不怕沒柴燒」麼？如此一想，心中頓時舒暢不少。

我含笑道：「如此說來，倒是小公主護著本宮躲過一劫了。這事皇上知曉麼？」
南宮陽微頓一下，才道：「未得娘娘旨意，微臣不敢稟知皇上，還請娘娘示下！」
我略略沉吟，攏了攏耳邊的碎髮，啓口問道：「南太醫以爲此事該當如何？」
南太醫應道：「微臣以爲，此事縱是稟呈皇上，照樣發回後宮處置，屆時只怕查不出個所以然來，反倒打草驚蛇。如今既然木已成舟，娘娘不如不動聲色，暗中查證後再行打算。只是這暗子，娘娘須得早日打算，不可不除啊！」
我頷首道：「南太醫果是行事妥帖又慮得周全，今後可常到本宮這裡走走，幫著檢查一下日常用物。另外，小公主的身子還得多勞南太醫費心了！」
「微臣義不容辭。」南宮陽看我微露倦意，又道：「主子鳳體初癒，說了這會子話想必乏了，微臣先告退，娘娘保重！」
「勞南太醫費心，本宮就不多留，你先忙去吧。小安子，把本宮命人備妥之物和那罐茶葉拿給南太醫一併攜回。」
「娘娘太過客氣，微臣已然受了娘娘不少恩惠，怎好再……」
「本宮哪裡有甚恩惠給南太醫你呢，這些都是本宮贈予南夫人之物。南夫人治病之需但有本宮能幫得上忙的地方，南太醫只管開口，可不許跟本宮客氣。」我笑道：「南太醫回府勿忘了代本宮向南夫人問好，本宮可盼著她進宮親自謝恩呢！」
「如此，微臣便恭敬不如從命了！」南宮陽又朝我施禮，方轉身隨小安子而出。
小安子送完南宮陽剛進屋裡，我一下子坐起，問道：「那些蠟燭是誰去領的？」

小安子忙上前扶著我，「回主子，是小碌子去內務府領的。」

「他人在哪裡？」我咬牙切齒道。

「回主子，當天發現這批蠟燭有問題後，奴才就把他鎖在西邊僻靜的小屋中，只對人說他害了病，怕引發疫情故才讓他獨居。」

「去，把他帶來！留心著，勿讓別人瞧出端倪。」我衝小安子吩咐道。

趕巧彩衣端著早茶掀簾進來，一見我靠坐在貴妃椅上，不由嗔怪道：「主子，您怎麼起來了？身子才剛好轉些呢。」

我瞧她那副緊張樣，忙不迭開口應道：「哪就這麼嬌貴？連南太醫都說好了，你就別嘮叨啦。」

不一會，小安子和小碌子一塊入內。小碌子全然沒了往日那股伶俐勁，臉色灰白，像隻鬥敗的公雞，一進門就跪倒在地，猛磕著頭嚷道：「主子，奴才該死，奴才該死！」

小碌子頭皮很快磕破了一處，滲出血來。

我心中微感不忍，終是冷然地看著他，「你的確該死！可也得先起來，把話說清楚了再死不遲！」

小碌子耷拉著腦袋，娓娓道出當日情形。

「那天彩衣姐姐說宮裡的蠟燭快用完了，吩咐奴才到內務府領些回來。本來一切順利，內務府的人一聽說奴才是主子殿裡的，未加爲難即給了奴才十封。奴才怕殿裡有事不敢耽擱，急著往回走。沒想到在白玉亭那邊的玉帶橋瞅見貴妃娘娘宮裡的霍公公走在前頭，奴才心想貴妃娘娘向來對主子不善，如今主子正値緊要關頭，怕霍公公找碴而給主子添麻煩，就刻意放慢了腳步，想待他過去再行……」

「不枉平日裡本宮三令五申交代你們不可在外招惹是非，此時你還能將本宮放在心上，實屬忠心一片。」我讚許地點點頭，又示意他述完，「那後來呢？」

「主子素來宅心仁厚，對奴才們恩澤萬千，奴才忠心主子那是理所應當。」小碌子磕頭回道：「偏偏越是擔心出事，就越易出事！好不容易等到霍公公下了橋，卻不知霍公公怎麼的就拐了腳，坐在地上『哎喲、哎喲』直叫疼。奴才正躊躇著該不該上前，殿裡打雜的宮女玲瓏已從小徑跑將出來，欲扶起霍公公。奴才無奈，即便心裡不願意，卻怕落了他人口實指說奴才不敬宮內老公公，所以、所以只得趨前把蠟燭遞給玲瓏，主動把霍公公扶起來幫他揉腳。霍公公歇上片刻，說他沒事，遂便拐著腳走離。奴才這才從玲瓏手中拿回蠟燭，走到半路，玲瓏說要去繡房給主子取新繡的絲帕，奴才就自個兒回來了……」

聲音漸低，小碌子一臉悔恨，磕頭道：「奴才實不知這蠟燭裡有害主子的東西，奴才一時失察鑄下大錯，罪該萬死，請主子責罰！」說著眼淚簌簌而下。

「彩衣，那日裡是你派玲瓏去取絲帕的？」

「不曾，奴婢記得清楚。因著主子臨產，奴婢不敢隨便從外頭拿進東西，從上月起所有衣物用度皆未再換新、添增，所以定然不會派玲瓏去取甚絲帕了。」彩衣滿臉悲痛，「都怪奴婢大意，只顧著防些衣物用度，卻偏偏忘了那些個日常雜物！」

我沒理會她，又問道：「那本宮臨盆那晚，你們可有誰注意到玲瓏人在跟前？」

「這個……」彩衣回道：「當時亂成一片，奴婢記得不甚分明。隱約記著玲瓏似不在跟前，至少有半盞茶工夫沒見著她的人。」

我盤腿坐在榻上，若有所思望著窗外白晃晃的日頭，難道這眞眞就是命了麼，千算萬算卻還是棋差一著，怎麼也躲不過……

「主子！」小安子趨前一步跪落地上，「主子，依奴才愚見，小碌子並非那般不守本分之人，況且小碌子家人病危，亦虧主子命人送去銀兩才得救命，小碌子又豈會恩將仇報啊。這件事說不定是遭人利用，請主子……」

小安子話未說完，彩衣同跪落道：「請主子明察，此事奴婢等也有錯，望主子看在小碌子平日裡忠心耿耿的分上，從輕發落！」

小碌子萬分感動看向二人，只低呼了聲「彩衣姐姐」，便哽咽著再難開口。

我伸腳套入織錦滾金邊的繡鞋，徐徐繞過他們步近窗扉，屋子裡一時靜極，唯聞我們沉重的呼吸。半晌，我才開口道：「彩衣，小碌子前幾日偶染風寒，如今雖是痊癒，可身子虛弱得緊，你且帶了他去，好生將養著！」

地上三人互睇一眼，好半天才回過神來，忙磕頭謝恩。

我不由歎了口氣，道：「事已至此，僅能聽天由命了。只願佛祖保佑小公主平平安安，健康成長！」

「娘娘仁厚，菩薩定會保佑小公主平安成長！」

我頷首而應，復又鄭重交代道：「這蠟燭之事並無他人知曉，你三人切要嚴守祕密。如今既已知誰可疑，亦不可打草驚蛇，只是平日裡得小心慎防，且須密切留意她的動靜，隨時稟告於我。」

「主子，這樣的棋子怎可擱在身邊哪，還是早早尋事問罪，趕了出去才是。」彩衣急道。

「此事我自有斟酌，你先帶小碌子下去吧！」

兩人謝了恩，方才下去。

待二人離去，我甫又啓口：「小安子，殿裡這顆暗子我暫不想除，殿中的安危你可得上心了。」

「奴才省得。主子是想，即便除了這顆，指不定哪日又安進來一顆，與其對付一顆我們不知的暗子，不如對付一顆我們已知的棋子。」

「嗯。」我點了點頭，道：「再又說了，別人可以利用她探知本宮的消息，本宮自然亦可利用她傳些於本宮有利的音訊。」

「正是，正是！」小安子恍然大悟，喜道：「還是主子設想得周全。」

我沉吟一下，又道：「再過幾日便是太后六十壽辰，這壽禮得好好斟酌斟酌才行啊。」

小安子思量片刻，回道：「如今晴主子沒了，於主子正是大好機會啊。平素因著晴主子，太后已對主子另眼相看，主子若能討得太后歡心，在這宮中行事可不事半功倍？依奴才之見，主子在此時應引太后念及天倫之樂，方為上策！」

我點頭而應，欲待開口之時，彩衣掀開繡簾入內稟道：「主子，皇上遣小玄子傳話，說黎昭儀早產，今日就不過來了，讓主子好生歇著，明兒再到主子這裡來。」

我一愣，點了點頭，叫小安子安排人去打探消息。

待到翌日晌午，我用過午膳後歇了一會，才見小安子進來。

我忙問：「可有消息？」

小安子回道：「黎昭儀已經產痛，皇上和皇后、淑妃她們都在跟前守著。」

我起身擺弄案上的盆景好半天，心神不寧地起身走近窗前，愣看著園子裡鬱鬱蔥蔥的花草。看得心慌，復又走回貴妃椅靠坐著，端了茶一口一口淺呷。

這是我入宮以來所度過最漫長的一天了，直至天色暗下亦未聞消息傳來。

殿裡早已上了燈，彩衣勸我先用些晚膳，我覺著胃口奇差，勉強喝了碗羹又坐回貴妃椅上，隨手拾了本雜記看將起來。少頃我便熬不住了，只得躺落椅榻養神。

彩衣取來薄被爲我蓋上，我呢喃道：「但有甚消息傳來，喚醒我無妨。」

彩衣點點頭，輕聲應道：「奴婢知道，主子先睡吧。」

不一會我便入眠了，然睡著也不踏實，昏昏沉沉中老做著七顛八倒的夢。不曉過去多久，朦朧間聽得耳邊有人輕喚：「主子，主子。」

猛一激靈，我忽地睜開眼，瞧見彩衣在旁側低聲叫喚我。

我掙扎著起身，問道：「黎昭儀可是生了？」

「是啊，主子。方才小安子來稟，說是生了，母子均安。」

我也道不出心中究竟是何滋味，復又躺回去，問道：「母子均安！是位皇子？」

「是位皇子。」彩衣見我神色不好，忙接著道：「主子，夜深了，回榻就寢吧！」

我靜默不語，任由彩衣扶至床榻睡下。

翌日，皇上一下朝便過來了。

我正用午膳，忙起身上前福了一福，道：「賀喜皇上！」

皇上喜得貴子，眉開眼笑，「是該痛飲慶賀慶賀！」

我沒答話，只吩咐彩衣去取新釀的櫻花釀。

「昨晚夜深了，怕擾著你就沒過來，言言睡得可好？」

我走近窗扉，邊開窗邊答道：「臣妾聽聞黎昭儀母子平安便睡下了，一眠到天明。」

皇上走至桌前，見擺上的菜肴幾乎未動，一碗玉米羹亦只食了半碗，剩下的涼在碗裡，便問：「怎麼只吃了這一點？」

「才剛吃呢，便覺著涼了，我吩咐她們再熱熱吧。」我說得十分勉強。

皇上擰著眉頭，探摸早已涼透的碗邊，滿是疑惑。明明正值炎炎夏日，一碗粥怎可能食幾口就涼了？分明是藉口。

皇上抬頭望向我，我硬是別過臉不看他，假裝忙個不停，忽兒撥撥鼎裡的薰香，忽兒摸摸案上的盆景，復又落坐貴妃椅翻著昨兒個讀的那本雜記。只把書頁翻得「嘩嘩」直響，愣是看不進半個字，只覺心煩意亂。

皇上瞧我一陣亂忙，先是詫異，轉而便明白過來，嘴角不由自主地揚起。他唇邊含絲笑意，舉步走近椅榻，與我同坐著，問：「好端端的和誰著惱呢？見著朕也不高興麼？」

我斜睨了一眼，道：「哪有的事？您是萬歲爺，臣妾哪敢心生不悅啊！」

「哦？倒還有咱言言不敢之事？既無不悅，怎地這書與你有仇？都快讓你擰爛了，再說看書也不該挑這時，還是朕的言言有邊讀邊食的怪習啊？」

我一怔，停住手望下瞧，果真好幾頁紙被我擰成了一團。再飛快抬眼一看，正好遇上他促狹的目光，我不禁大窘，起身便要走。

皇上一把按住，伸手摟我入懷，在耳旁低語：「言言，是不是因著黎昭儀的事不自在？」

我一聽尤更發窘，紅暈從細白脖頸處漾開，漸染上臉頰，忙低著頭藏起。可我越是窘迫，他卻越覺得意，輕笑一聲：「眞吃味了？」

「胡說！」我簡直窘得無地自容，羞惱地伸手捶他，粉拳軟綿綿落在他身上。他雙眼一凝，心下歡喜，將我緊摟入懷。

我依在他肩窩處，呢喃著心中的不安，「皇上，臣妾並非吃味，更非妒忌黎昭儀誕下皇子，而是……臣妾只憂怕皇上因此忘了臣妾……」

他頓將我摟得更緊，似欲將我揉進身體一般，「傻子！肅郎這不是巴巴的就趕來看言言了麼？言言對肅郎來說，才是最重要的！」

我終是靜下了心，將頭俯靠他肩上默默不語。

許久，皇上才道：「心裡可舒坦了？再吃些東西吧，朕能否跟著叨點光？」

我「噗哧」一聲破涕爲笑，見他這般歲數還裝可憐逗我開心的模樣，忍不住心中一軟，作勢道：「罷了，就留些殘湯剩飯給肅郎好了！」

見我笑語嫣然，他方放下心，略舒了口氣，斜臥椅榻閉目養神。

我忙命小安子吩咐小廚房多弄幾樣菜。不一會工夫，彩衣即把桌上的冷菜撤走，送上了新烹的金絲酥雀、白扒魚唇、荷葉包魚以及幾道素菜，一時倒也擺滿了小桌。

我在白玉杯中斟滿櫻花釀，端起杯向皇上敬道：「臣妾一敬皇上喜得龍子。」

皇上凝視了我少頃，笑道：「朕更喜愛我們的小公主。」

我也不接話，只朝他碗裡夾了幾筷子菜，才問道：「皇上，黎妹妹的小皇子可起了名？」

「嗯，已起了『宏』字，言言覺得何如？」

「黎妹妹定然萬分欣悅。」我避重就輕答道。

食了幾口菜，我復又斟滿酒杯，再敬道：「臣妾二敬皇上子嗣昌盛！」

皇上笑言：「怎地說起這些話來了，朕更盼與愛妃子嗣昌盛！」

我臉上飛紅，只作沒聽懂，又敬道：「臣妾三敬皇上江山永固，福壽綿長！」

皇上喜笑顏開，一口飲盡後再斟滿酒，笑問道：「還有麼？」

我一愣，心想已敬滿三杯，該是到底了才是，不由奇道：「皇上三敬酒已飲了，又還有甚的呢？」

皇上笑而舉杯，「那朕替你說了，『四願郎君千歲，五願妾身長健，六願如同梁上燕，歲歲長相見』。」說完示意我端起杯，挽過我的手，便要同我喝交杯酒。

我一驚，依民間之俗，「交杯酒」唯有娶正妻時方飲，皇上自然只能在與皇后大婚時才飲這交杯酒，如今怎麼就……

正欲張口問，皇上已一飲而盡，淡笑著看向我。

我想著那句「歲歲常相見」，心中百味雜陳，舉杯默默地看向他。良久，我才啓口：「亦既見止，亦既覯止，我心則說。」語罷將酒一飲而盡。

皇上聞我此語，喜不自勝。我連飲數杯早不勝酒力，已是臉頰潮紅，雙目含春。皇上不由脈脈凝看著我，呢喃道：「言言，有你如此，夫復何求？」

我依偎在他胸口，他像懷擁珍寶般抱起我走近床榻，輕輕將我放落榻上。我趁著酒勁，伸手攬住他的脖子，要賴著不讓他離開。

他脫靴上榻吻住我，喋喋呢喃著，在沉重呼息聲中褪去我的衫裙，舉手從挽鉤中放落帳簾，遮掩住無限春情。

太后六十壽辰，皇上原計大肆操辦，無奈端木晴故去後太后鎮日鬱鬱寡歡，身子大不如前。皇上受太后勸阻，只得從簡，僅命人於寧壽宮擺置家宴。

壽辰當晚，雖說一切從簡，只是家宴，可宮中照樣喜氣洋洋，好不熱鬧。正中一張桌還空著，下首兩邊的桌上早熙攘坐了不少人，三三兩兩地敘著話。

我坐於左邊頭桌淑妃下首位，跟淑妃有一句沒一句的聊著，對面麗貴妃正指引著奴才們按位送上美饌佳肴。

淑妃喜笑顏開和我聊著，我卻看得分明，她的目光不時朝麗貴妃那邊掃去，夾雜著不屑，當然，更多的是嫉妒。畢竟表面雖說是兩人共同管理後宮，可精明的麗貴妃又豈會容許握在手心之權力輕易溜走呢？我看在心裡，表面卻不動聲色。

須臾，皇上偕皇后、太子及端王、端王妃，擁著太后同入了席。眾人拜見完，太后心情狀似甚佳，作主叫大家不必拘禮，今日家宴歡聚一處，無須避宮規之嫌。

眾人謝了禮，方按位歸座，齊敬酒恭賀太后「壽比南山」、「福如東海」，又依次獻上壽禮，有貓眼石、瑪瑙、翡翠、玉如意等奇珍異寶，一時之間長案上琳琅滿目、流光溢彩，耀人眼目。

皇上所獻一顆南海珍珠尤讓眾人交口稱讚，太后喜歡得緊，忙喚雲秀嬤嬤呈上。太后將南海珍珠拿在手中賞玩，笑道：「吾兒費心了，此倒是稀罕之物。哀家入宮多年，亦不曾見過這般粒大尚能純色至此的珍珠呢，倒不知道用它做甚好。」

皇后在旁笑應：「母后許久不曾置辦首飾了，何妨再做頂鳳冠，恰好鑲上這寶石，也不枉皇上和臣媳一番孝心。」

太后尚不及答話，就見端王命內侍抬進來一口紅木大箱擱放殿中，眾人抑不住好奇，紛紛探頭去看。端王親自打開箱子，掀起遮在物件上的紅錦緞，只見一尊高約三尺餘的紅珊瑚赫然聳立，眾人皆驚詫不已，愣看著竟無一人說話。

半晌，還是皇上先回過神來。皇上嘴角含了一絲笑意，啟口道：「倒教三弟弄了這麼個寶貝來。」

端王躬身回應：「母后六十壽辰，做兒子的理當孝敬。」復轉頭對太后笑道：「兒臣鎮守邊關，多異域之物，兒臣見著稀罕，便買將回來孝敬母后，母后若是喜歡便是兒臣的福氣了。」

太后微笑道：「吾兒一片孝心，哀家當然喜不自勝。」

太后甫喚人收了禮物，麗貴妃即從宮女手中接過一只楠木錦盒，款款走至殿中，鶯聲燕語道：「臣妾也準備了一份禮物，只是不知能否入得太后的法眼？」

太后笑道：「誰不曉這宮裡頭就數麗貴妃心思最巧妙，哀家倒想見見這份壽禮。」

麗貴妃輕輕啓開盒蓋，只見一塊拇指大小的純黑墨玉靜躺於盒中。眾人乍看皆覺不甚稀奇，轉念一想，若無稀罕處麗貴妃也不會拿了這麼顯擺，再一細看，那玉表面竟輕浮出一層霧氣來。

麗貴妃笑道：「此乃傳說中的暖玉，據說冬暖夏涼能驅寒除濕，對身子極益，獻與太后享用。」

太后笑道：「貴妃一片孝心，哀家收下了。」說著喚人呈上，在手中把玩片刻又放回盒中，並未佩戴。

麗貴妃見此情狀臉色微變，卻仍擺著高傲神情，款款回座。

入宮雖已一年有餘，但我甚少見到太子，幾次皆是瞟到一眼，如今他端坐皇上身側，我好奇地望了過去。只見太子身形略嫌單薄，臉色微白，想是常年體虛養病之故。但見他神采奕奕、目光灼灼，不免順著他的目光望去，卻是停駐在往右首位移動的靚麗身影上，我心下一驚，「難道……」

麗貴妃今日一身湘紅金絲繡花宮裝，梳著富貴流雲髻，髻上斜插著珍珠鑲玉環步搖，一路行來如飄動的牡丹般華貴明豔。我暗笑自己多疑，想來今日麗貴妃光彩照人，美得不可方物，太子年輕氣盛而覺著漂亮，多看上兩眼罷了……但心下終存著些許疑慮，遂不動聲色，暗自觀察。

宮中眾姐妹依次獻上壽禮，太后喜笑顏開，心情異常歡悅。

我見眾人壽禮獻得差不多，起身走到玉階前，福了一福，「太后，臣妾也為您備了一份壽禮。」

「哦？」太后奇道：「德昭儀剛誕下小公主，做完月子亦該好好調養，怎地也費起這心思來了。」

我微微一笑，柔聲道：「太后壽辰，臣妾盡盡孝心也是應當。太后富貴萬千，尋常珍寶又豈能入得了您的眼？臣妾捉襟見肘不敢以短示人，自己費點小心思做了份禮物，太后若不嫌棄就是臣妾的福氣。」

太后呵呵笑道：「德丫頭心靈手巧最是出名，如此一說，哀家倒迫不及待想一睹為快了。」

我嫣然一笑，輕輕拍了兩下手，小安子和小碌子馬上抬著一幅畫走進，眾人紛紛起身欲一瞧端倪，卻被畫上紅錦緞所阻。待他二人行至殿中停住，我才趨前一步，拿玉手一揭。

錦緞徐徐落下，一幅「百壽圖」呈現眾人面前。

這圖字體筆畫緊簇有力，中間一個大大的「壽」字鉤如露峰、點似仙桃，顯得莊重肅穆兼之古樸圓潤，其餘九十九個小「壽」字更是各有千秋、字體殊異，竟無一雷同。

滿座一片譁然，太后更是歡喜非凡。太后親身步下玉階，上前細細察看，頷首微笑道：「也唯只德丫頭有這份心思了。來人，找個能工巧匠裝裱起來，懸於哀家的暖閣之中！」

眾人見太后金口稱讚且要裝裱懸掛，紛紛附和著，直把這百壽圖誇得天上有而地下無似的。眾妃嘴上誇著好，我則鮮明地感受到一堆幽怨嫉恨的目光，也難怪了，眾人花盡心思和金錢卻被我拔得頭籌，心裡自然不是滋味。

驀地覺著有道凌厲目光直直投射過來，我不經意地瞟眼望去，竟正對上端王若有所思的臉。我心裡一驚，忙側過頭，低眉順目地回轉座位，卻仍能感到那道灼人目光。

接下來聽了戲，宮中伶人又獻了舞，眾人見太后興致頗高，又趕著說些吉祥熱鬧的趣話逗樂太后，直至戌初才迎近尾聲。

皇上見太后面露疲憊，朝皇后使了個眼色。皇后正欲開口，小玄子這時急匆匆進來，縮著頭走到皇上背後貼耳小聲說了幾句話。皇上猝然變色，沉著臉揮手命楊德槐退下。

太后雖飲了些酒，但神智清楚，見兒子忽地臉色大變，心感疑惑而問道：「皇兒，出了甚事？」

皇上強作笑臉，回道：「沒什麼，是奴才不懂事，拿些無關緊要的話來稟報。母后，時辰不早了，兒臣先送母后回屋歇著吧。」

太后見他拿話搪塞，心中更感疑惑焦急，忙轉頭問小玄子：「到底出甚事了？」

小玄子「咚」的跪倒在地，哆嗦著一句話也不敢說，只悄悄瞧看皇上一眼。

太后微歎口氣，擺手道：「哀家老啦，也管不了你那些個事。你去吧，有皇后她們陪著哀家就夠了。」

眾人見太后露出懊惱之色，皆起身默立於一旁，不敢搭話。

皇上倏地站起身，一腳踹開小玄子，半跪在地道：「母后息怒，都怪兒臣氣惱這沒眼色的奴才攪了母后壽宴才不叫說。是……是黎昭儀那邊出了事，太醫已經趕去，想來並無大礙，母后只管寬心。」

太后聽完，半晌才道：「你們都散了吧，哀家乏了，有奴才們伺候著就行。」

眾人跪拜告退，皇上與皇后她們直接去往黎昭儀居處，端王攙端王妃歸府。我留下送太后回轉暖閣，太后握著我的手，輕拍道：「你不久前才臨盆，早點回去歇著吧。」

我只得叮嚀雲秀、雲琴兩位嬤嬤好生伺候著，才退了出來，返回月華宮。

因著前幾日連續熬夜寫「百壽圖」，我回到殿中已然睏極。推測黎昭儀不過是月子裡體虛犯些頭疼腦熱的，我沒多想，梳洗沐浴完倒頭便睡，一夜無夢到天亮。

翻了個身，見天色尚早，又恍恍惚惚地睡了過去。

朦朧間聽得耳邊有人輕喚：「主子，主子！」

睜眼半天，我仍懵懂未醒，不知身在何處，又聞有人輕道：「主子，黎昭儀殯天了！」

我驟然打了個激靈，腦中空白一片，半晌才回過神來，拉住彩衣的手，急聲問道：「如何去的？」

「也不曉黎昭儀緣何竟然血崩，太醫們束手無策，到丑時黎昭儀便去了。」

彩衣見我愣在當場，木然不作聲，小心翼翼地問道：「主子，您沒事吧？」

我心中如翻江倒海般，渾身無力說不出半句話，只搖搖頭，示意她伺候梳洗，又食不知味的勉強吞了幾口粥。

到午時，內侍進來宣讀聖旨，傳達出殯安排。宣讀完後，待彩衣扶我落坐椅上，內侍復上前陪笑道：「萬歲爺說德主子身子不好，今兒就無須去昭陽宮了，只待明兒去給良妃娘娘送行便可，請德主子好生歇著。」

我自聽說黎昭儀去了便神情恍惚、思騰萬里，內侍宣讀的聖旨愣是一句也沒聽進去。如今聽見內侍所傳萬歲爺的口諭，我疑惑不解，不由呢喃問道：「良妃娘娘？誰是良妃娘娘？」

內侍一愣，回道：「回娘娘，黎昭儀已被追封『良妃』！」

他還待再說什麼，卻被彩衣給打斷，彩衣塞了兩錠銀子於他手中，將他送出門去。

小安子聽得彩衣報，忙掀簾進來，小安子在旁擔憂地看著我，卻又不敢亂說話。

我半晌才明白原來黎昭儀死後已被晉封為妃，慘然笑道：「良妃麼？呵呵，人都死了還要這些虛名何用！」

小安子戰兢兢問道：「主子，您這是？」

我深吸一口氣好穩持住心緒，平靜下來才道：「沒什麼，我只是替她感到悲哀罷了。」

小安子微歎了口氣，道：「其實黎昭儀算來還在麗貴妃之前入的宮，不過她遲遲未能產下一男半女，又無所依託、乏人提攜，雖說早年聖寵頗濃，可地位尚不如丫鬟出身而產下長公主的淑妃。這好不容易有了龍子，眼看著就要晉位，出人頭地了，又……如今妃位是封了，可還不如不封。」

我冷笑一聲，狠道：「男人，都是這麼虛偽的。『如貴嬪』如此，『良妃』如此，連我娘……不也是如此麼？」

小安子一聽大驚，忙四下查看，確認無人偷聽後甫上前小聲道：「主子，可是前幾日家書有說甚的麼？」

「莫大人如今官拜尚書，權力大了，腰桿也直了。前幾日送信入宮，說是我娘重病不治已去了，因著我臨盆坐月子便沒傳信進來。還說甚他已追娶我娘做了正房，風光葬於莫家主墳，只叫我寬心些。」我說著呵呵笑了起來，直笑得滿臉淚水，「我雖早已得悉實情，他卻揀此節骨眼做了這些手腳，只教人更加厭惡。死便死了，還需甚虛情假意！」

「主子，這些話擱在心裡便好，若眞眞不好受就在奴才面前悄說兩句，切莫表露於外啊，這裡裡外外不知有多少雙眼睛盯著，只盼能抓得您的把柄。如今黎昭儀出事，主子若顯現出異常，只怕有心之人會乘隙興風作浪啊。」小安子勸道：「主子的娘親沒了，主子心裡頭一直憋屈著，奴才再清楚不過，如今莫大人又假惺惺做了這等表面工夫，主子定然心如刀絞。可主子，正值這節骨眼您更得要挺住，等咱們有能力的那日，定然報仇雪恨！」

我頷首道：「小安子，自進宮以來有你在跟前，可謂本宮的福氣！」

小安子臉上微微一紅，「主子不棄嫌便是奴才之福了，奴才哪有主子說的那麼好！」

我破涕爲笑，「難得你也有怕羞的時候！」歎了口氣又道：「其實你說的那番道理本宮何嘗不懂，只是有時候實在忍不住了才……去喚丫頭進來伺候梳洗吧，這副模樣如何見人呢？」

小安子應聲出去，快走近門口時，我又把他叫住，吩咐道：「不知昨兒個小玄子傷勢如何，你悄悄送些虎骨補藥甚的過去看看他，讓他好生將養。」

用過午膳，我赴寧壽宮去。太后自是十分難過，我便陪了她一下午，直到晚膳前才回轉宮裡。剛抵宮門口，小安子便迎將上來，細聲道：「主子，您可回來啦。萬歲爺駕臨好一陣了！」

我埋怨道：「怎地也不遣人通報一聲？」

小安子回道：「萬歲爺不讓去！」

我忙疾步趨往櫻雨殿，剛掀起簾子跨進屋中，就見彩衣迎上前輕聲道：「主子，萬歲爺在貴妃椅上臥著晝寢了。」

我頷首而應，示意彩衣先下去。我放慢腳步悄聲走至皇上跟前，但見他一掃素日意氣風發之樣，就連在睡夢中也是神情憂鬱，眉頭深鎖。

我同挨著貴妃椅臥靠，伸手撫上他鎖住的眉頭。

他眨眼醒來，見是我，也不說話，只柔握住我的手。

我沉靜側坐在旁陪了他好一會，見他欲起身，忙攙扶他移坐到太師椅上，喚彩衣上茶。他一言不發坐了少頃，只默默飲著茶。

天色漸漸暗下，彩衣已在一旁催促幾次晚膳。我猶豫再三，才上前輕聲喚他，「皇上，身子要緊，先用晚膳吧！」

良久，皇上才長長呼了口氣，抬頭怔怔地看著我，苦笑一聲，「朕雖不喜良妃，可她畢竟是朕兒子的母親。朕身為帝王，卻連自己兒子的母親都保護不了，可歎可恨啊！」

我未敢隨意接話，只挨著他斜坐在旁邊的几上，靜靜陪伴他。

皇上抬頭望著窗外，眼神黯淡無光，半晌方緩緩開口道：「良妃十四歲就嫁入，她一向膽小懦弱，初次見朕時嚇得話都講不齊全，又從來不爭寵吃醋，最是深明大義，明白事理。雖說近年性情不若從前，朕倒也能理解，畢竟她入宮多年而無所出，可……好不容易產下皇子，竟就這樣去了。」

我忍不住潸然淚下，「良妃姐姐確實堪憐，可這剛產下皇子，怎地好好的說沒了就沒了呢？」

皇上收回目光，低聲道：「今日問了昭陽宮貼身伺候的宮女，說良妃原本好好的，傍晚時用過母后著人送來的飯菜，未幾便血流不止。」

我一怔，卻是想不到還有此一齣，斟酌再三才謹言道：「太后壽辰，黎姐姐不能親自前去拜壽，太后才賜此飯菜以示親近，此乃人之常情，如何能咬定飯菜有問題呢？」

皇上頷首應道：「朕也知曉其中必有蹊蹺，母后素來慈善，與良妃之間並無瓜葛。良妃產下皇子的次日，母后大喜，還若有似無地暗示朕要給她晉位，著實無甚理由派人下此毒手。只是宮女如此一說，朕倒不便命人去查，僅能將昭陽宮上下奴才封住口，免得太后聽進這話心生煩惱氣壞了身子。」

「自晴姐姐去後，太后的身子是一天不如一天了。皇上何不悄悄將母后派遣送飯的宮女拿住，從她身上著手查明到底是哪處出了差池？」

皇上搖搖頭，「這宮女雖比不上雲秀和雲琴兩位嬤嬤，可也是每日裡在母后跟前露臉的，貿然將她拿住，母后定然要起疑心，反倒不好收拾。」

「皇上說得是，一來太后年事已高，身子受不得波折，二來太后若知自己一片好心卻出了這等事，免不得傷心自責，倘因而有個好歹可就不好，此事須得從長計議才行。只是黎姐姐一去，宏兒如何是好？這孩子才剛出世便沒了娘親，實在可憐、可憐啊。」我難過道。

皇上哀聲歎道：「是啊，這孩子的確可憐。皇后身子多病又乏精力照顧宏兒，麗貴妃倒是主動請旨，表明願將宏兒當作親生孩子一般撫養。朕想，貴妃入宮多年並無所出，今見這孩子堪憐，定會悉心照料，再又說，一時朕也想不出合適的人選，遂便應承了。」

我聞言，心中一跳，嘴上卻說：「貴妃姐姐之舉亦是爲皇上分憂，只是貴妃姐姐既要代皇后娘娘掌理後宮事宜又要撫育宏兒，不知會否過於辛勞？」

「朕問過貴妃，她說後宮並無多少事務，況有淑妃幫襯，照顧孩子絕不成問題。朕見她殷盼眼神，又對宏兒極好，就未再置喙，只命人撥了兩名經驗老到的嬤嬤至她宮中。」

我見皇上如此說，便附和道：「貴妃姐姐說得也是，既然小皇子有姐姐照顧，皇上只管寬心吧。」

皇上頷首而應。

我見他心情彷似平靜不少，低聲勸道：「皇上，身子要緊，這宮裡宮外的都仗皇上一人扛著，無論如何您也要保重龍體。」

他木然地點了點頭，我忙扶他落坐餐桌前，伺候他用過膳，早早伺候他睡下。

翌日午後，宮中眾姐妹偕同往昭陽宮給良妃娘娘送行，良妃以妃子禮儀下葬於皇家陵墓。

此後一段時日，因著皇上中年得子，卻失了皇子的娘親，宮中一時沉悶下來，無人敢舞樂喧譁。

又過了些日子，再無人說起那場淒涼而奢華的喪禮，後來便如沒發生過一般，眾人又快活度日，宏兒也一天天漸長精神。

十五　最毒婦人心

聽彩衣她們說，我的小公主可是笑著來到這世間的。剛生下來時，小臉憋得通紅，怎地也不哭，穩婆著急，對準她的小臀就是兩巴掌，不料她竟「咯咯」笑開了。

當下穩婆便斷言這是位有福氣的小公主，我當時笑笑，未怎在意，只喚人重重打賞穩婆。不料還眞眞被穩婆說中了，這小傢伙聰明異常，平日幾乎不哭鬧，才三個月大卻似小仙子般，每回瞧見皇上來便對他咯咯笑個不停。

皇上歡喜得不得了，時常過來抱抱她，那股疼愛勁，只怕連出生便沒了娘而令皇上萬分憐惜的宏兒都要妒忌。就連太后也對小公主寵愛有加，若是隔上幾天不帶她去寧壽宮，太后便要差人來問了。

酷暑天裡，我怕她傷暑，便在暖閣四周放置冰塊降溫，只給她穿上小裙，讓她光著小腳丫在地毯上爬著玩。

皇上掀簾走進來，她一雙美目直愣愣盯著他，嘴角一咧便朝他伸出雙手。

皇上一看大樂，「言言，你瞧瞧咱們的小寶貝，這才多大呀，就知道向朕討抱抱了，跟她娘一樣愛撒嬌！」

我臉上一紅，嗔怪道：「您在說甚呢?這大白天的，又在孩子面前……」

皇上哈哈大笑。小傢伙在地上見我們光說著話沒理她，馬上放下舉著的小手，小嘴一撇，哇哇大哭起來。

我一驚，待要上前。皇上已大步跨去將她抱起，輕聲哄道：「乖，朕的小寶貝，別哭啊，哭花了臉蛋可就不漂亮了！」

小傢伙一被抱起就不哭了，聽得皇上哄她，「咯咯」嬌笑，在他懷裡不停蹦著，逗得皇上哈哈大笑。

我看著這一老一小的興奮勁，心裡湧升起一股暖流，眼裡竟瀰漫上霧氣。我上前接過她，笑道：「小寶貝，快別鬧了，你父皇累壞了，你還這樣鬧騰。」

皇上微微喘氣，坐到椅上端起茶大口大口喝著，待稍順過氣後才道：「小傢伙成天這樣鬧騰，可辛苦你了！」

我笑道：「哪有娘嫌孩子折騰的哩！皇上心疼臣妾，未將她送去南院，讓臣妾養在身邊，臣妾歡喜還來不及呢，哪會喊辛苦。」

皇上見我如此說，不好再多言，只拉了她的小手柔聲道：「朕的小寶貝馬上就百日了，朕給你開個小宴會，可好？」

我一驚，忙道：「皇上，這般玩笑可開不得，倘被他人聽去，指不定傳成甚樣了。」

「誰敢！」小傢伙乍見皇上擺起嚴肅樣，小嘴一撇，嚇得皇上立刻放低聲音，「乖乖，別哭啊，朕沒凶你！」

哄好了她，皇上才又回頭朝著我續言：「這亦是母后的意思，擺個小家宴慶祝慶祝，順便給咱的小寶貝賜名。小寶貝馬上就百日了，還沒得個正式的名字！」

我一聽，鼻子一酸，眼中含淚道：「臣妾還以爲皇上忘記了呢。」

「怎會？朕忘記別的也不能忘記給咱們的小公主起名呀！」皇上上前，伸手將我們母女倆同攬入懷，「朕不曾忘，朕答應過你，無論生兒生女都一樣疼惜的。」

我眼中之淚再抑忍不住，如斷線珍珠般簌簌落下，哽咽道：「皇上莫太寵愛於她，臣妾怕福澤過重她承受不起。」

「怎麼會呢？朕的小公主天真可愛又聰明伶俐，老天爺不會捨得讓她離開朕的。」

我眼淚掉得更厲害了，痛哭失聲道：「別人不曉，只當皇上專寵著她，更甚者傳臣妾媚惑君主方得專寵。可他們哪裡知道，若非靠著南太醫醫術了得，她恐怕、恐怕……臣妾日日提心吊膽，半夜裡時常驚醒，悄悄走到小床邊瞧看她是否還好好地呼吸著。」

皇上擁著我，替我揩去眼淚，柔聲道：「言言，朕知道，朕都知道，苦了你了。」

懷裡的小傢伙看她娘親哭，也跟著哇哇大哭起來，我忙抹去淚哄哄她。彩衣聽得哭聲，奔進來幫忙照顧著，小安子又做些滑稽動作逗她笑，一屋子大人淨圍著她忙碌。

擺宴之日，用過午膳不久，太后便命人將小公主接走。待到晚膳時，我趕到寧壽宮，正殿裡已擺上筵席。因著是後宮妃嬪們小聚便用了圓桌，已然有三三兩兩之人圍坐，見我到來紛紛靠過來賀喜。

又過了少頃，眾人差不多都入席，皇上和太后方才現身。大家說話取樂，好不熱鬧。

正說話間，旁邊的小太監上來稟報：「太后，皇上，雲秀嬤嬤抱了小公主求見！」

「快傳！」太后一聽，連忙道。

我一聽女兒來了，眼睛不由朝門口望去，已經有大半天沒見著她，還真真想念得緊。

雲秀嬤嬤進得殿中，懷中的小人兒眼睛骨碌轉個不停，想來是不曾同時見到一大群生人。

雲秀嬤嬤正要行禮，小傢伙已認出了經常見到的幾張熟悉面孔，伸出小手咿咿呀呀吵個不停。

太后一樂，笑道：「不必行禮了，快抱到哀家這裡來吧。」

雲秀嬤嬤福了福身子，方上前將小公主遞到太后手中。太后樂呵呵地接過小公主，餘下眾人的目光同追隨著細細注視。只見小公主今兒著了一身大紅的燈籠袖雪紡紗小裙，髮絲烏黑油亮，細嫩的標緻小臉蛋上一對晶亮大眼滴溜溜地轉，戴著兩只紅瑪瑙鐲子的小手拍個不停，脖頸上一串飽滿晶瑩的南海珍珠越發襯得肌膚白皙嬌嫩，見到眾人也不認生，對著眾人「咯咯」嬌笑，活脫脫一個粉妝玉琢的女娃兒。

才半日不見，我覺她彷彿又長大了不少。看著她不哭不鬧而惹人疼愛的模樣，心中不由想起南宮陽那句話，忍不住悲從中來。

太后抱了少頃，略略乏了，就送到我手中，後笑著對眾人道：「今兒是德丫頭的小公主百日，哀家喜歡得緊，欲抱來看看，想著一家子亦許久未聚了，就命人擺上幾桌，順便跟大家聊上一會子。這人老了，最怕寂寞了，你們可別嫌我老太婆麻煩，拖著你們敘話才是。」

皇后笑應道：「母后說哪兒去了，能時常陪您說說話乃是我們的福氣，平日裡還怕母后嫌我們吵著您呢。」

淑妃忙接著道：「是啊，是啊！況且宮裡誰不知德妹妹的小公主喜人得很，姐妹們巴巴的還要跑去月華宮瞧瞧呢。」

熙常在坐於下首桌，拿羨慕的目光投向小公主，柔聲道：「德姐姐真有福氣，生了個這麼可人的小公主。」

我知她是宮中舞伶出身，雖有聖寵卻難說可得生育的機會，不禁心生憐惜，安慰道：「熙妹妹還年輕，以後有的是機會呢。」

她聞言一愣，萬想不到我會如此禮遇於她，喃喃應道：「託姐姐吉言！」

眾人正攀著話呢，旁邊傳來「哇哇」啼哭聲。眾人循聲望去，卻是陳嬤嬤懷裡原本熟睡的宏兒已醒來，正在哇哇啼哭，怎麼也哄不好。

這大喜的日子被衝撞了，眾人不由得愣在當場，偷覷著太后，空氣彷彿凝固了般，誰也不敢出聲。

太后抿了抿嘴，凝神不語。

麗貴妃吶吶地解釋道：「宏兒甫滿月不久，每次醒來沒見到臣妾便哭鬧不休，臣妾這才叫人抱了他過來。」

我見眾人緘默，怕麗貴妃下不了臺，忙接話道：「貴妃姐姐親自照料宏兒，他醒來沒見著姐姐會哭乃再尋常不過了。陳嬤嬤，還不趕快抱上來給姐姐。」

陳嬤嬤正六神無主間，聽得我如此一說，趕忙抱上前遞送到麗貴妃手裡。我懷裡的小傢伙察知來了個新人，探頭一見到宏兒，興奮得又跳又鬧，伸手便要去拉。我忙止住她，生怕她不小心打到宏兒。

哪知原本哭鬧不休的宏兒，聽到小公主咿咿呀呀的聲音，也停了哭聲，睜眼看過來，看著看著竟破涕爲笑，小臉蛋上還掛著兩滴淚珠呢。

我們微微把兩個小傢伙抱近靠攏些，小公主順勢拉著宏兒的手，兩人咯咯笑個不停。

眾人一見也樂了，氣氛忽而又熱鬧起來。

太后笑道：「小公主就是討喜，連宏兒也喜歡她。貴妃啊，時常過德丫頭宮裡，讓兩個小傢伙親近親近，正好當個伴。」

麗貴妃闖了禍，不敢多言，只和聲應著。

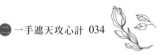

旁有小太監上來唱喏：「稟太后、皇上，吉時到！」眾人忙安靜下來，我們也忙分開兩個小傢伙的手。

皇上站起身，朗聲道：「德昭儀之女賜名明珠，並封為潯陽公主！」

此話一出，眾人譁然。

皇后怔在當場，淑妃更是臉色大變。這宮裡誰不曉淑妃為皇上產下長公主心雅，心雅乖巧可人深得聖心，又有皇后提攜，淑妃這才一步步擢升為妃。

已故薛皇后臨產之時，皇上金口玉言：「若產下皇子則為皇長子，賜封太子；若產下公主則為長公主，賜封潯陽！」皇族之女未滿周歲便得賜封者，除前朝出雲長公主外尚無二例。心雅公主尚未正式賜封，然眾人嘴上不說，心裡卻早認定賜封乃早晚之事，萬料不到今日風雲突轉，皇上竟金口玉言將這長公主之封號賜予一個不過百日的小公主。

我愣了一下，躊躇著當如何處之，旁邊麗貴妃朝我猛使眼色。我見此情狀也不敢推辭，悲喜交加，抱了明珠跪落謝恩道：「臣妾代明珠謝皇上隆恩，皇上萬歲萬歲萬萬歲！」

皇上笑吟吟地說：「愛妃快快請起！」

太后喜笑顏開，轉頭示意雲琴嬤嬤，雲琴嬤嬤忙從宮女手中取過早已備妥的錦盒呈將上來。

太后親自啓開盒蓋，眾人一瞧，卻是和闐羊脂白玉佛像。太后取出，親手戴在潯陽的脖子上，細細打量著，正了又正，半晌才笑道：「哀家的皇孫女，真真是個粉妝玉琢的小寶貝，戴什麼都好看！」

我忙抱了小公主謝恩道：「臣妾代潯陽謝太后賞賜，太后千歲千歲千千歲！」

太后笑盈盈地接過潯陽，又示意我起身。

宜貴人驚道：「太后送的這樣禮不是上古遺物『傳世玉』麼？臣妾聽說此玉在身便能驅邪避禍，若戴久了還能通靈呢，可是絕世寶物啊！」

「哎喲，母后，您送這麼貴重的禮物，那不顯得臣媳們送的禮物寒酸了麼？」皇后笑意盈盈吩咐展翠姑姑捧來一個大紅錦盒，邊笑著邊打開，裡頭閃爍淺藍幽光，卻是一只雙鳳藍彩水玉香爐，雕工精美，材質通透純淨，一看就知是個稀罕之物。

太后接了過去，愛不釋手賞玩著，笑道：「皇后何須說哀家，你這不也費心了！想必所費不貲吧？」

皇后笑道：「德妹妹的小公主大喜，臣妾理當如此。」

麗貴妃同樣送了一套純金打造的長命鎖，眾人見太后、皇后和貴妃都送了禮，自然不甘落後於他人，忙紛紛送上自己備下的禮物，什麼南海珍珠、瑪瑙鐲子、檀香木佛珠、玉如意之類的翡翠首飾，琳琅滿目。

太后又命人擺上酒菜，眾人閒話至酉時方才散去。

潯陽在我的擔驚受怕中一天天成長，除了皇上和我，以及幾個貼身之人，宮中無人知悉潯陽的病情，只當我母憑女貴，暗傳我不日便要擢升晉位。我聽罷亦只搖頭苦笑，完全沒心思去理會這些，只每日裡守著潯陽，生怕我一眨眼她便不見了，家有貴女初成長的喜悅及南宮陽的話同讓我倍感煎熬。

貴妃果真時常抱了宏兒到我宮裡，出於禮尚往來，我亦成了長春宮的常客。兩個小傢伙出生相差不到兩月，時日一久倒熟稔起來，倘有上三五天不見，總會咿咿呀呀的拉著大人吵要過去。

轉眼間秋日腳步及近，小安子掀簾抬了盆菊花進來，直嚷嚷：「主子，快看！今年的龍爪菊開得多喜人啊。」

我轉頭一看，那泥金黃的西子流沙花朵碩大堪比青花瓷碗，周圍粗長花瓣向外散垂彎成大鉤，內輪花瓣則向心合抱，充滿了陽剛之氣，確實異常喜人。將之擺於桌上，須臾間屋子裡便瀰漫幽幽菊花香，引人心曠神怡。

我略一沉吟，道：「寒花開已盡，菊蕊獨盈枝。」

小安子擺弄妥花，笑道：「還是主子才情好，奴才只見著喜人，卻半天想不出啥讚美之詞來。」

我笑而不答，只示意小安子在旁坐了，才道：「小安子，西寧將軍交代之事，小玄子那邊安排得怎樣了？」

「回主子，此事絕非一時半刻便成的，現下已然初見端倪。主子切莫心急，小玄子盡力了，畢竟他而今還屈居人下，做事未免束手束腳啊。」

我頷首道：「我知他心思，就讓他仔細著行事吧。對了，貴妃那邊可有動靜？」

「暫時未見。」

「可得小心才是，她收養宏兒，用心不可謂不良苦啊。」

「太子體弱，現下宮中除了宏皇子外並無其他身分顯赫的皇子，奴才以為……」

正說話間，彩衣掀開簾子疾步走進，顧不得行禮便急道：「主子，小公主不好了！您快去看看吧！」

我大驚，霍地起身疾步出門，直奔西暖閣而去。

南宮陽已在榻前凝神請脈，我見他神色凝重，在一旁心急火燎，又不敢貿然上前打斷。此間裡跪了一屋子的奴才，我揮手讓他們先退下，只留了彩衣和小安子在旁伺候著，又吩咐小碌子於門口守著。

約莫過了一炷香的工夫，南宮陽才收回手，呢喃道：「不可能啊，怎麼會這樣呢？」

我待要開口，他突轉身朝我拱手道：「娘娘，微臣心中有所疑問，能否傳了今日伺候在旁的奴才進來問話？」

我朝小安子點點頭，未久劉嬤嬤便進屋裡來了。知曉小公主身子有恙，而我又傳喚她問話，她心中忐忑不安，一進來便跪在地上瑟瑟發抖，拜道：「老奴見過昭儀娘娘！」

我微微點頭，冷聲道：「今兒個是你在小公主跟前伺候著？」

劉嬤嬤冷汗涔涔，偷偷抬頭瞧望一臉嚴肅的我，忽地又迅速低下頭去，顫聲道：「回娘娘，今兒午後一直是老奴帶了幾個丫頭在小公主跟前伺候著。」

我見她渾身發顫且面部痙攣，彷彿即刻會嚇暈過去，便稍放緩了口氣，柔聲道：「劉嬤嬤，你是萬歲爺欽點伺候小公主的奶娘，如今小公主身子不爽，本宮亦無要拿你問罪之意。誰沒犯過頭疼腦熱的呢，只是如今須得問明情況，南太醫方可對症下藥，早日治癒小公主。你不著太過緊張，只管如實回答便行。」說著又命彩衣搬來軟凳，示意劉嬤嬤坐了答話。

劉嬤嬤這才稍復平靜，謝過恩，半個屁股落坐在軟凳上。

我瞧視南宮陽一眼，甫又啓口問道：「劉嬤嬤，今兒都有甚人來看過小公主？」

「回娘娘，上晝時老奴不知，午膳後淑妃娘娘來過，聽說主子在午憩就進西暖閣看看小公主，不一會子便回去了。接著，貴妃娘娘帶小皇子過來，來時主子仍未起身，貴妃娘娘就在西暖閣裡陪小公主玩，後來主子起身了，丫頭過來稟報，貴妃娘娘又說不著通報，便帶小皇子離開了。約莫過去兩個時辰，老奴看到小公主神情異常，臉蛋發紅，忙派人稟告彩衣姑娘，急急地把南太醫請過來。」

「那小公主今兒都食用了些什麼？」南宮陽在旁沉聲問道。

劉嬤嬤一愣，用詢問的目光看著我，我點點頭，她才道：「小公主食用之物與往日並無兩樣。」頓了一下，又道：「娘娘，老奴想起來了。今兒貴妃娘娘來時，帶了些雪域參果，說是稀罕之物而特地贈與小公主食用。老奴聽聞過此物，此乃調氣補血的聖品啊，更何況當時貴妃娘娘先餵了小皇子一小塊，方才餵的小公主，奴才遂就不敢阻攔。」

我見南宮陽眼中閃過一絲流光，心下一動，忙道：「劉嬤嬤辛苦了，先下去歇著吧。」

劉嬤嬤趕緊磕頭謝恩離去。

待劉嬤嬤一出門，南宮陽「咚」的一聲跪在地上，沉痛道：「娘娘，小公主恐怕、恐怕……」

「什麼？你是說……」我臉色大變，腦中空白一片，眼前亦漸模糊，一旁的小安子忙扶我靠臥椅上。我深吸了口氣，告訴自己在這個時候要挺住，還沒到絕望的時候！

我有氣無力地問道：「怎麼會這樣？」

南宮陽見我悲痛至極，小心翼翼地回道：「娘娘，貴妃娘娘一片好心倒成了壞事啊！」

「她！」我血氣上湧，厲聲道：「她下了什麼手腳麼？」

「娘娘，微臣只知雪域參果常人服用是調氣養血的聖品，可小公主先天氣血兩虛，再加上年紀幼小，僅能調養而不能勁補，況且這參果產於雪山之巔，性清寒，小公主身子抵禦不了此種寒氣，如今寒氣已然入骨入髓！」

「可有法子醫治？」我追問道，心中尚存一絲希望，只期盼南宮陽能給我肯定的回答。

哪知南宮陽低垂著頭，聲音微微透出哽咽，「娘娘，微臣無力回天。小公主如今已呈昏迷狀態，至多能撐上七日；若微臣施針，小公主明兒便可醒來，如往常般生活，只是……」

「只是如何？」我愴然追問，如今半點微渺希望對我來說皆是救命稻草，我一遍又一遍地在心裡告訴自己，絕對不能放棄。

「只是……只是小公主唯能存活三天！」南宮陽向對小公主寵愛有加，此時也忍不住悲從中來，聲淚俱下，「微臣應如何處治，還請娘娘示下！」

我彷彿被人抽走氣息似的，怔在當場，連哭泣都忘了。小安子淚流滿面，跪在地上「咚咚」的磕頭不止，哽嗚道：「主子！主子，您想哭就哭出來吧！」

彩衣同跪步上前，扯著我的衣衫，失聲痛哭。

我置若罔聞，半晌才輕聲道：「能否容本宮好好思量斟酌？」

「娘娘可要快些，一旦過了今日子時，微臣也不敢施針。」南宮陽朝我拱了拱手，方才退出門外。

我起身上前，撲到潯陽的嬰兒床邊，再抑忍不住心中悲痛，失聲痛哭起來，「乖女兒，你醒醒。你定是在跟娘玩躲貓貓，是不是？你快睜開眼對娘笑一個，你千萬不能有事啊，你可是娘的命根子！」

我扶著她的小臉蛋，椎心之痛難以言表，痛得彷彿立時將奪走我的呼吸。我怎麼也不能接受我粉妝玉琢的小寶貝會就這樣離我而去。

「主子，主子！您可要保重身子！」彩衣和小安子在旁淚流滿面，連聲勸道。

我直盯著昏迷中的潯陽，想起那個害我女兒陷入此況的惡毒女人，心中悲憤萬千，不由得收攏了拳頭，指甲深深掐進手心。只不過手心的痛又怎及得上心裡的痛，我眼中迸出深深恨意，咬牙切齒道：

「賤婦，你連一個不滿周歲的孩子都不放過，本宮也絕不讓你好過！」

我說著，猛然起身，抹去淚水轉頭問道：「彩衣，麗貴妃近日裡多久來探望小公主一次？」

彩衣愣了愣，方才回道：「近日裡聽說小皇子身子不爽，時常吵著要找小公主，麗貴妃便來得勤些，幾乎天天都帶了小皇子過來。」

我若有所思地點點頭，又問道：「小安子，皇上陪太后赴歸元寺進香何時回來？」

「回主子，定於三日後。」

「好。」我低頭輕吻了一下潯陽的小臉蛋，用幾近微不可聞的聲音道：「寶貝，娘不會讓你白死的！」語罷轉身吩咐道：「小安子，傳南太醫到小公主跟前守著，等候本宮吩咐。你和彩衣兩人隨本宮回東暖閣中，命小碌子守在門口，任何人不得靠近。」

次日，潯陽又似往常一般活蹦亂跳。我命彩衣傳開消息，說是潯陽初食參果而偶感不適，如今已然大好了。

我足不出戶，把所有的時間都拿來陪伴潯陽，連她睡覺時我都坐於一旁盯著，只望能多看她一眼。又令彩衣取來筆墨紙硯，一得空便含淚將潯陽的一舉一動描繪於紙上。

潯陽如平日般對我「咯咯」直笑，我不知有多少次轉過身偷偷揩淚，明明心在淌血，卻不得不對著我的小寶貝笑。有一次抱著她，我忍不住笑出淚來，她拿疑問目光看著我，半晌又用粉嫩小手輕輕拭去我眼角的淚水，嘟著小嘴在我臉上印上一個香吻。我再也憋忍不住，將她遞與身邊的彩衣，轉進內室放聲痛哭。

麗貴妃果真每日前來，只是她過來時我都迴避著，只讓小碌子稟說我在午憩或是去別的姐妹宮裡。

第三日一早，我拖著疲憊身軀回到屋內，吩咐秋霜伺候梳洗後，穿了一身月白衫裙，梳個簡單的平雲髻。

秋菊端上髮飾盤供我揀選，我擺擺手讓她擱回去，轉頭之際恰看到几上花瓶中插有宮女新摘取來的白玉蘭，便趨近摘下兩朵別於髮髻上，似有若無的香味飄蕩在側。

早膳猶不及用，我又去往西暖閣濤陽房裡。此日正逢秋高氣爽的好天氣，我帶了濤陽在後院茅竹屋中玩耍。

轉眼間便是午後，在小安子再三催促下，我才依依不捨地把濤陽帶回暖閣中。直到夕陽西沉，也沒見麗貴妃出現，看著天真爛漫、毫不知情的濤陽咯咯樂著，我心如刀絞。

佇立窗口，抬頭望著深藍天空，我不由失神呢喃道：「難道，真的是天意如此？」

小安子從門外掀簾小步奔進，急道：「主子，來了，快到宮門口了。」

我匆匆回頭，趨前親了親嬰兒床上的濤陽，隨即示意小安子一起躲到內室簾子後。

過得須臾工夫，彩衣將麗貴妃迎進。

麗貴妃邊走邊問：「怎麼？德妹妹又不在宮裡？」

彩衣留著神回道：「回娘娘，我家主子說金秋桂花所製桂花糕潤滑爽口乃難得的甜品，午憩起身後便帶上幾名下人往園子裡採桂花去了。」

小床上的濤陽見到宏兒，早伸出小手招呼個不停，嘴裡咿咿呀呀叫著，宏兒同是樂呵呵地從陳嬤嬤懷裡伸出手來，陳嬤嬤忙上前將宏兒放至小床上。

兩個小傢伙爬到一處坐著，手拉手，咿咿呀呀吵個不休。

彩衣朝閣裡伺候的下人吩咐道：「有貴妃娘娘在，你們都下去吧，不用守在跟前。」說罷又笑著對麗貴妃說：「娘娘，奴婢怕他們在跟前擁擠，擾了娘娘的興，乾脆打發他們下去。」

麗貴妃點點頭，讚道：「彩衣姑娘可真是個貼心人兒，難怪你家主子這等看重，連本宮也越發喜歡你了。」

彩衣忙福了一福，笑道：「娘娘過獎了，奴婢愧不敢當！」

我立於簾後，清楚看見彩衣長袖後的雙手死死地擰著絲帕，心裡暗道：「彩衣，你得要忍住啊，不可壞事。」

麗貴妃朝她帶來的人擺了擺手，吩咐道：「你們也下去吧，這裡有陳嬤嬤伺候著就行了。」幾個小宮女福了福身子，聽令退下。

麗貴妃笑道：「彩衣姑娘好像是梅雨殿已故如貴嬪跟前的人吧？」

彩衣愣了一下，訕笑道：「煩勞娘娘掛記了！」

麗貴妃斜睨了彩衣一眼，又道：「如貴嬪也真真是個福薄之人，皇上恩澤萬千，得寵晉封近在眼前，卻因著違反宮規被責罰，偏偏她身子骨弱，愣是沒熬過去。」

我閉上雙眼，屏住呼吸，指甲深深掐進肉裡，心裡默念道：「彩衣啊，挺住，你可要挺住了，成敗在此一舉！」

屋子裡靜得連根針落地都能清楚聽到，過了好一會，才聽得彩衣顫聲回道：「是貴嬪主子福薄，怨不得別人！」

麗貴妃這才喜笑顏開，「德妹妹就屬有福之人啊，你看這小公主，蒙皇上金口玉言親封長公主，太后同樣喜歡得緊，本宮何嘗不是呢，有上幾天沒見著也想念得緊。」

彩衣謙卑地應話：「貴妃娘娘吉言，福澤小公主！」

「要我說啊，彩衣姑娘才是最有福之人！」麗貴妃話鋒一轉，冷聲道：「進了雋永殿能活著出來的已是不多見，彩衣姑娘轉身便成了寵冠六宮之紅人的貼身侍女，足見彩衣姑娘的手腕是真真不一般哪！」

彩衣立於一旁，不卑不亢地回道：「德主子仁慈，見奴婢可憐，才收留了奴婢。」

麗貴妃見挑不起事來，覺著無趣，索性轉過話題道：「德妹妹也真是的，放著這麼乖巧的公主不管，就愛做些酒啊糕啊的。」

我略鬆口氣，暗暗替彩衣捏了把汗，知她已闖過了這關。

彩衣陪笑道：「貴妃娘娘說得是，我家主子便常說小公主有貴妃娘娘和五皇子時常過來探望陪伴，那是她的福氣，別人求還求不來呢！」

麗貴妃柳眉一挑，「德妹妹素來和善，還要她不嫌本宮常來叨擾才是！本宮在潯陽眼前可比她這個親娘勤得多呢，她也不怕本宮搶了她的小公主？」

「娘娘說笑了。」彩衣小心翼翼回道：「貴妃娘娘如今已有了小皇子在跟前，且須掌理後宮事務，忙裡抽閒過來探望小公主，是娘娘的恩澤亦是小公主的福分，別人求還求不來呢。」

麗貴妃眼神稍復柔和，樂呵呵地說：「敢情彩衣姑娘今兒個喝了蜜糖啦，這小嘴兒甜得快溺死人了。」

那風情萬種的神態別有一番韻味，可如今這副表情看在我眼裡卻是可憎至極，真教人恨不得衝上前去撕開她那張面具。

彩衣身子微微抖了一下，才又回道：「娘娘誇獎！我家主子臨走時有交代，若貴妃娘娘過來，請貴妃娘娘順便帶些櫻花釀回去。娘娘先歇著，奴婢這便去取！」說完，福了一福，朝我藏身處瞟過一眼後退出門外。

過得一會工夫，宏兒玩累了，躺倒在床上呼呼大睡。潯陽精神亦不如先前，小臉微紅，靜靜地靠在小枕上，兩隻眼睛滴溜溜地望著麗貴妃。

又過了半晌還不見彩衣回來，陳嬤嬤忍不住朝門口探望一下，道：「主子，天色已晚，這彩衣姑娘取個櫻花釀怎地這麼久啊？」

麗貴妃冷笑道：「只怕這會兒躲在角落裡哭鼻子呢！不著管她，咱們不消等她了，先回宮吧，等一下喚過小丫頭告訴她一聲便成。」

「奴婢省得。」陳嬤嬤趨前抱起熟睡中的宏兒，又伸手取了小錦被將潯陽蓋住。

麗貴妃亦起身上前，將潯陽輕輕抱了放平，蓋好被子，縮回的手停在半空中，臉色冷沉，眼裡閃過一絲狠毒，迅速抓起旁邊的小靠枕，狠狠地捂住了潯陽的小臉蛋。

我見狀大驚，猛地起身就要掀開簾子衝出去，卻被小安子迅速拖住身子，捂住口。

我一愣，身子隨即癱軟下來，跌坐椅上，雙手死死地抓住扶手。我張口用盡全力咬住小安子的手，心如刀絞，眼睜睜看著潯陽面色通紅，全身扭踢抓動著，發出嗚嗚的叫聲，卻是近不得半步，眼淚如斷線珍珠般簌簌而下。

陳嬤嬤見狀，臉色倏地一白，顧不得抱著宏兒，「咚」的一聲跪落地上，牙齒打顫，語不成句道：

「娘、娘娘……不可！」

見麗貴妃毫無反應，陳嬤嬤深吸了口氣，拚命擠出一整句話來：「娘娘此時動手，無異於給德昭儀踩死娘娘的機會啊！」

麗貴妃聞言渾身一顫，像被人施了定身咒般愣在當地，手上頓時失卻力氣。我聽見潯陽大口大口的呼吸聲，連哭的力氣也沒了。

彷彿過了半輩子那麼久，麗貴妃才恨恨地抓開靠枕狠扔到旁處，咬牙切齒道：「小賤貨，就讓你再跟你賤貨娘多活幾日！」語罷拂袖而去。

陳嬤嬤上前伸手將潯陽的小被子理好，方才跟著出了門。

我渾身一軟，虛癱在椅子上。

小安子戰競競趨前輕聲道：「主子、主子，麗貴妃人已經走了。」

我心中一片迷茫，再抑不住心中驚懼，拉了小安子，嚶嚶哭泣起來。小安子僵愣住，一動不動地任我拉著。

「主子，主子！」彩衣在外連聲呼喚，聲音越來越急，猶帶著點哭腔，「小公主她……」

我一聽到潯陽，頓覺精神一振。對了，潯陽，我的小寶貝還等著我呢，我定要振作起來。

我疾步掀起簾子奔近床邊，只見潯陽小臉通紅且呼吸沉重，滴溜溜的大眼早已失去了光澤，可憐兮兮地看著我。

我雙眼含淚，上前撫著她的小臉，輕聲問道：「南太醫，果真沒有辦法了麼？」

南宮陽被我含淚欲滴的絕望神情惹得也忍不住紅了眼，嘶啞地道：「德主子，微臣倘有辦法，就是丟了性命也定然要保全小公主，如今……」

正說話間，潯陽卻在小床上掙扎起來，呼吸漸漸沉重，咿咿呀呀的哭不出聲，雙眼愣愣盯看著我，彷彿在求我救她。

我再也忍不住了，撲倒床前，拿手輕撫胸前替她順氣，只望能減輕她的痛苦。

南宮陽同樣憋忍不住，痛哭失聲，哽嗚道：「德主子，您行行好，讓小公主好生上路吧！」

「不，不！」我一把將潯陽攬在懷中，「不要！潯陽會好起來的，會好起來的！我求求你們了！」

彩衣嚶嚶痛哭起來，磕頭不止，「主子！主子，您這樣苦留，只會讓小公主更加痛苦！」

我怔在當場，低頭看著痛苦的潯陽，倉皇無措。彩衣上前將潯陽從我手中接去放落床上，扶起我，輕聲道：「主子，您就讓小公主好生上路吧！」

小安子淚流滿面，沉聲道：「送小公主上路！」語罷拿了貴妃扔於旁邊的小靠枕，輕輕捂在潯陽的小臉上。

我霍地轉身，冷聲道：「慢！」

小安子一驚，忙鬆了手。彩衣想開口，被我冷冷一眼瞪了回去。

我轉身移回小窗前，低頭看著潯陽，柔聲道：「潯陽，娘的小心肝。娘送你去天堂，到那裡便再也沒了爭鬥、陷害和痛苦，無憂無慮地好好生活……」說完輕輕地將絲絹放上，將手伸了過去……

十六　請君入甕

漫天紅霞，給這白玉亭也灑上了一層淡淡的緋紅，看在我眼裡卻異常刺眼，予人一股說不出的孤獨與清寒，直教人一顆心沒來由地陣陣蹙緊，猶如被千絲萬縷死死纏住，立時便要失去呼吸。

可我知道，我只能默然忍受著，帶了小安子和宮裡幾個宮女、小太監，採摘好金秋的桂花往回走，停駐白玉亭歇息片刻。

小安子上前輕聲道：「主子，萬歲爺過來了！」

我闔上雙眼，深吸口氣，再次睜開眼時，已在嘴角邊掛起一抹淡淡淺笑。我遠遠地迎上去，跪拜道：「臣妾恭迎聖駕！皇上萬歲萬歲萬萬歲！」

皇上將我扶起，軟言道：「愛妃快快起身！朕正欲往月華宮看你和咱們的小公主呢，沒想到卻在此處遇上了。」說著又瞅看旁邊的宮女和小太監，疑道：「愛妃這是做甚去了？」

我柔聲道：「中秋將至，臣妾看這桂花開著喜人，遂帶人過來採摘，好製些桂花糕。」

「朕的言言就是心靈手巧！」說著便擁了我往前行去。

我笑道：「皇上是要去看小公主吧？那不介意臣妾也搭個伴吧？」

皇上喜笑顏開，點了點我的鼻子，溫言道：「就你愛油腔滑調！」說著又「嗯」的清了聲喉嚨，才裝腔作勢道：「看在你爲朕生下這般聰明伶俐的小公主分上，朕就破例，准你同行！」

我呵呵陪笑著，心卻在淌血。

皇上邊走邊問：「朕這幾日不在，小公主身子可好？」

「潯陽一切安好，有南宮陽好生照料著，萬歲爺只管寬心吧！」

皇上貌似心情異常舒爽，一路上喜笑連連。

走過玉帶橋，穿過小花園，繞過迴廊，月華宮就在眼前了。

遠遠地便見到一道身影跌跌撞撞奔來，我和皇上不明所以的對望一眼。

小玄子上前高聲喝道：「前面是誰？萬歲爺跟前也敢隨意跑動，驚擾聖駕，該當何罪？來人啊，拿下！」

「萬歲爺！」那人「咚」的跪在地上，爬到皇帝跟前回道：「皇上饒命，奴婢是月華宮宮女彩衣，奴婢不敢驚擾聖駕，只是有要事得稟。」

我看了皇上一眼，忙上前扶住彩衣。她衣衫凌亂，淚流滿面，一副神情痛苦之狀。

我驚道：「彩衣，你這是怎麼啦？」

「主子！」彩衣哽咽著喚我一聲，失聲痛哭起來。

我大驚失色，拉著她厲聲問道：「究竟出甚事了？」

彩衣哽咽了一下，才顫聲道：「回萬歲爺，回主子，小公主、小公主她……」

「小公主究竟怎麼了？」我渾身顫抖，失聲吼道。

「歿了！」

「什麼？」我怔在當場，隨即吼道：「你胡說！」說罷推開她，直奔月華宮而去。

一行人一路狂奔至宮裡，掀了繡簾入得西暖閣中，奴才們早已跪滿一屋子，低聲哽嗚著。

我跌跌撞撞撲至床前，語無倫次喚道：「潯陽，我的小寶貝，娘回來了！」發顫著伸手上前，撫摸潯陽早已冰冷的小臉。我遲疑著伸手探了一下潯陽的鼻息，臉色大變，神情恍惚，絕望地尖叫出聲：「不！」一口氣沒上來，眼前一黑便暈了過去。

朦朧間醒來，皇上將我摟在懷中，心疼地看著臉上滿是斑駁淚痕的我，溫言道：「愛妃，你好些了麼？」

我驀地想起還孤零零躺在床上的潯陽，用力推開皇上，奔至床前將潯陽抱起緊摟在懷中，縮至角落裡，淚流滿面怒視著眾人，「你們騙人！潯陽只是睡著了，是你們妒忌我的小公主招人疼愛，才騙我說她歿了。」說著又自顧自哄著懷裡的潯陽。

皇上眼裡滿含悲痛，心疼地看著我，小心翼翼道：「言言，是他們妒忌咱們的小寶貝，你乖，小寶貝睡著了，快把她放回小床上。」

我看看他，眼露疑色，他朝我重重地點了點頭，我才猶疑著將潯陽遞到彩衣手上。

皇上大步上前將我摟在懷裡，輕輕地替我揩著淚水，柔聲哄道：「言言，你累了，朕扶你到床上歇著去。」

我點點頭，乖順地任由皇上扶起躺落榻上。皇上坐於榻旁，握著我的手陪伴在側。

過了許久，我情緒方得平復，眼淚仍從眼角汩汩而出。皇上又抬手輕輕為我拭著淚水，一言不發。

我抓住皇上為我拭淚的手，細聲問道：「皇上，其實他們沒有扯謊，咱們的小寶貝真的去了，對麼？」

皇上看著我，半晌才沉重地點點頭。

淚水再次無聲滑落，我噓了一口氣，方有氣無力道：「我知他們說的是真的，可是南宮陽明明說潯陽是由於早產才體虛，只需小心調養就能夠平安長大。今兒午憩起身後，我來看潯陽時還好好的，這才帶了幾個奴才出去採摘金桂，短短幾個時辰怎麼會說沒了便沒了呢？」

皇上眉頭一皺，冷聲吩咐道：「小安子，傳今兒在小公主跟前伺候的奴才們進來。」

「奴才遵旨！」小安子應聲而出。

此時太醫院南太醫、楊太醫等人已趕到，皇上即刻宣他們入內查驗。須臾工夫，奴才們跪了一屋子。幾位太醫輪流上前查驗，查驗完分別將結果寫於紙上，呈將上來。

我從旁瞟過去，三張宣紙上赫然寫著：「窒息而亡！」

皇上臉色沉下，用力將紙狠狠揉成一團，冷聲道：「朕不希望有人多嘴，你們先退下吧。」

幾位太醫見皇上臉色不善，不敢多言，只行過禮便齊齊退出。

皇上掃了眾人一眼，問道：「今兒都是誰在小公主跟前伺候著？」

彩衣朝前一步，回道：「回萬歲爺，今兒午後娘娘帶了幾個奴才採金桂去了，是奴婢和劉嬤嬤領人伺候在跟前。」

皇上點了點頭，雙目炯炯地逼視著彩衣，「彩衣！你是德昭儀跟前最得寵的丫頭了，怎麼親自伺候小公主還出了事！」

彩衣本就傷心欲絕，如今又聽得皇上斥責，眼淚簌簌而下，往地上「咚咚」的磕頭不止，不幾下額頭便滲出血來。彩衣哽嗚道：「奴婢該死，請皇上責罰！」

皇上陰沉著臉，吐出冷言：「你的確該死！可也得先說清楚是怎麼回事再死亦不遲！」

彩衣微頓一下，吸了吸鼻子穩持住心緒，甫回道：「回萬歲爺，今兒主子午憩起來便帶上幾名奴才採金桂去了。過得一會兒，貴妃娘娘攜小皇子來探望小公主，小公主身子向來虛弱，暖閣裡一下子擁進太多人，奴婢怕這春秋之際易染風寒者會過氣給小公主，便命他們全都下去，奴婢一人在跟前伺候著。貴妃娘娘也令人下去了，只留陳嬤嬤在跟前照顧著。須臾工夫，小皇子和小公主皆玩累了，躺在床上睡著。奴婢本想貴妃娘娘差不多該回去了，可不知怎的，娘娘突然對奴婢說想飲主子今年新釀的櫻花釀，命奴婢去取些來。奴婢猶豫著，貴妃娘娘急了，問奴婢是不是主子連幾瓶櫻花釀都不捨贈與她嘗嘗。奴婢怕招貴妃娘娘誤會，又想著貴妃娘娘時常過來探望小公主，對小公主同是寵愛有加，況有陳嬤嬤在跟前，定會照顧好小公主，遂到後院窖中取酒。不料、不料……」彩衣說到傷心處，又嚶嚶痛哭起來。

我輕聲道：「貴妃姐姐照顧宏兒饒有經驗，她三兩日總會過來探望潯陽，對潯陽疼愛得緊，想來也沒什麼了。彩衣，你還是快說小公主究竟是怎地歿的？」

皇上也追問道：「不料怎樣？你倒是快說啊！」

「不料奴婢取酒回來，貴妃娘娘已經不在，小公主亦早沒了氣息！」彩衣鼓足勇氣似的突然撲到皇上腳邊，喊出這般石破天驚的話，頓時暖閣內安靜下來。

「大膽奴才，貴妃娘娘代理六宮，養育皇子，豈容你誣陷！」小玄子呵斥道。

「奴婢所說句句是真，否則奴婢就是有十個膽子也不敢誣陷貴妃。」彩衣紅著眼，迸出剛毅的眼神，直直看著皇上。

皇上一言不發地盯著彩衣，彷彿要把她看成一個水晶心肝玻璃人。

我愣在一旁，呢喃道：「怎麼可能？怎麼會呢？」頓時淚如泉湧，一把抓住皇上，失聲痛哭，「皇上，貴妃姐姐明明有了小皇子，竟也不放過我的小公主，貴妃姐姐的心怎地這麼狠啊！」

皇上本就疼愛小公主，如今見我此番慘狀，也動了怒氣。他一拳捶在床沿上，冷然道：「毒婦，朕怎能再容你！」說罷又扶了我，柔聲道：「言言，你放心，若眞眞是如此，朕絕不容她！」見我點了點頭，皇上復轉頭吩咐道：「小玄子，派人前去宣貴妃過來。」頓了一下，又道：「令人悄然前去，拿了麗貴妃跟前的陳嬤嬤，記住，切勿驚動他人！」

小玄子恭敬回道：「奴才遵旨！」

小玄子轉身離去時，悄悄朝我遞了眼色。

我臥在榻上，面容憔悴，目光呆滯。彩衣跪在旁邊，臉色蒼白，緊抿著唇。皇上則面色陰沉，坐在楠木椅上。

「貴妃娘娘駕到！」

小太監尖細嗓音彷若從喉嚨裡擠出來的，皇上一聽不由眉頭蹙起。

不對勁！多年的本能讓貴妃直覺感到有些不妙之事正在發酵，尤其看到跪在地上淚流滿面的彩衣，卻無見著原本放在暖閣裡的嬰兒床和潯陽後，她的心驟然沉降，卻仍是不動聲色。

「臣妾拜見皇上，皇上萬歲萬歲萬萬歲！」麗貴妃依然舉止端莊，不愧代理六宮多年，在這種氛圍中猶能泰然處之。

「愛妃平身！」皇上目光深邃看著麗貴妃，半晌才緩緩道：「愛妃，近日裡可曾常過來探望潯陽公主啊？」

麗貴妃福了一福，「皇上，怎地突然問起這個呢？臣妾素來疼愛潯陽，況且宏兒若是三兩天見不著潯陽，也會哭鬧著要過來。昨兒午後臣妾就帶著宏兒前來，後來見小公主玩累睡著了，臣妾才回去。」

「睡著麼？可有人告訴朕，你一離去後，便發現小公主沒了氣息，歿了！」皇上冷冷地開口，一雙眼炯炯地盯著麗貴妃。

麗貴妃怔在當場，櫻桃小嘴張張合合幾次都沒能發出聲，狀似對此事一無所知，教旁人難以分辨是被人冤枉還是太會演戲。

小玄子把一份彩衣和劉嬤嬤的供詞遞交給麗貴妃，麗貴妃覽看之中漸顯怒容，一對鳳眼瞪視著彩衣，「好大膽的賤婢，竟敢誣陷本宮，該當何罪？」

麗貴妃將手中那卷供詞逕朝彩衣頭上扔去，猝然轉身，雙眼無畏地看著皇上，「皇上，難道您僅憑這丫頭一面之詞就懷疑臣妾麼？」

「這……」皇上萬沒料到麗貴妃居然如斯理直氣壯，心下倒略略遲疑起來。

「皇上，臣妾對潯陽小公主的疼愛之情，素不比宮中其他姐妹少，平日裡便時常來探望小公主，若真真存了歹念，也不會選在此節骨眼下手。今日單憑這丫頭一面之詞，皇上就見疑臣妾，臣妾……」麗貴妃句句在理，說到激動處，熱淚盈眶。

皇上見了心下不忍，畢竟麗貴妃身分高貴又協管後宮多年，自己今日作爲的確有欠周詳。他離座起身，親自上前扶著麗貴妃，軟言道：「彩麗莫傷心，一切只因朕正調查小公主突然便歿了一事，那丫頭又提到貴妃。朕也不相信是貴妃所爲，故差人請你過來當面對質，以還貴妃清白。」

見皇上口氣鬆動，麗貴妃立刻假意抹著眼淚，說道：「清者自清、濁者自濁，臣妾願意配合。只是此事若與臣妾無關，請皇上定要還臣妾一個公道！」

「那是自然。」皇上扶了麗貴妃的手至楠木椅上落坐，方才回到正位，質問道：「彩衣，你說你去取酒時麗貴妃和陳嬤嬤在暖閣中陪伴小公主，取酒回來後貴妃娘娘和陳嬤嬤不在了，小公主也歿了，可是當眞？」

彩衣從容答道：「回皇上，奴婢並無半句假話。」

「你胡說，本宮離開時，小公主已然睡著了。陳嬤嬤現正在臣妾宮中，皇上可派人去尋她來與這丫頭對質便知眞假。」陳嬤嬤早已被麗貴妃收買，更何況方才回去後又是對她一陣軟硬兼施，麗貴妃如今對她著實放心得很。

「那好，小玄子，你派人去麗貴妃宮中把陳嬤嬤找來。」皇上轉頭吩咐道，順便遞給我一個安撫的眼神。

「奴才遵旨！」小玄子躬身退出。

「哼，彩衣，本宮自問待你不薄，當初如貴嬪去了，本宮念你是她進宮時帶進來的丫鬟，憐憫於你，特意交代了人好生關照你，想不到你如今照顧小公主時粗心出了差錯，卻無的放矢來誣陷本宮，你該當何罪？」麗貴妃振振有辭，自有一股凌厲氣勢。

彩衣不甘示弱，冷哼一聲，滿臉鄙夷地看著麗貴妃，「倘非貴妃娘娘特意派人關照有加，奴婢又怎會進得雋永宮中，九死一生方才到了德主子跟前。」

麗貴妃還待再說什麼，卻見皇上狠狠瞪了兩人一眼，方才住了口。

「皇上！」小玄子領著幾個小太監從宮門匆匆進來，跪在地上。

皇上一見他們背後無人，忙追問道：「人呢？」

「回皇上，奴才等趕到長春宮時，發現陳嬤嬤已然遭人下毒，正躺在床上痛苦掙扎。奴才忙令人將她抬了回來，這會兒南太醫正在外頭替她診治。」小玄子氣喘吁吁，驚魂未定。

「什麼？」麗貴妃失聲道，臉色驟然灰敗。

「貴妃，此當作何解釋？」皇上神情陰鬱地看著麗貴妃。

「不，這不可能！」麗貴妃忽地轉過頭去，怒視著背後的展翠姑姑，厲聲問道：「你不是說陳嬤嬤吹了些風頭疼，在宮中養病麼？她怎會中毒？」

「奴婢、奴婢不知，奴婢走的時候，陳嬤嬤雖是有些怏怏的，但並無大礙，怎麼可能會……」任展翠姑姑是見過世面之人，面對這驚天巨變，一時也不知如何應對。

「皇上，此事定是有人構陷臣妾！」麗貴妃激動地說道。

「構陷？是誰構陷貴妃了？難道是德昭儀麼？犧牲自己粉妝玉琢似的親生女兒，那集朕和太后萬千寵愛於一身的小公主性命，只爲陷害你麗貴妃麼？」皇上的聲音冷得彷若從冰窖裡頭傳出。

「今兒午後臣妾確曾來看過小公主。在德妹妹宮中，想怎麼說都行，可並無人親眼所見是臣妾下的毒手！」麗貴妃明白此時絕不能鬆口。

皇上一時無言，朝小玄子怒道：「解毒！去叫南宮陽趕快救治，務必把人給朕救活了！」

小玄子忙應聲出去，約莫過去半炷香工夫，才又進來稟道：「稟皇上，陳嬤嬤身上之毒大抵清除，人已經醒轉，只是身子尚很虛弱。」

「皇上，今兒天色已晚，您尚未用晚膳，剛好陳嬤嬤身子亦需將養，依臣妾看，不妨明日再接著查。皇上以爲如何？」麗貴妃聽得小玄子稟報說陳嬤嬤脫離了險境，心中不免略生著急。

皇上冷然斜睨她一眼，吩咐小玄子：「免去陳嬤嬤跪拜之禮，叫人把她抬進來回話！」

不多時，陳嬤嬤被四名小太監放在擔架上抬入屋裡。

陳嬤嬤掙扎著欲起身，小玄子朗聲道：「陳嬤嬤，皇上已免去你跪拜之禮，你只管躺著回話。皇上的問話，你切要如實回答！」

「老奴遵旨！」陳嬤嬤應答著，斜著眼惡狠瞟了麗貴妃一眼。

麗貴妃心下一驚，不禁有些慌亂起來，心中明瞭陳嬤嬤已是認定她爲下毒之人。

「陳嬤嬤，今兒午後麗貴妃來探望小公主之時，你可有伺候在側？」

「回皇上，老奴是小皇子的奶娘，小皇子過來同小公主玩耍，老奴自然隨侍在側。」

「彩衣出去取酒後，這西暖閣裡便只剩麗貴妃和你兩人了？」

「回皇上，正是。當時小皇子玩了一會子便睡著了，暖閣裡只剩貴妃娘娘和老奴。」

「你們走時彩衣可回來了麼？」

「不曾，彩衣姑娘去得久了。娘娘見天色已晚，便領老奴先回，只吩咐宮門口的小太監知會一聲。」

「你二人離開之時，小公主在哪兒？」

「小公主和小皇子玩耍了好半晌，想來是累了，躺在床上昏昏欲睡。」

「可麗貴妃告訴朕，你二人離開之時，小公主已經睡著，而彩衣卻告訴朕她回來時，小公主已然沒了呼吸，歿了！」

陳嬤嬤臉色一變，驚恐萬分，失聲道：「怎麼可能？老奴明明……」意識到自己說錯話，陳嬤嬤慌忙住了口。

「你明明怎樣？當時你和貴妃二人單獨待在西暖閣中，都說了些什麼，做了些什麼？」皇上步步緊逼，毫不鬆口。

陳嬤嬤稍復沉靜，這才想及自己所中之毒，先前小玄子提起自己還斷然不信，現下看來眞眞是有人想殺人滅口了。

陳嬤嬤張皇地迴避開皇上的炯炯目光，轉過去恰對上麗貴妃的緊張神情和乞求目光。麗貴妃死死擰住絲帕的雙手洩露了她內心的恐懼，陳嬤嬤心中不由得冷哼一聲。

「陳嬤嬤，朕的問題很難回答麼？」

陳嬤嬤不自覺地朝麗貴妃看去。麗貴妃臉色蒼白，萬分惶恐，不由得輕呼：「陳嬤嬤……」

皇上冷冷地瞥了麗貴妃一眼，又轉頭緊緊逼視著陳嬤嬤，哼道：「嗯？」

「回……回萬歲爺……」陳嬤嬤在皇帝逼視下冷汗直流，語無倫次起來。

「陳嬤嬤，你可要想清楚了再答言，朕可不能每次都恰在你中毒之時傳你過來。」皇上見陳嬤嬤略有鬆口，又抛出誘餌。

陳嬤嬤驀地一怔，臉色突變，身子軟了下去，心知今時已是進退兩難，唯有放手一搏。如此一想，反倒冷靜下來，陳嬤嬤轉頭看向麗貴妃，冷然道：「貴妃娘娘，您不仁在先，可別怪老奴不義！」

「不，不是本宮！」麗貴妃無力地申辯著。

「皇上，老奴知罪！」陳嬤嬤熱淚盈眶，從擔架上爬出，趴在地上一個勁地磕著頭，「當時老奴和貴妃娘娘兩人在殿中，彩衣姑娘久不見歸，天色已晚，娘娘便吩咐老奴回宮。不想老奴剛抱了小皇子轉身，娘娘、娘娘她……她……」

「她究竟怎麼了？你倒是快說啊！」小玄子見皇上神色不好，忙在一旁催促道。

「貴妃娘娘她拿了床邊的小靠枕死死捂住小公主的臉！」陳嬤嬤在皇上逼視和小安子催促下，用盡全力喊出來，頓了頓又說：「老奴苦苦跪求，娘娘才鬆開手轉身離去。老奴登時心下慌亂，隨手替小公主蓋上被子後便跟著離開了。」

「麗貴妃，你還有何話可說？」皇上怒極反笑，雙眼冷冷逼視著麗貴妃。

「不！不是我！」麗貴妃霍然起身，厲聲喊了起來。

「哼，貴妃娘娘，有沒有您心裡有數。」陳嬤嬤已然認定她是對自己下毒之人，如今又吐露出她的歹行，反倒豁出去不再畏懼。

「陳嬤嬤，你定是受人唆使才來誣陷本宮！」麗貴妃仍想做垂死掙扎。

「麗貴妃，當初如貴嬪剛被診出身懷龍裔便被您藉故杖責致死，您以爲您做得天衣無縫，無人知曉麼？老奴素與如貴嬪有所往來，她一知身懷龍裔便前來請教老奴養胎之法，不想次日就在貴妃娘娘宮中沒了，這難道眞是巧合麼？您命老奴在太后賜予黎昭儀的膳食中添入紅花，難道也是他人唆使的麼？」陳嬤嬤大聲詰問著，既然已樹了麗貴妃這個大敵，爲了扳倒她，索性一不做二不休，把陳年舊事全抖露出來。

「你說什麼？」皇上震怒不已，猛地一下站起。

陳嬤嬤悲憤地嚷道：「回皇上，老奴句句屬實！請皇上明察！」

我剛緩過神來，撐靠在床側聆聽。聽到陳嬤嬤說及麗貴妃拿靠枕捂住潯陽的臉，我腦海裡不由得浮現出自己用絲絹捂住潯陽的口鼻，輕輕將手覆上……

「我可憐的孩兒啊！」我痛哭失聲，忽地暈厥過去，從床榻滾落床下。彩衣和小安子忙上前將我扶起，躺回床上。

「愛妃！」皇上悲憤不已，又見我此番慘狀，牽動了愁腸，他轉頭怒視著麗貴妃。

「咚」一聲響，皇上氣極，猛地捶了一下旁邊的小几。

皇上冷瞅著麗貴妃，笑道：「麗貴妃，代理六宮多年，你果真是朕的好貴妃！居然瞞著朕做了這麼多樁好事，你究竟還有甚惡毒手段是朕不知曉的？」說著又將幾位太醫的診斷呈文扔在她身上，恨聲道：「別說朕單憑兩個奴才的話便冤枉了你，這是太醫院三位太醫的診斷結果，你自己好好看看。好一個毒婦！」

「皇上！」麗貴妃只覺自己掉進了別人早就挖好的陷阱，她手握三張寫滿「窒息而亡」的宣紙，絕望地喊道，形同棄婦，端莊的容顏蕩然無存。

我嚶嚀一聲醒轉過來，發現小安子正掐著我的人中。我轉過頭去，一見麗貴妃，頓時勃然大怒，厲聲喊道：「麗貴妃，你這毒婦，還我孩兒性命！」說著便要衝上前去。

小玄子雙目含悲，快步上前抓住我，「昭儀娘娘節哀，一切自有皇上定奪！」

皇上看著悲憤莫名的我和失魂落魄的麗貴妃，怒上心頭，大聲喊道：「小玄子！」

「奴才在！」小玄子趨前兩步，跪地聽候皇上吩咐。

「傳朕旨意，麗貴妃心胸窄隘，奇忌無比，喪德敗行，著內務府收回封印、寶冊，禁足長春宮，聽候發落。」

「奴才遵旨！」小玄子走到麗貴妃面前，躬身道：「貴妃娘娘，請吧！」

麗貴妃此時倒是鎮定不少，冷笑一聲，掃了哭泣不已的我和怒目相視的皇上一眼，緩緩站起身來，頭也不回地往外走去。

皇上看著癱軟在地的陳嬤嬤，道：「五皇子乳母陳嬤嬤有失節守，其罪當誅。然自首有功，揭發貴妃罪行，死罪可免而活罪難逃，著發配至皇陵掃陵，永不得返回宮中。」

「老奴謝皇上不殺之恩！」陳嬤嬤身子慢慢軟下，心下卻釋然而語：「終於可以離開這個吃人的地方，解脫了！」磕頭謝恩後，又由太監們抬著退了出去。

「愛妃，你好些了麼？」皇上心疼地看著斜靠在榻上，神情憔悴、臉上滿是斑駁淚痕的我。

我默默看了他一眼，搖搖頭，輕聲道：「多謝皇上關心！」

「愛妃，你可是在怪朕沒有廢了貴妃？」

我滿腔怨恨，皇上又豈能不知。我不再言語，只冷冷地盯著床頭的鏤雕花紋。

「愛妃，麗貴妃之父賀寶鏡有功於朝廷，如今身居臣相之位，位高權重，朕就算想即刻處死那賤人，也不得不顧慮到賀相的顏面……」皇上低聲歎息道：「君王也有君王的難處啊！」

我眼見皇上動情，對我曉之以理，心下明瞭，一雙美目快滴出淚來。我伸手摟住他的脖子，軟玉溫香投了個滿懷，呢喃道：「皇上所言的那些政事臣妾不懂，可皇上的難處臣妾能理解，只要皇上別忘了咱的小寶貝，臣妾便心滿意足了。」

皇上將我緊摟入懷，柔聲道：「言言，你得快快調適心情，養好身子，不然朕會難過的。這樣吧，等安葬好小公主，朕便抽空帶你出外散散心。」

我窩在他懷中，柔順地輕點著頭。

皇上怕我睹物思人，果眞在安葬完小公主後便帶我赴出雲避暑山莊洗沐溫泉。不料剛到三天，宮中便快馬加鞭來人，稟報說是太后身體微恙，請皇上速速回宮。

我本想一同回宮，卻被皇上攔阻，說他先回去瞅瞅，若眞緊要再派人來接我，遂留我獨自待在出雲山莊。

皇上一走便沒了音信，倒是小玄子派人悄悄來稟，喚我速速回宮。我心下一沉，忙令人收拾東西，連夜趕回宮去。

秋日早晨微微顯涼，旭日晨光懶洋洋地從窗戶斜照進來，我端坐窗前，對著雕花銅鏡輕輕地用螺黛畫眉。

「主子，奴婢聽說皇上新近納了太后身邊一個叫玉鳳的宮女，封了答應。」彩衣邊在旁伺候，邊小心提說道。

「有這等事？」我放下螺黛，細看著方塗好暈開的胭紅，嘴角漾著嘲諷的微笑，「想來是皇上在太后榻前照看時瞧上了唄，這有甚好稀奇的？」

「娘娘眞是前門剛拒虎，後門又迎狼啊！」彩衣恨恨地說道。

我從小安子手裡接過青花細紋蓋碗，輕拂開茶沫，淡淡笑道：「這狼是來了，可卻不是她。一個小宮女暫掀不起什麼大風浪，倒是她背後的人須得謹愼對待才是。」

深秋的早晚已覺微寒，可午後陽光卻溫暖依舊。這宮中日復一日的爭鬥，已容不下我爲濤陽肝腸寸斷，那人雖被禁足，可一時半刻卻是動她分毫不得。

中宮令如今回歸皇后和淑妃之手，安插心腹，替代權位，一時間麗貴妃辛辛苦苦建立的宮中權勢，不過在我去了幾日出雲山莊便已土崩瓦解。

「彩衣，小安子，今兒天氣正好，你們陪本宮出去透透氣吧。」我對著銅鏡細細地看著，滿頭珠翠掩飾不住眼中如寶石般的璨光，臉頰上紅粉緋緋，襯出一抹自然豐潤的氣色。我滿意地點點頭，這南宮陽果是了得，居然能在這短短時日內將我身子調養得如此好。

三人一塊出了宮門，沿著玉帶橋朝白玉亭而去。

「主子，恕奴婢多嘴，近日裡因著玉答應新寵，皇上來主子這兒也不似往常那般勤了，怎麼昨兒個主子又勸皇上去看淑妃和心雅公主呢？奴婢眞是不懂啊！」彩衣關切地看著我，見園子裡微微起了涼風，忙替我披上銀絲繡櫻花紋織錦披風。

我瞟了一眼小安子，又轉頭對彩衣一笑，道：「可不是，在宮裡頭待久了，有時候自己都不曉自己在做什麼。不過，我總記得一句話：『萬事留一線，日後好相見。』」

彩衣聰明伶俐有餘，可畢竟入宮時日尙淺，不如小安子幹練，所以有些事情我總不放心交代給她。一方面是因著不放心，另一方面也是希望她能保有一顆純眞之心，在我力所能及庇護下過著簡單而平靜的生活。

彩衣心中一直留著如貴嬪的陰影，我盡力達成她的心願，更確切地說，這一切是我在盡力拉攏西寧楨宇的勢力，幫助自己成就權力，報仇雪恨。如今麗貴妃已遭禁足，看似成功在即，其實只有我和小安子心中清楚，那一步之遙已是咫尺天涯……

彩衣眼見大仇得報就在眼前，心情愉悅而不免活潑起來。她凝神想了一下，又搖搖頭，「當眞主子所想的不是奴婢能思慮的。」

我望著她，苦笑道：「有時候，本宮倒很羨慕你呢！」

彩衣詫異地看著我。

我心中低語：「簡單而平靜的生活？」不由暗歎了一口氣，像我這樣終日算計著的女人，這只怕是我永遠不能企及的一個夢……

轉過白玉亭，遠遠便望見皇后、淑妃和一群嬪妃正在假山上的穀雨亭中談笑。我立於一棵大桂樹側陰暗處，漠然地看著，也不出聲。

「淑妃娘娘，心雅公主長得好俊啊，長大了肯定和娘娘一樣是個大美人！」一身粉紅絲繡海棠錦袍的熙常在，湊在寧嬷嬷旁邊細細打量著心雅公主。

坐在鋪著銀兔皮褥的漢白玉長椅上的淑妃但笑不語，一副洋洋自得的樣子，盡顯出得權之勢。

「皇后娘娘，您看嬪妾爲您摘的這枝金菊如何？」新晉的玉答應披著大紅羽紗披風走進亭裡，後頭宮女捧著一瓶金菊。

皇后看著那瓶經過千挑萬選、別具匠心而插的金菊，不禁微微頷首笑道：「難爲你有此心思了！」髮邊的湘紅寶石墜子隨著頭擺動而忽閃忽閃，劃出華麗曲線。

「你們看，玉答應這身段、這氣質、這裝扮，活生生一個從畫裡走出的美人，難怪能引得皇上側目了！」榮貴嬪拊掌笑道。

「榮姐姐，快別取笑妹妹了！」玉答應急得直跺腳，臉色緋紅，眾人頓時哈哈大笑起來。

「依本宮說，那畫裡頭的人啊，也不若妹妹這般好！」皇后笑道，從寧英姑姑手裡接過剝了皮的金橘，一邊品嘗一邊目光含笑地看著玉答應。

玉答應紅著臉，低下頭去擺弄腰上繫著的五彩絲帶。

我冷冷地笑了笑，轉過身，朝長春宮那邊走去。

「彩衣，你先回去，把上次剩的那雪參切上一點，配上南太醫開的藥熬了。記住，切不可假以他人之手！」

彩衣笑道：「主子，奴婢辦事，您還不放心麼？」

我笑著朝她點了點頭，待她離開後又帶了小安子繼續朝前走去，行至長春宮旁僻靜的園子處。

我遙望著長春宮，歎道：「小安子，咱們這一步究竟是對是錯？這宮中的天變得也太快了，我都快不能適應哩。」

「主子怎地突然感歎起這個來了？」

「我是怕咱們費盡心力，到頭來只是爲他人作嫁！」

小安子凝神一下，才道：「主子的擔心不無道理，不過這本是舉手無悔之棋，主子如今即便後悔亦爲時已晚。主子近日神情奴才看在眼裡，主子的憂慮奴才心裡也知曉，奴才這幾日也在權衡利弊。」

「哦？那你有何高見，不妨說來聽聽。」我知小安子既然這樣說，那心裡肯定有了一番思量。

「回主子，高見就甭提了，奴才只略剖析了一下，說出來主子看看是不是那個理。」

我點頭相應，小安子才道：「奴才覺得如今這情況，娘娘不妨以退爲進，先讓裡頭那個出來，好壓制外面的兩個。就今時局勢，縱使裡頭那個出來了，也只能相互牽制，任何一個都無法獨攬大權，此對主子而言是最有利的。」

「啊！」我一驚，猶疑道：「放她出來也非沒那個可能，只是小公主難道就這樣白白去了麼？西寧將軍那邊又該如何交代呢？」

「娘娘何須交代，這純是權宜之計。現下該是西寧將軍和莫大人出力的時候，怎麼做就看兩位大人了。」

我點了點頭，正想說什麼，卻見長春宮後門閃出一人，鬼鬼祟祟從隱祕處離去，觀其身形倒像是個奴才，忙示意身旁的小安子。

小安子點點頭，迅速悄悄跟了上去。

我剛回到宮裡，略歇一陣，正喝著彩衣新燉的參湯時，小安子掀簾而入。我朝小安子點點頭，小口地喝完碗中的湯，將空碗遞與彩衣，又吩咐眾人退下，才示意他坐在軟凳上，低聲問道：「看清了去向沒？」

小安子謝過恩，坐在小軟凳上，喝了兩大口茶，方低聲回道：「回主子，奴才一路跟蹤那人，卻覺著那身影不似小太監，反倒像極了宮中某人。奴才心下遲疑，便悄悄尾隨著，直到那人抵達去處，入宮門前微一回頭，奴才方才看得清楚，那人果真是……是……」說到此處，小安子驚恐得面部微有痙攣。

我心下一沉，忙追問道：「那人去了哪個宮裡？你看清了？究是何人？」

小安子望了望四周，甫起身擱下茶杯，湊近我耳畔小聲回了。我一聽，愣在當場，軟在座椅上，半晌才喃喃道：「此事不可聲張，派了可靠之人好生給我盯著。一有風吹草動，即刻來稟。」

正說話間，彩衣在簾子外稟告皇上駕臨，我忙到正殿去恭迎聖駕。

待到晚膳後，東暖閣裡處處點著六枝巨燭，一時間燈火通明，卻不聞絲毫煙氣。皇上興致高昂，執了紫毫筆在書案上鋪好的極品宣紙上用心畫畫，我立於案前靜靜地為他磨著墨。他畫了幾筆擱下，側頭瞧看立於一旁的我好一陣，再添上幾筆，又含情脈脈看著我而展顏。

我實在忍俊不住，笑著責問道：「肅郎，哪有人作畫這麼樣不專心的？照您這般畫法，就算是畫到半夜，咱倆也別想歇息了。」

我不說還好，我一說，他倒來勁了，索性擱下筆，上前握住我的手笑道：「古代學子們常說『紅袖添香好讀書』，朕倒覺著此話大是不妥。」

我停下磨墨之手，斜瞥了他一眼，「怎麼個不妥法呢？」

他呵呵輕笑，輕輕撫摸著我的手，說道：「有言言這樣的佳人在側，怎地能夠靜下心來作畫啊？除非那人是個瞎子！當初說此話之人，定無像言言這樣的佳人作伴！」

「肅郎！」我輕嗔道，狠狠瞪視了他一眼，登時羞紅臉，把手從他手中抽出。

繞過他走到書案前，把案上的紙拿起來細細欣賞著，只見上頭繪著一位身穿粉紅宮裝的美人兒，筆觸精緻細膩，將畫中之人刻畫得栩栩如生，活色生香。

我婉婉瞥他一眼，放下畫紙，輕哼道：「臣妾為肅郎辛苦磨墨，原來卻是為伊人作嫁！」

他走到我背後，輕輕懷抱我，將頭靠在我肩窩處，身上熟悉的古龍香蔓延過來，輕吻我耳際秀髮，嗤嗤地笑著，「看看，可是打翻了醋罈子了？」

我故意噘起嘴，掙脫他的懷抱，轉過身去撥弄高几上擺著的盆景，也不說話。

皇上微愣一下，隨即笑著趨前，拉了我同坐貴妃椅上，撩著我的髮絲，關懷道：「言言，可是受什麼委屈了？這平日裡還勸朕雨露均霑，把朕往這個宮裡推、那個宮裡送的，怎地這會兒又吃起醋來了？」

我抬頭看向他一眼，仍無答言。他歎了口氣，復用力將我摟在懷裡，「其實，在朕心裡，誰也比不上朕的言言！」

我俏皮地點了一下他的鼻子，「肅郎此話當眞？」

他抓住我的手，送到唇邊輕啄一下，「君無戲言！」

看著他明亮的雙眼，我歎息一聲，心，不可抑制地亂了。我反手摟抱他，將頭依入他懷裡，再也忍不住，淚如泉湧般濕了他的衣衫。

他驚了，從懷中拎出傷心欲絕的我，急問道：「言言，究竟怎麼啦？你倒是說句話，朕都快急死了！」

我眼淚掉得更厲害了，半晌才抑住悲痛，低聲抽泣著，哽咽道：「潯陽才去了不到一月，可這宮裡爲迎中秋，處處張燈結綵，好不熱鬧。別人不知潯陽倒也罷了，可我這做娘的心裡，終究不是滋味！」

皇上略頓一下，看了看外面掛滿迴廊的紅燈籠，自責道：「倒是朕疏忽了。」說罷高聲朝門外喊道：「小玄子！」

「奴才在！」立於窗前階下的小玄子忙應聲進來，跪著候旨。

「你去內務府傳朕旨意：太后鳳體欠安，長公主初歿，三個月內宮裡禁歌舞奢華，茹齋著素爲太后祈福、爲長公主哀悼緬懷。違令者，輕者杖責罰薪，重者降位褫封，打入冷宮。」

「奴才遵旨！」小安子磕頭後退出。

皇上起身，將案上的畫撕了個粉碎，又走回來，輕輕拭去我眼角淚水，柔聲道：「言言，朕喜歡看你活活潑潑的樣子，如果你不高興，朕以後都不見玉答應了，也再不翻其他人的牌子，如何？」

我凝看著他臉上的眞誠，我相信他此刻的誠心，可是以後會怎樣呢？五年，十年，二十年，他也能如此坦然地對我作此承諾麼？

我伸手撫摩著他線條分明的面龐，「肅郎，您莫非是要告訴全天下的人，言言是個善忌的妒婦麼？」

皇上見我神色無異，捏著我的手，假意恨恨地說：「這也不好、那也不行，你倒越發刁鑽了，朕都不曉該怎地做才好！」

我一下子依偎在他懷裡，呢喃道：「就這樣便好……什麼時候想起言言，便來看看我，言言就不再拈酸吃醋了。」

他在我耳邊輕笑道：「朕可是日日都想著言言呢，朕的言言是最好的！朕開心時，想同言言分享；不開心時，找言言說會子話，朕便開心了。」

「肅郎！」我輕聲道著歉，「都是臣妾不好，讓皇上爲難！」

皇上一愣，「言言何出此言？」

「皇上，昨兒午後父親大人進宮來看望臣妾，臣妾已全得悉。因著麗貴妃之事，賀相惹皇上爲難了。」我低聲道：「臣妾幫不著皇上的忙，亦不願皇上爲難，皇上解了貴妃姐姐的禁足令吧。」

「哼，她謀害潯陽，朕豈能容她？」皇上如今提起她來，依然是恨之入骨。

「臣妾是潯陽的親娘，臣妾又何嘗不恨？」我歎了口氣，道：「只是那陳嬤嬤單說麗貴妃有這樣的意圖，卻不能斷定就是麗貴妃害死小公主，而麗貴妃怎麼說也是宏兒的母妃，宏兒年幼，如今這狀況，終是對他成長不利，況且賀相若有意爲難，皇上處理起朝事來始終多有不便。皇上不爲麗貴妃想，也要爲宏兒皇子著想，爲江山社稷著想啊！」

皇上臉上閃過一絲釋然，明顯鬆了口氣。我心下一陣悲哀，他原也是如此想，純爲顧及我的感受，才未主動提起而已。

「朕的言言，無論何時總是這般講理，這麼替朕著想，這樣善良……」

「皇上順心，臣妾便也開心！」

「怎麼？今兒個吃了蜜糖？說出如許甜膩的話來！」皇上看著懷裡面頰微紅的我，心下一動，打橫抱了我走向床榻，舉手從帳鉤下揮落繡帳，帳上不久映出一對纏綿的身影。

十七　強強聯手

太后身子微恙，我每日過去侍奉跟前，直到她睡著了方才離去。

這日午後太后午憩，我回轉月華宮歇息。

不知過了多久，我朦朧間醒來，剛梳洗完畢，彩衣掀開翠簾走進稟說：「主子，瑤常在來訪！」

寧雨瑤？自從上次被降位禁足放出來後，她如退隱一般，鮮少出席各種宴會活動，我幾乎忘了她的存在。她向來尖酸刻薄，不知道這回拜訪又會出甚花樣？

彩衣見我沉思，以爲我不想看到她，便問道：「要不，奴婢尋個藉口打發了她去？」

「不，請她進來！」我轉動著小指上戴著的翡翠護甲，輕敲旁邊小几，發出有節奏的嘚嘚響聲。

「姐姐，妹妹知錯了！」寧雨瑤剛進門就「撲通」一聲跪倒在地，珠淚漣漣，一身米黃薄紗宮裝越發襯得她的小臉蒼白如玉。

我淡漠地看著寧雨瑤裝模作樣的哭容和一抖一抖的消瘦肩膀，目光越過她，落在跪於她後頭的宮女小顏身上。小顏一對上我的眼，立刻惶恐地低下頭去。

小安子爲我端來一碗蓮子百合羹，我用雕花銀匙輕輕攪動著，看著蓮子羹轉出的玉色漩渦，輕聲道：「妹妹這是唱的哪一齣啊？你跪在這裡哭哭啼啼的，讓有心人瞅見了，還不搶說本宮如今得勢啦，就怎麼怎麼欺負妹妹你呀，本宮可擔待不起。小顏，還不快把你家主子扶起來，難道要本宮親身去扶麼？」

「是，是，娘娘！」小顏答應著，忙起身扶起寧雨瑤，兩人尷尬地立在那裡，想啓齒又見我忙著，不好開口。

我似沒看見似的，也不正眼瞧她們，用銀匙舀了蓮子百合羹仔細飲著，淺嘗幾口，點點頭向彩衣說道：「熬得挺好，味道可口。」接著又一副才見著寧雨瑤的樣子，責怪道：「怎麼也不給瑤常在盛一碗來？如此怠慢客人！」

彩衣端起几上的青花瓷蓋碗上前，笑道：「這蓮子百合羹實乃平常之物，今兒不知瑤常在會過來，煮得少了些，奴婢怕瑤常在嫌棄就沒敢送上，請瑤常在恕罪。奴婢特意給瑤常在沏了新進的君山銀針，還望瑤常在莫嫌棄才是！」

寧雨瑤強顏歡笑，應道：「彩衣姑娘客氣了。」說著伸出手來從彩衣手上接過青花瓷蓋碗，卻發現那碗底一片冰涼，想來定然是冷水沖泡的了。她臉上微微一變，卻不動聲色地忍了，端著茶立在那裡，喝也不是，放也不是。

我慢條斯理地用完羹湯，將空碗遞與彩衣，輕拭嘴角後才詫異道：「怎麼妹妹還站著？快快請坐。」甫又笑著自責道：「妹妹可別往心裡去，姐姐最近身子微恙，這腦子也不太靈光，常常都不自知在做些什麼。」

「姐姐客氣了！姐姐哪處覺得不適？可曾宣了太醫過來請脈？姐姐的身子須好生調養才是。」寧雨瑤落坐楠木椅，將茶放在旁邊几上，一副關懷備至的樣子。

「哪有那麼嬌貴，都是老毛病了，不礙事！」我說著又看看她，問道：「妹妹怎麼不喝茶？可是嫌棄這茶沒泡好？還是妹妹不喜君山銀針？姐姐喚奴才們再換杯新茶上來！」

「不，不用了。」寧雨瑤忙攔了我，笑道：「謝謝姐姐，這茶挺好的。」語罷端起几上那杯茶，輕輕拂了拂茶面，若無其事地連呷了兩小口。

我這才喜笑顏開，「妹妹今兒來，難道只是念叨那些個陳年舊事？」

寧雨瑤一聽，忙站起身回道：「姐姐向來宅心仁厚，最是寬善，昔日妹妹少不更事，做了些飛揚跋扈之舉，還望姐姐莫放在心上。」

我微垂著頭，雙手用力擰著絲帕，直勾勾盯視她好一會，方才走上前去。我握住她的手，軟言道：「妹妹毋須再提了，過去之事就別放在心上，這宮裡的人皆是身不由己，姐姐我明白。」

我邊說邊添上幾分手勁，翡翠護甲尖利的甲尖刺進她細嫩的手心裡，我看著她吃疼偏卻極力忍住的表情，又道：「妹妹回去告訴貴妃姐姐，都是自家姐妹，不著如此見外了，這往後……還多著地方要靠貴妃姐姐大大提攜呢！」

聽我如此一說，寧雨瑤慌忙站了起來，喜出望外地看著我，「姐姐……」

我面帶微笑，一派柔和地看著她，驀地一驚，在她旁邊的楠木椅上落坐，親暱地接過她手中絲帕，輕輕地沾著她顫抖的手心。絲絲點點的血跡在米黃色絲帕上顯得格外怵目，我歉然道：「瞧我，都忘記自己還戴著護甲，傷了妹妹，真真是過意不去。」

寧雨瑤臉色發白，連道：「沒、沒甚要緊……」

我回頭朝彩衣吩咐道：「彩衣，去，把皇上前兒個御賜的那瓶生肌養顏露取來給瑤妹妹。」

彩衣答應著，少頃就捧來一只小小的白玉瓶。

我笑道：「妹妹，這生肌養顏露乃貢品，治療外傷效果極佳，不但不會留下疤痕，還會令肌膚更添嬌嫩美白呢！」

寧雨瑤極力推辭著不肯接受。我把瓶子塞到她手裡，嗔道：「妹妹堅持不受，莫不成是在嗔怪姐姐鹵莽傷了妹妹麼？」

寧雨瑤只好千恩萬謝地受了。

我甫又笑道：「姐姐身子不好，平日裡難得踏出門，妹妹如不嫌棄，往後就常來走動，合算是陪姐姐我解解悶了。」

寧雨瑤激動地點點頭，「只要姐姐不嫌妹妹叨擾，妹妹會常來的。」

「那便好，姐妹們本該彼此多走動走動，才不會變得生疏啦。」我笑著遞過手去，明顯感覺到她身子緊繃，抖了一下。我斜瞥見她露在裙外微微隆起的鞋子，不經意地笑了。

送走了寧雨瑤，彩衣上前來說：「主子，今兒個瑤常在來訪，恐怕不止是求得主子原諒這般簡單呢。」

這丫頭向來心思單純，如今卻……，我不由詫異道：「連你也看出來了？」

彩衣笑道：「主子你用護甲刺她，她也隱忍著不敢說什麼，想來這段時日受了冷落，如今麗貴妃也勢不如前，所以想來投靠主子不是？」

我翻了翻白眼，剛剛才誇她呢……

我歎了口氣道：「你只說對了一半。」復轉頭朝小安子道：「小安子，你說說看。」

小安子笑了笑，回道：「主子，奴才倒覺著這瑤常在不像是自願前來，娘娘可曾留意，她方才說話時周身緊繃，不小心露在裙外的鞋子也一直繃著，把那絲繡錦緞鞋面都繃得變形。此正顯明她所說之話、所做之事定非出自本願，純粹不過是虛情假意而已。」他略頓一下，才揣測道：「奴才以爲，瑤常在這一趟，定是替剛放出的麗貴妃跑跑腿，來探探主子意向。當日裡若無麗貴妃的暗許，瑤常在又豈敢在主子面前冷嘲熱諷、耀武揚威呢？今日瑤常在來低頭認錯，就代表貴妃娘娘朝主子服軟了，至於麗貴妃的本意麼，奴才認爲還得仔細斟酌斟酌才可。」

我讚賞地點點頭，正欲啓口。不巧秋霜在門口喚道：「主子，奴婢進來了。」她說完便掀簾入內，「主子，淑妃娘娘宮裡的丫頭過來傳話，說是淑妃娘娘請您過去品茗。」

我和小安子對望一眼，不由得笑了。我柔聲道：「今兒個是甚好日子？怎麼本宮倒成了稀世人物，這邊拜來又那邊請的，還真真成了寶啊。」

小安子笑著睇我一眼，玩笑道：「依奴才瞧，主子這是前有虎後有狼的，可怎地過得去喲！」

難得小安子有這等心思說笑，我立時斜睨他一眼，裝腔作勢道：「那本宮，只能……暈過去了唄！」

眾人一愣，隨即笑將起來。我忍住笑，吩咐道：「善者不來而來者不善，既然一個個都來了，本宮就陪她們好好唱這齣戲，看誰的功力更勝一籌了。彩衣，小安子，準備準備，赴永和宮品茗去。」

月華宮和永和宮相隔甚近，我帶了彩衣和小安子從側門而出，就能望見永和宮正門。遠遠地，淑妃的貼身侍女海月便迎上笑道：「昭儀娘娘有禮，我家主子特命奴婢在此恭迎娘娘。」

「有勞海月姑娘了。」我笑道，用眼色示意在旁的彩衣趨前，往海月手裡塞了一錠銀子。

海月也不推辭，就著往袖裡一塞，說道：「昭儀娘娘實在客氣。奴才們平日裡本就沒少受娘娘的恩澤，如今娘娘身子未見大好，我家主子又請娘娘過來，奴婢在跟前伺候著本是應當。」邊說邊迎我入了正殿。

我裝作一副心情甚佳模樣，朝彩衣和小安子笑道：「看看，你們看看，海月姑娘這嘴可真是越來越甜了，人也越來越討喜了。」

「是麼？」淑妃已親自從暖閣中迎出，笑道：「倒是德妹妹謬讚了，這宮裡誰不知德妹妹最是宅心仁厚，體貼下人哪。」

海月羞紅了臉，在旁不依地嗔怪道：「兩位娘娘快別拿奴婢取笑了！」

我喜笑顏開看向淑妃，指著海月道：「看看，都成大姑娘了，倒還怕羞！」眾人見我歡喜，便也陪著呵呵笑了幾聲。

入得暖閣，我興致高昂地問道：「淑妃姐姐得了何樣佳茗，虧得姐姐還惦記著妹妹，請妹妹過來……」轉過屏風卻見皇后端然坐在正位鋪錦長椅上，於是話說到一半，我又笑道：「原來皇后娘娘也在啊！」

我上前幾步，福了一福，「嬪妾見過皇后娘娘，娘娘千歲……」

皇后忙起身道：「妹妹快別多禮。淑妃，扶妹妹過來吧。」

淑妃趨前幾步，扶了我走到左首位落坐，自己才回到右首位坐下。

皇后笑道：「都是自家姐妹，此處又無外人，妹妹何須見外。」

我輕笑應道：「皇后姐姐抬愛，那妹妹就不客氣了。」

皇后和淑妃對望一眼，淑妃笑言：「本該如此的，當初妹妹住在姐姐宮裡之時還常有來往，而今妹妹貴為一宮之主，姐妹間反倒淡了不少哩。」

皇后橫了淑妃一眼，「提以前那些個舊事做甚，而今而後多走動走動，便就不會生疏了。」

這時宮女奉上青花瓷蓋碗，我柔和地笑笑，接過茶。揭起茶蓋刮了刮茶沫，又輕輕吹開茶面，淡雅清新的茶香撲鼻而來，我小飲一口，茶湯順喉滑入，頓覺唇齒留香，引人心曠神怡。

我不由讚道：「今秋新產的秋香鐵觀音濃而不澀、淡而留香，難怪古人留傳『綠葉紅鑲邊，七泡有餘香』的美讚。」

淑妃笑道：「姐姐，我就說妹妹是懂茶之人吧！」

皇后頷首相應，見我心情大好，這才小心翼翼道：「長春宮那位前兩日解禁了，妹妹知曉麼？」

我心中雪亮，面上卻裝出乍驚之色，微愣了一下後將手中茶杯「喀」的一聲擱放几上，黯然道：「是夜，跟前的丫頭就告訴我了。」

「她謀害長公主已然證據確鑿，怎地如今……」皇后瞪視淑妃一眼，淑妃嚇得把後半句給噎進肚子裡去。

我長歎一聲道：「有甚辦法呢，她一口咬定沒有。她賀家跺跺腳，這皇城的地都要跟著震一震，妹妹我無依無靠，也只能打碎了牙往肚裡嚥。」

「那妹妹就這般作罷？」淑妃一副替我不值的表情。

「不這般作罷，又能如何哩？連皇上都……」我露出說錯話的表情，倏地住了口。

皇后看在眼裡，嘴角扯出一絲笑意，柔聲道：「姐姐也曾掉了孩子，知道當娘的失去兒女之痛，德妹妹心中的痛，做姐姐的能夠體會。潯陽伶俐可愛，太后和皇上萬般寵愛，可偏偏……妹妹難道就甘心麼？」

皇后見我連連點頭又露出無可奈何的可憐樣，緩緩言道：「倒也不是就完全沒辦法了……」

我心中一喜，忙追問道：「皇后姐姐可有甚法子，求您教教妹妹！」

皇后見我一副迫不及待之狀，不緊不慢地呷了一小口茶，才道：「其實她所能依仗的不過就是賀相罷了，賀相年事已高又固執守舊，早該回家享清福啦。」

我露出不知所以的表情，淑妃甫又接道：「賀相爲官這麼多年，還能沒個或多或少的把柄留下麼？要對付長春宮裡那位，唯能靠咱們姐妹聯手。莫大人如今位居尚書，行起事來方便許多，只要他肯出力，那長公主自然就不用冤死了。」

我萬分震驚，少頃才吶吶地說：「後宮不得干政，這可是自古以來的古訓，祖宗規矩啊。」

皇后冷笑一聲，「妹妹果真年輕，其實咱們這些姐妹也不過是一顆顆的政治棋子，讓家族依靠咱們穩固地位進而富貴萬千，皇上利用咱們控制朝中各大家族罷了。」

我仍存疑慮，半晌才道：「此事，兩位姐姐請容妹妹回去斟酌思量。」說罷行過禮，轉身朝外走去。

淑妃萬料不及我會未表明態度而走，略略驚訝，愣在當場。

皇后同樣微微生急，可畢竟老練許多，只閒閒地在背後說道：「妹妹何須考慮，宮裡本就是你死我活的地方。若少去長春宮那位，這後宮豈不就成咱們姐妹的天下？姐姐我身子不好，長年養病，還不託給妹妹你和淑妃共同管理了？」

「這……」我止住腳步，回首瞟了一眼萬分驚訝的淑妃，對上皇后直視過來的目光。稍稍沉吟過後，我才一副痛下決心之樣，開口道：「如此，兩位姐姐細細品茗，妹妹先行告退，明兒個請父親大人進宮來閒話家常。」

回至殿中，我藉故支開了彩衣，示意小碌子守在門口。

爾後，我將皇后的意思告訴給小安子聽。

小安子沉思一瞬，道：「那主子的意思呢？」

「我找你來，就是想聽聽你的意見，你在這宮裡頭待得久些，不妨說說有何看法。」

「依奴才之見，還是對付賀相爲先，一來可壓制麗貴妃在宮中的勢力，二來可擴充莫大人於朝中的勢力。」

「可你就不憂皇后拉攏了我，對付完麗貴妃再來對付我？」

「其實主子心中已有數，同麗貴妃聯手對付皇后，不若同皇后聯手對付麗貴妃。畢竟皇后娘娘身子骨較弱，而淑妃娘娘向乏主見。」

小安子細細闡析著，我連連點頭道：「與我所想相去不遠，再又說了，潯陽之死絕不能這般不明不白的就罷休。此外，在西寧那邊有過同樣交代，他亦好盡力扶持咱們。」

沉吟片刻，我又吩咐道：「小安子，去內務府登記入冊，明兒請父親大人進宮閒話家常。」

小安子應聲，急匆匆退了出去。

不過十來日工夫，皇城裡已然流言四起，傳說賀相貪贓枉法、結黨營私，更有甚者傳賀相功高蓋主、自視甚高，在朝堂之上不把皇上放在眼裡，大有凌駕萬人之勢，連宮中同是私下議論紛紛。

今兒本是臘月十五，按例皇上該歇於皇后宮裡。既知皇上不會過來，又因屋外下著大雪而天寒地凍的，我遂就早早沐浴更衣，斜臥貴妃椅上，隨手拾了本雜記翻閱。

正看得入神處，門外卻傳來了刻意放低的談話聲，我示意陪在一旁的彩衣，「去，看看是誰這會兒過來了。」

彩衣應聲而出，不一會掀簾進來回道：「主子，是楊公公過來了！」

「快請進來！」我一骨碌爬起身，擱下書，疾步轉到屏風後披上罩袍。

楊德槐已進到屋中，我忙迎了上去。

「楊公公，不必多禮。」我扶住正要行禮的楊德槐，「跟自家妹子還客氣甚？可不是拿我當外人了。」

楊德槐呵呵笑著，「哪裡、哪裡，我這做哥哥的到德妹子宮裡從沒客套過，倒是妹子每次都客氣到讓我這哥哥不好意思哪，有啥好東西可從不曾落下哥哥的。」

我迎了他落坐楠木椅，笑道：「若不是哥哥明裡暗裡的在皇上面前變著法幫妹子，妹子我哪有今日啊，你瞧我這做妹子的又哪裡跟哥哥客套？連哥哥來訪，都穿著這樣便出來了。」

彩衣恰好奉上茶，打斷了我們的話。她溫言道：「楊公公，這天寒地凍的，奴婢到小廚房給您溫了碗龍骨湯，還冒著騰騰熱氣呢，公公暖暖身子！」

「喲，妹子人好，這跟前的丫頭也學得有模有樣的。」楊德槐樂呵呵接過彩衣手裡滾熱的湯盅，「多謝彩衣姑娘了，老奴便不客氣啦！」

「到妹子這兒還客氣甚呢，先喝湯暖暖身子再說吧。」我含笑道。

楊德槐也不客氣，取銀匙舀了一小勺吞進胃裡，連聲稱讚「好喝」，索性連勺子也不用，一咕嚕將滿滿一盅子湯喝了個碗底朝天。接著他取出手帕沾了沾嘴，眉開眼笑道：「妹子這小廚房煲的湯，可眞眞是好物啊！」

「哥哥若是喜歡就常來，我吩咐奴才們備下了等你過來。」

「好的，好的！」楊德槐連聲道，頓了頓又說：「哥哥我是無事不登三寶殿啊，今夜冒雪過來，實乃有一事相求。」

「哥哥冒著這麼大的風雪趕來，必有萬分要緊之事。哥哥但說無妨，只要妹子力所能及，定然盡心竭力！」

「其實對妹子來說亦非甚難事，如今放眼這宮中，能爲此事者，只妹子一人耳！」楊德槐見我神色殊異，呵呵一笑，甫又神情落寞地說：「不瞞妹子說，皇上從今兒午後便待在御書房中，到這時辰連晚膳都未用。」

「啊！」我驚呼出聲，問道：「今兒不是十五麼?皇上沒去儲秀宮?」

「沒的，今兒下朝後，哥哥我瞧見皇上一副心事重重之色，後來萬歲爺就獨自悶在御書房裡。到了晚膳時候，奴才們催請幾次，皇上一怒之下責罰了送茶的小太監，奴才們便不敢多開口。奴才們實在沒轍，左思右想，幾人商量了一下，這才厚著臉皮過來求妹子。德妹子能否過去勸勸皇上?」

「這個……」我略略沉吟，面露難色。

楊德槐急道：「太后若是知曉，皇上若是有個好歹，奴才們個個可都要掉腦袋了。這大雪天的，要妹子幫忙，做哥哥的心裡委實過意不去，只是現下情況棘手啊，奴才們也是沒轍了，這才……」

「哥哥這是說哪裡話！」我打斷楊德槐的話，嗔怪道：「這點小忙說起來妹子是不應該推辭，區區點雪又算得了什麼?只是，祖宗規矩言明『後宮不得干政』，妹子是怕給那有心之人瞧見，又要搬弄口舌了。」

楊德槐一聽，急得頭上直冒冷汗，連連道：「這可如何是好啊！」

我沉思少頃，道：「哥哥莫急！」說著又轉頭吩咐道：「彩衣，去把櫃裡新製的桂花糕裝上一小匣子，再放入一瓶櫻花釀。小安子，吩咐人備轎！」

「妹子這是……」楊德槐見我明明怕人瞧見進御書房，如今又行此吩咐，覺奇地問道。

我莞爾一笑，「本宮偷偷地去了，倘被那有心之人放話傳到太后耳裡，明兒個太后問起，本宮倒還說不清楚了。如今，本宮正大光明給皇上送夜宵去，看誰還敢胡嚼舌根，搬弄是非！」

楊德槐見我願意幫忙解圍，立刻眉開眼笑地讚我妙計千條。

我拎了小匣子，小步移進御書房中。

皇上聽得腳步聲趨近，煩躁道：「朕說了多少遍了，你們這些奴才……」猛地轉過頭，見是我進來，忙迎前柔聲道：「愛妃怎麼過來了？這大雪天的也不好生歇著，朕剛剛可有嚇壞你啦？」

我盈盈一笑，「臣妾未嚇著，倒是這些奴才們被皇上嚇壞了！」說罷，瞟了一眼旁邊站著那幾個戰戰兢兢的奴才。

「你們先下去吧。」皇上揮了揮手。

幾人如獲大赦般鬆了口氣，忙謝過恩退出去。

「皇上廢寢忘食、勤政爲民是好，可也得保重龍體才行。臣妾特意爲您製了些點心送來，請皇上嘗嘗。」我邊說邊將匣子中的桂花糕擺在旁側小案上，又拿了佳釀，取了酒杯斟滿酒。

皇上走上前逕自取了一杯，一飲而盡。

我見他空腹喝酒，又飲得如此猛烈，急道：「皇上，您……」

他微微一笑，朝門口高聲道：「楊德槐，朕知道你在門口，別躲躲閃閃的了，快進來吧！」

楊德槐如作賊被當場抓包般，不聲不響地從門外緩移入內，小心翼翼陪笑道：「皇上英明，見都沒見著就知道奴才在門口呢。」

「哼，哼。」皇上冷笑兩聲，不冷不熱道：「說起來朕還得要好好謝謝你呀，若非你多嘴多舌，朕今晚還盼不來德昭儀探望朕呢！」

楊德槐臉色突變，「咚」的跪落地上，額頭上竟冒出密密一層冷汗，連聲道：「皇上息怒，奴才、奴才只是……」

我瞟了瞟楊德槐，柔聲打斷他的話，「皇上，楊公公這不也是擔心著皇上，又實無法子才出此下策。怎麼？難道皇上這會兒不想看到臣妾？」說得一副委屈萬分又含淚欲滴的樣子，作勢就要往外走，「臣妾冒著大雪巴巴地趕將過來，不想皇上卻……臣妾走便是了。」

皇上「噗哧」一聲笑出，拉了我回到小桌前，「你這鬼靈精，真真是越來越無法無天啦，對著朕也耍起小脾氣！不過啊，朕還樂吃你這套。」轉頭朝楊德槐一揮手，「看在德昭儀替你說話的分上，朕就饒了你這一回。快去傳膳，朕要與德昭儀共飲一杯！」

楊德槐頓時愣在當場，傻了眼，不知該做何反應。

我笑道：「楊公公，皇上跟你鬧著玩呢！快去御膳房傳膳吧！」

楊德槐甫才反應過來，臉上樂開了花，連聲喜道：「是，是，奴才這就去辦！」

須臾間便擺上了滿滿一桌子菜，我揮退眾人，親自斟酒伺候在側，又陪著皇上閒聊，說些他聽著高興的話，卻對他悶在御書房一事隻字不提。

用過晚膳，我看天色已晚，起身笑道：「皇上，時候不早，您也該去皇后姐姐宮裡了，臣妾先行告退。」

皇上一愣，問道：「愛妃，想來楊公公已然告訴你，朕打午後起便獨待在御書房中。愛妃從踏進這御書房到現下也有個多時辰，卻隻字未提，如今又說要歇息了，難道愛妃毫不好奇朕被何事困擾麼？」

我溫婉一笑，柔聲道：「皇上願告訴臣妾之時自然會說，皇上要是不願意吐訴，臣妾即便是問了，皇上也未必會說，說不定還好生爲難呢。皇上說過，臣妾便是您的解語花，如今皇上鬱悶，臣妾的職責即在於設法助皇上重拾喜樂。如今臣妾不才，皇上雖未開懷，卻也稍得排解了，況且今兒皇上按例該去皇后姐姐宮裡，臣妾留在這兒恐引皇上爲難，所以臣妾還是先行告退吧！」

皇上用探究的目光凝看著我，半晌才上前扶起我道：「言言，朕有時覺得你就是個孩子，偏愛在朕面前瞎胡鬧；有時又覺得你就是朕的愛妃，應該疼你、寵你；可有時朕又覺著你是如許冷靜睿智，連那些讀書破萬卷的學者都及不上你的思維。朕有時都糊塗著……」

「臣妾就是個如謎似的鬼靈精，皇上得耗費心思才能讀懂臣妾！」我窩在他懷裡，咯咯直笑，逗弄地說。

「你呀！」皇上點了點我的小鼻子，笑道：「就是個小搗蛋！」

我笑而不語，皇上沉吟少頃，指指桌案上的那堆奏摺，道：「朕左右爲難，冥思苦想了好半日也沒個結果。言言既然心裡掛記著朕而來，不妨就看看吧。」

我嚇得立時跪倒在地，「皇上，後宮不能干政！」

「起來吧！」皇上扶了我，「朕特准你看這一次！」

我猶疑著移步案前，緩緩伸出手，顫巍巍地拿起一本奏摺翻開，緊張得連呼吸都忘了。一見奏章上的呈文，我不禁愕然，越看越心驚，著急而慌亂地大致翻看了桌案上那一堆奏摺，內容大同小異，以王太尉、莫尚書爲首的一幫眾臣皆上摺以貪贓枉法、結黨營私、買賣官職等罪行彈劾賀丞相，並列事舉項，提供了眞憑實據，言辭激烈地要求皇上派專人查察，公開審理。

我心驚膽戰，「咚」的跪落，顫聲道：「皇上，臣妾不知，家父他……」

皇上歎了口氣，上前拉我起來，扶我到旁邊椅子上坐了，「言言，每天給朕下跪的人多了，不差你一個。你別動不動就跪，這大冷的天，你身子剛見好，朕可心疼著呢。朕要你看，不是要責問於你，是要你替朕出出主意。」

我見皇上猶豫不決的態度，腦中已微微浮出答案，只是……

「皇上，您覺著這奏摺上所述可都屬實？」我呷口茶定了定神，悄聲問道。

「說實話，朕這心中實在沒底。」

我微微一笑，緩言道：「皇上是不想賀相爺有事了，那既然如此，皇上只管擱下這疊奏摺到一邊就是了，何須煩惱？」

「可……」皇上猶豫著。

「那皇上只管派個秉公執法之人細細查之便可。」

「但……」皇上仍猶豫著。

「皇上這是左右爲難了。」我細細地分析道：「其實皇上心裡想查，可又怕查出個好歹來，不好收拾。臣妾說得對麼？」

皇上歎了口氣，道：「是啊，賀相爲官多年，他那些個不乾不淨的渣滓事朕心裡早已有數。只是……」他躊躇一瞬，方續道：「父皇去得早，朕十二歲登基，朕和母后孤兒寡母處處受人節制，若無賀相鼎力相助，朕又哪能十六歲親政啊！只是這官越大、做得越久，私心便就越多，野心也跟著越大了，這些年朕念著賀相之功，多半睜隻眼閉隻眼放過，不想他卻越加變本加厲，朕……」

我感歎道：「可如今賀相年事已高，皇上若然拿他開刀，未免傷了老臣們的心啊！」

皇上點了點頭，「故朕才會這般猶豫不決，舉棋不定！」

「那皇上不如讓賀相爺自行告老回鄉頤養天年，爾後再進行些調動，便可達成目的。這樣既能避免衝突，也遂了皇上的心願。」

「好主意！」皇上眼睛一亮，隨即又黯然道：「唯就賀相如今的情況，要讓他自行請辭，談何容易啊！」

「能擔此任者，這宮中只一人耳！」我神祕一笑，福了福身子，「臣妾告退！」說罷也不理會背後喚我的皇上，逕自出了御書房，坐上小轎回轉櫻雨殿。

翌日，小玄子傳了話，說是當晚我離開後，皇上就去往寧壽宮。

不幾日即有消息傳來，賀丞相在早朝時自動請辭，皇上苦留不得，只得含淚答應，並挽留到新年後返鄉。

轉眼間迎接新年，太后與賀相本就親厚些，如今賀相辭官還鄉而離別在即，遂便趁著新年大擺筵席，請了許多皇親國戚，攜帶家眷同堂而坐。

麗貴妃依舊忙碌著籌辦筵席，可本就失了皇寵的她，如今又失卻賀相這座靠山，往後在這宮中的日子可想而知。麗貴妃眼中難掩落寞，偏只能強顏歡笑，畢竟皇上已然給足了她賀家面子。

酒過三巡，皇后轉向太后微微一笑，「母后，您平日裡最喜觀賞歌舞，內務府前些日子新進了一批歌藝俱佳的舞姬，不如趁今日熱鬧，讓她們上來獻歌舞吧！」

今兒新年，眾人齊聚一堂，太后興致頗高，點頭笑道：「宣！」

皇后淺笑著朝掌事嬷嬷一揮手，一列打扮相仿的紅衣少女便魚貫而出，移至殿中央環成一圈，歡快地舞著。少女們臉上洋溢著青春的嬌嫩，頂尖而齊一的舞姿及風情各異的神采，吸引眾人目光。

滿場彩袖翩飛，熱鬧非凡，我心中卻有些落寞，環看四周，見人人都注視著場中，便偷偷離席向外走去。

屋外，大雪紛飛，腳踩在雪地裡嘎吱嘎吱響著，我不禁想起，就是在這樣個大雪天裡，我跪在雪地裡四處求助無門；也就是在這樣個大雪天裡，端木晴跌了一跤，丟了性命；如今又是在這樣個雪夜裡，眾人欣賞歡歌熱舞而娛，送走當朝一品大員賀丞相。

今天為官，明天為民，今兒是寵妃，明兒是罪奴，世事難料！我不曉得這條路走下去，等待我的又會是什麼？

一路漫無目的地走，走著走著竟到了桃花源。桃葉早已落光，光禿禿的桃樹三三兩兩掛了些燈籠，樹枝上、燈籠上覆滿了積雪。

我一路沿著淩波湖畔徐徐行去，不覺走到了園中那幾間廢舊小屋處，猶豫了片刻，終移步到屋前，推門而入。緩步走至屋中，我透窗望著窗外一片銀妝素裹的景象。

我心中乍想，自己有多久沒享受過這樣的寧靜了？正沉吟間，背後忽有一雙手攔腰抱了過來，我一驚，奮力地掙扎著。轉過頭，借著窗外微弱之光，恍惚間看到一張熟悉而憔悴的臉，帶著滿身酒味。

十八　錯結孽緣

我一陣愕然，怔在當場，心中呢喃：「他怎麼會在這裡？」隨即又瞭然，「是了，這是他們最後私會之處，有著刻骨銘心記憶的地方，他又怎會不惦記著呢？平日裡即便進宮，也難有今兒這樣的機會隨意走動，他出現在這裡當非意料之外。」

我瞅著他疲憊的身形，憔悴的模樣，發紅的雙眼，痛苦的呻吟，忍不住微微心疼起來，心裡有種說不清的酸澀在蔓延著。如此癡情的人兒，難怪端木晴說不枉此生，可爲何偏偏兩個如許相愛的人卻就得不到幸福呢？

雖然方才在殿上只小酌幾杯，可如今的我彷若醉酒一般，眼神迷離地看著他，不由自主地用手撫摸著他濃黑的眉毛，堅挺的鼻梁，厚實的嘴唇，光潔而剛毅的下頷。

在我的撫摸下，他漸漸放鬆，眼皮也緩緩闔起，爾後將頭靠在我肩窩處低聲抽泣著。

我歎了口氣，扶了他同榻而坐，輕拍著他的背，像哄孩子似的哄著他。

他伸手柔抱著我，低聲囈語道：「晴兒，晴兒，你知道嗎？我好想你！」灼熱的呼吸在我耳畔交錯，柔軟的雙唇如羽毛般輕啄著我的玉頸。

我頓時覺得有什麼東西兜頭而下，脊背發涼，微微向旁傾了傾身子想要躲開。不料他頓了一下後，猛地收攏原本環抱著我的雙手，將我緊摟在懷裡，低頭胡亂地親吻我。

我震驚萬分，連聲咒罵，暗責自己糊塗至極，他再怎麼癡情、再怎麼惹人心生憐惜，也是個血氣方剛的男人啊！現如今惹禍上身，可如何是好？

我使勁掙扎著，可這般用力於他而言卻微不足道。我急了，狠命地用指甲挖他，甚至用牙咬他，像一頭憤怒的小獸，然他始終緊緊把我摟住，毫無半分鬆開之意。

漸漸地，我累了，早已意亂情迷將我當作端木晴的他不管這些，乘隙勾起我的小臉，把自己柔軟的唇貼上來，繼續挑逗地吻著我。

我陡然一顫，怔了好一會，體內一種原始的本能漸漸甦醒，本能地騷動著，呼吸也隨之急促。他彷彿感覺到了我的變化，忍禁不住，一翻身壓住了我，拔去我頭上的珠釵，瀑布似的秀髮披瀉散開，纏綿著他的身軀。

他著了魔似的熱烈挑逗我，身上淡淡酒香曖昧地圍繞著我們，溫暖的手從我脊背一路輕撫而下。

我只覺身上一陣酥麻，感覺自己像溺水之人掙扎了幾下就放棄了。

昏暗燈光下，我們努力探索著對方軀體，滾燙的喘息在耳邊纏繞，周圍空氣如著火般灼熱……

激情退去之後，我的意識終於逐漸撈回。我瞧見他亮澄澄的古銅色肌膚，結實有力的胸膛猶餘留細細一層汗珠，驀地想起方才活色生香的一幕，忍不住雙頰緋紅，銀牙咬碎，暗罵自己太輕浮。

西寧楨宇醉了，難道自己也醉了麼？怎地就這樣瘋狂起來？倘若被人知曉，還能有看到明兒日出的命在？

我連忙起身，慌忙找拾衣衫往身上套。西寧楨宇亦已酒醒，此刻見那人是我，定然是萬分後悔吧？我忍不住心裡湧起些酸澀。

著好衣衫，理妥凌亂的髮絲，我沒回過頭去，只略頓了頓才輕聲道：「都忘了吧，就當方才甚也沒發生！」

半晌過去未聞回應，我輕歎了口氣，舉步朝門口走去。

背後忽傳來沉重的聲音：「抱歉！」

我無言以對，只悄聲說：「我們離開宴會太久，我先過去了，你自己留心。」

「慢著！」

我聽到一聲低喊，接著是他迅速著衣的聲音，還沒緩過神，他已然著好裝近身趨前。他身上熟悉的味道再次襲來，我微微往外挪了一步躲避著，生怕自己沉淪下去。

他輕聲走至門口，豹子似的竄了出去，過得一會才回來，對我說：「周圍無人，快回去吧。自己當心！」

我愣愣看著他，有些驚訝從他口裡也能說出關心端木晴以外的人的話來。他被我瞧看得頗不自在，轉過頭去，過得少頃才低低說道：「長春宮那位還儀態萬千端坐在那兒，你可千萬不能出事。你若不想招人懷疑，就快些整理一番，趕赴寧壽宮。」

我自嘲地一笑，是了，目前的我猶有利用價值，他至少也要保我的周全。我依言在屋子裡找了面鏡子和梳子，藉著窗外微弱燈光收拾自己的妝容。

一切打理妥當後，我打開門就要跨出，回頭睇見他也正看我，不禁問道：「你，怎麼辦？」

「你先去，莫讓別人疑心你！我收拾收拾這裡。」

我用力透了口氣，搖搖頭，甩開那些雜念，頭也不回地步出。

回到寧壽宮裡，歌舞早已停歇，殿中眾多伶人正精神抖擻地在臺上使出渾身解數賣力表演絕技，看得眾人目不轉睛，連聲讚好！我混在人群中，心不在焉地觀賞，亦跟著叫好。

過完大年，皇上親率百官十里長亭送賀相，引得讚聲一片，深獲民心。皇上對我依舊寵愛有餘，麗貴妃處事更加謹慎低調，大半精力都花在了養育宏兒上頭。

不久邊關來報，有少股土匪偷襲平民，燒殺搶虐，一時之間人心惶惶，大批平民逃荒至關內。西寧楨宇主動請纓鎮守邊關，剿滅土匪為民除害。皇上自是加官晉封，親率百官送他出征。

今歲春天來得特別早，一過完年即未再降過雪。天氣一日日回暖，午後陽光暖洋洋照得人昏昏欲睡，院子裡的兩排櫻花樹枝頭也逐日漸綠，爆出一顆顆花蕾來。

我斜躺在貴妃椅上賞著明媚春光和滿樹新綠上的花蕾，這櫻花眼看即將綻放，想當初剛進宮時滿樹的櫻花開得正喜人呢，如今花兒又要開啦。細細一算，此已是我進宮的第三個年頭呢。三年韶光轉眼即逝，我，也早已是今非昔比了。

彩衣從迴廊處一路疾奔而來，我微蹙起眉頭，看著氣喘吁吁的她。她對我的蹙眉恍若未見，直對我嚷嚷：「主子，不好了，不好了！」

我頓時沒了氣，笑著搖搖頭，示意她在旁邊的小椅上坐下，才數落她：「本宮好端端在這裡沐春日暖陽呢，主子我好好的，你大叫主子不好所為何事啊？」

彩衣一愣，頓時明白我拿她說笑呢，嗔道：「主子，奴婢沒說您不好，奴婢是說大事不好了！」

「哦？」我慵懶地調整了坐姿，「甚的大事不好了？」

「奴婢瞧主子的香精快用罄了，就去內務府領。聽那裡的小太監說，今年選秀的名單正在擬定中……」彩衣見我慢條斯理之狀，急得滿頭大汗。

我心下一驚，眼角瞟見有小宮女於院中灑掃，忙不動聲色地掛了抹淡淡淺笑，瞟向彩衣嗔怪道：「後宮選秀乃再尋常不過，離上回選秀也屆三年，是該選些品德兼優的秀女進來充實後宮伺候皇上了，你大驚小怪個啥？」

彩衣瞧見我責怪的眼神，方才注意到一旁的那些小宮女，暗自吐了吐舌，接道：「主子原來早就知曉了啊！奴婢還以爲……」

「你呀！總像個孩子似的，啥時才能令本宮省省心哪！」我不以爲然地坐起身，遞出手，吩咐道：「扶本宮回屋去吧。」

「是，主子！」彩衣上前扶了我，徐步朝東暖閣走去。

一進暖閣，我便問道：「你還探聽到什麼？」

「奴婢給他們每人塞了錠銀子，他們說那名單太后和皇后早就看過了，現正壓在皇上那兒，還沒個音訊，眼看著就入三月啦，大家都在揣測今年是不是要壓後了。」

我點了點頭，「平日裡切要多留個心眼……」

正說著，小安子掀簾而入，稟道：「主子，皇上過來了，快抵宮門口了。」

我忙疾步行至銅鏡前整整妝容，帶彩衣和小安子出去。剛入正殿，皇上已跨了進來，我忙疾步上前行禮道：「臣妾恭迎皇上！」

皇上今兒心情狀似大好，喜笑顏開地上前扶了我，「愛妃，快起來吧。」

我窩在他身側朝暖閣中走去，輕聲問道：「皇上這會子何以得空到臣妾這裡來了？」

他聞言笑應道：「怎麼聽起來酸酸的？貌似朕這時候不該來你這兒似的。」

我輕捶了他一下，嗔怪道：「平日裡這會兒皇上不是在御書房就是在軍機處，臣妾純感好奇，是什麼風把一向以國事爲重的皇上吹過來哩。」

他俯首在我耳畔輕笑道：「朕本在批閱奏摺，抬頭瞅見案頭的解語花便想起了愛妃，這下，一刻鐘也坐不住，巴巴地就趕來了。」

我萬料不到他會說出如此露骨之語，驟羞紅了雙頰，不依道：「皇上再拿臣妾取笑，臣妾可再不理您了！」

皇上哈哈大笑，見我撇過臉去，忙收了笑，「好啦，不取笑你了。今兒午後新進貢了批鮮果，朕知你喜食金橘，特意吩咐人往你這兒送些。又念及這幾日忒忙，都沒能瞧瞧你，索性一起過來了。」

彩衣洗淨鮮果送進來，恭恭敬敬擺放於几上。

他轉身從几上琉璃果盤中取了顆黃燦燦的金橘，仔細查看過後方才餵到我嘴裡，入口絲絲酸澀中透著甜味。

「好吃麼？」他問道。

我含笑衝他頷首而應，心裡也漾起絲絲縷縷的甜意。忽兒胸口一悶，胃裡一陣翻滾，一股辛辣直沖喉間，我慌忙捂住口，轉過身去「哇」的吐出。

「言言，你怎麼了？」他大吃一驚，起身扶住我，眼中滿是關切。

「皇上，對不住……」我看著一地狼藉，歉意地說。

「都什麼時候了，還顧得上說這些！」他不由分說地抱起我朝屏風後內室走去，一邊大聲吩咐小玄子去傳太醫。

彩衣聞聲奔入，愕然之餘，忙令人收拾屋子，一邊上前幫我收拾身子，又取來溫水給我漱洗。

皇上緊張地陪伴在我身側，緊抓住我的手。

我低聲抗議著：「皇上，臣妾不過微恙，毋須這般小題大作的。」

皇上拍拍我的手，道：「還是讓太醫看看好了。」

不一會，南宮陽來到，行過禮便上前為我細細診脈。半晌，他才收回手，滿臉喜氣地跪下磕頭道：「微臣恭喜皇上，德昭儀這是喜脈啊！」

「真的？」皇上驚喜道。

「微臣不敢欺瞞皇上，德昭儀確是喜脈。」南宮陽恭敬回道。

「好！好！」皇上歡欣地看著我，激動道：「言言，你聽見了麼？我們終於又有孩子了！」

我早已欣喜若狂，猛地不停點頭，盈著淚說不出話來。

「奴才們恭喜皇上、昭儀娘娘！」伺候在一旁的楊德槐忙領著小玄子、小安子、彩衣等一干奴才跪落賀喜。

「好，好！全都有賞！」皇上高興地揮了揮手，讓眾人起身。

我溫言道：「皇上，這些日子來多虧了南太醫，有南太醫細心為臣妾調理身子，臣妾方能得償所願再度懷上龍胎，難道不該賞麼？」

「賞，賞，全部都賞！」皇上愛憐地摟著我，轉頭吩咐道：「楊德槐，傳朕旨意，加封太醫院院史南宮陽為正七品御醫，即日起專責為德昭儀安胎！」

「奴才遵旨！」楊德槐將手中拂塵輕輕一拂，含笑退下。

我二度懷龍胎的消息一傳開，宮中眾姐妹又相偕前來賀喜。她們眼神各異，有羨慕、有眼紅更有嫉恨的，但個個喜逐顏開，笑容滿面，好似懷龍胎的是她們自己一般高興著。直聊到午膳時間，我請眾人用過膳後，她們才歡天喜地散去。

彩衣望著眾人的背影啐了一口，低聲道：「這會兒姐姐長、妹妹短的，背地裡又不知有多少人銀牙咬碎，禍心暗藏，夜不能寐了。」

我但笑不語，心知她所言非虛，心中不免微生隱憂。

彩衣端了青花瓷碗送到我手中，溫言道：「主子，方才也沒見您用些什麼，您如今可是一人吃兩人補了，這是小廚房新製的甜品，您再用點吧！」

我笑著點點頭，接了過來，坐在湘紅的織錦軟榻上細細品嘗碗裡熱騰騰的木瓜燉雪蛤。

「主子，南太醫為您請脈來了！」小碌子跪在新換上的海藍琉璃簾子外，通傳道。

「快傳！」我邊食邊吩咐道。

南宮陽進得殿中，恭敬地跪了行禮，「微臣太醫院南宮陽拜見昭儀娘娘！」

我擱下碗，接過彩衣遞上的一方米白繡絲帕揩拭嘴角，含笑道：「南御醫免禮！」

彩衣端來方凳鋪好軟墊，我將手擺放上去，彩衣復用絲帕蓋落，方請南御醫上前診脈。

南宮陽細細為我診完脈，開好方子。我這才笑著請他在旁邊的楠木椅上落坐，又令彩衣看茶。

我笑著說：「這是新沏的蒙頂黃芽，請南御醫先嘗嘗。」

南宮陽接過茶，揭了茶蓋，輕吹茶沫，抿了一口後讚道：「難怪古人有言『揚子江中水，蒙山頂上茶』，此茶色澤明亮，香如幽蘭，入口甘醇，芽葉肥嫩，不愧是進貢的珍品！」

我呵呵笑應：「這懂茶之人眞乃不同，連誇讚之詞也是一套一套的。南太醫晉升爲七品御醫，本宮還沒來得及道喜呢，就送上這黃芽一罐，權當賀禮了。」

南宮陽拱手道：「全靠娘娘提攜，微臣才有今日，微臣感激猶不及呢，哪裡還敢收娘娘的賀禮。」

我臉一沉，嗔怪道：「瞧瞧，南御醫又把本宮當外人了不是？還是嫌本宮這禮送得輕哩？」

南宮陽見我陰晴不定，忙陪笑道：「娘娘就別拿微臣尋開心了！如此好茶，別人想還想不到呢，微臣恭敬不如從命了！」

我這才展顏粲然笑開，「南御醫是好茶之人，往後啊，本宮但有好茶，自然也少不了你的那一份！」

南宮陽微頓了頓，甫道：「娘娘，微臣前來的路上，外頭已是風聲大作，樹枝左搖右擺的，不時還有輕微的斷裂聲傳來。娘娘在殿中待久了，可能還不知曉吧？」

我心下一驚，追問道：「變天啦？」

南宮陽又道：「是啊，微臣來時看見天邊翻滾著一片烏雲，正悄然迅速地擴張，耳際還隱隱有雷聲傳來。」

我歎了口氣，道：「是啊，這天說變就變，一點也沒個兆頭。」

南宮陽見我神色不安，輕聲道：「雷雨將至，娘娘可得找個安全之所棲身才是。」說著起身朝我拱了拱手，「娘娘好生歇著，微臣先行告退了。」

我若有所思地點點頭，應道：「南御醫先忙去吧，本宮就不多留了。彩衣，替本宮送送南御醫。」

南宮陽謝過恩，退出門外。

沒多久工夫，彩衣便轉回來，掀了簾子奇道：「主子，奴婢方才送南御醫時瞧看過了，這外頭明明是晴空萬里、陽光明媚，哪有南御醫說的要變天了啊？」

我但笑不語，只慢條斯理品著手中的茶，似聽而未聞。倏地腦子裡靈光一閃，我放下茶杯，吩咐道：「彩衣，收拾一下，赴寧壽宮！」

到得寧壽宮門口，守門的小太監進去通傳後，出來對我笑笑回道：「昭儀娘娘，太后這會兒正在佛堂裡，吩咐奴才帶娘娘過去。」

彩衣上前塞一錠銀子過去，笑道：「煩請公公帶路。」

那小太監收下銀子，笑呵呵領著我們朝佛堂而去。

到了佛堂前，小太監一刻也沒耽擱，逕直上了臺階跪在佛堂前替我通傳：「太后，德昭儀求見！」

「傳她進來！」太后的聲音平淡中隱含著威嚴。

我低聲向那小太監道了聲謝，才帶彩衣入內。

佛堂正中供著一尊栩栩如生的白玉觀音像，觀音手中淨瓶裡插著兩根新採下來的柳枝；前面是鋪著青色暗紋絲綢的長條供桌，桌上的小香爐裡輕煙繚繞，旁邊還放置著燭臺、果盤、經書等物事，兩旁頂部垂掛輝煌的幢幡。

太后著一身淡青繡黃鳳暗花錦袍，虔誠地跪於湘紅暗花錦綾團蒲上，微闔著眼，嘴唇蠕動著念念有詞，手中一串楠木鏤雕十八羅漢的佛珠在她手中有序地轉動著。

一旁伺候著的雲秀嬤嬤見我進來，無聲地對我笑笑，又轉過頭專注地陪著太后。我默然恭敬地站在太后背後。半晌，太后才動了一下，睜開眼來，雲秀嬤嬤忙上前扶她起身，走到旁邊的黑檀木雕花椅上躺靠。

太后看著我笑道：「哀家年紀大了，不中用啦。丫頭妳啊也不是外人，就容我老太婆這樣躺靠著失禮了！」

我忙上前幾步福了一福，「太后春秋正盛，哪裡顯老呢。」

我接過彩衣遞上來那早已備妥的幾幅卷軸，笑吟吟向太后說道：「臣妾曉得太后潛心向佛，特意手抄了幾卷佛經，請太后指點一二。」

太后頷首而應，雲秀嬤嬤接過卷軸，在太后面前展開一幅。

太后細細瞧賞，微笑著點頭，「不錯，不錯！難得德丫頭有這份心思。」

我恭敬回道：「臣妾的字難登大雅之堂，讓太后見笑了！」

太后讓雲秀嬤嬤把卷軸收好，靠在椅子上，輕描淡寫道：「德丫頭如今聖寵正濃，很少動筆了吧？」

我料不到太后會這樣問起，頓時滿臉通紅，訕訕道：「臣妾慚愧！」

太后鳳眼微張，似笑非笑地看著我平坦的小腹，「哀家前兒個聽皇兒說你又有了身孕，甚時的事？也不告訴哀家。」

我含笑低頭小聲回道：「前幾日太醫才診斷出來，只有一個多月，臣妾先時以爲僅是腸胃不適。」

太后溫和地說道：「年紀輕輕難免大意，潯陽去後皇兒和哀家都心疼得不得了。而今可好，終於又有了，你可要仔細養著才是。」

我正色朝太后跪下道：「太后，臣妾希望能長伴您左右，爲您抄錄佛經，藉此修身養性，亦爲腹中孩兒積德，祈願他平安健康！求太后應允！」

「哎喲，還跪甚的呢？快，快起來！」

雲秀嬤嬤忙上前扶我。我執意跪著，正色道：「求太后應允！」

太后一顆接一顆拈著手中佛珠，看著我，「你有這份心意倒是好，唯哀家只怕你年輕靜不下心。」她略略沉吟，又道：「這樣吧，你何時得空了就到寧壽宮來陪我這個老太婆吧！」

我心中大喜，朝太后磕頭道：「臣妾謝太后恩典！」

太后和藹地拉我同坐，閒聊了好一會，看我對佛經內容興致盎然，又稍加講解一番，直到晚膳之前我才告退。

接下來的十來天裡，我每日午後都赴太后殿裡聽太后講經，替她抄寫經文，也陪她敘話取樂。太后興致來了，就陪她製些糕點小吃，若是晚了便乾脆在寧壽宮裡陪她用過晚膳，伺候她歇息方才離開。

太后見我定下心來陪伴於她，甚是滿意，常常當著宮中下人，誇我是個懂事、有孝心的孩子。

「丫頭啊，你成天陪著哀家這老太婆，不嫌悶麼？」太后慈愛地看著我，目光一如從前注視端木晴那般。

「太后，臣妾一點也不覺得悶啊，臣妾倒擔心叨擾到太后您呢！以前臣妾無知，老靜不下心來，近日裡跟著您品經念佛，眞眞是開了眼界，長了不少見識，脾氣也沒以前那麼急躁了，這全託太后洪福！」我笑語盈盈，看著跟前慈愛的太后，心裡洋溢著溫暖，忍不住調皮地朝她眨眨眼，「何況太后您一點也不老啊！」

太后微微笑道：「瞧你這小嘴，難怪皇兒老是念著你的好，多疼你些。前兒個皇兒還向哀家抱怨，說哀家整日裡霸著你不放，他有好些日子沒瞧見你了。」
我頓時羞紅了臉，別開臉去，低聲道：「太后又拿臣妾取笑了！能夠伺候太后是臣妾的福氣，況且臣妾如今有孕在身不便伺候皇上，宮中姐妹眾多，亦要雨露均霑才是，臣妾怎敢獨霸著皇上。」
太后一聽，深以爲然地點點頭，拉了我的手輕拍著，「德丫頭頗有后妃風範，得好好讓那些個位分低下的妃嬪好好學學。有你在皇兒身邊，哀家放心許多。」
我擺弄著腰間的蠶絲裙帶，笑而不語。
陪太后用過午膳，我才退了出來。
回到殿中，脫下一身沉重行頭，沐浴後換了簡單清爽的衣服，躺靠貴妃椅，正好瞧見旁邊几上放著的錦盒。我懶懶地問道：「小安子，那些東西怎麼胡亂擺在几上，也不收妥？」
小安子忙上前回道：「主子，那是晚膳前萬歲爺送過來的。」
我驀地坐起身，問道：「萬歲爺午後來過了？」
「回主子，萬歲爺晚膳前過來，本傳了膳想和主子一起用的，可左等右等也不見主子回來，萬歲爺便留下這些東西，吩咐奴才轉告主子好好保重身子，這才離去了。」
我頷首而應，復又躺靠回貴妃椅上，輕聲吩咐道：「叫人收了吧！」
小安子差人將東西仔細收好，又令眾人退下，喚小碌子守在門口，自己端了盅玉米羹送到我手上。
我用銀匙攪了攪，小口小口送進嘴裡。
小安子在跟前軟凳上坐了半個屁股，躊躇一下，方問道：「主子，您爲何主動請求去太后那裡服

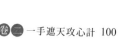

侍，如此行動起來可就不便了呀？」

我將小碗擱放几上，用絲帕仔細揩拭著嘴角，「這宮中風雨欲來，本宮純粹只爲尋個安全點的地方棲身而已！」

「主子此話沒錯，可是萬歲爺那邊……這已是第五次萬歲爺等了主子許久黯然離去哪。主子須得好生斟酌，冷落了皇上奴才認爲並不可取，畢竟君恩淺薄，更何況處在美人如雲的後宮之中。」

我自嘲地一笑，輕聲道：「後宮之中君王的恩寵是以『日』來計算的，本宮豈能不曉這個道理？只是有人告訴過本宮，要得到男人的心，最下乘的方法就是千依百順，略上乘的方法就是若即若離，最上乘的方法就是求而不得。如今本宮腹中有龍胎，皇上一時半刻還不會忘了本宮，本宮去太后那兒正可對他若即若離，這樣他才會更加掛念著本宮的好。」

小安子一副恍然大悟之狀，臉上滿溢敬佩神色。

我娘既然曾爲青樓花魁，此些簡單的道理她自是最明白。可她偏偏愛上了我爹那般薄倖男子，且對他千依百順，才會落得紅顏未老恩先斷的下場。

彼時我要進宮，她與我講起了這番話。爲了讓我多些爭寵的手段，多些自保的能力，她自是知無不言而言無不盡。

「皇上的怨言已然到了太后那裡，本宮若是再拿喬，只怕萬歲爺當眞會再不踏進這月華宮了。」

「主子，奴才倒覺著您每日裡去太后殿裡棲身，亦未必就是長久之計啊。畢竟您只一人終究分身乏術，況且您也有在殿裡的時候，這一雙雙眼睛可都盯著您的肚子。」小安子擔憂地說。

我頷首應道：「頭三個月實是危險至極，怎麼著……」腦中閃過一絲靈光，我頓了頓，甫道：「本宮宮裡這顆棋子也擱太久了，是時候該好好用用。小安子，明兒午後去請南御醫過來爲本宮診脈。」
正說話間，小碌子在門口通傳道：「主子，秋菊姐姐來了。」
「讓她進來吧。」我揚聲道。
小安子收拾桌上的青花瓷碗，放在盤中端出，遞給小宮女收回去。
秋菊進得殿中，跪了稟道：「主子，今兒午後主子赴太后殿裡之時，貴妃娘娘過來了。見主子不在，貴妃娘娘於偏殿裡坐了少頃，不見主子回來，便留下賀禮離去。」說罷，秋菊將手中一疊物事呈將上來。
我打開來看，卻是一件小衣衫，那金線錦繡觸手極柔軟滑膩，一看就是以上好料子精心縫製而成，拿在手裡久了，非但未聞新布的洗水味，反透出一股淡淡香氣撲鼻而來。
香氣！我心下一驚，面上卻不動聲色地揮退了秋菊。待她退出去後，我方才甩手將衣衫遠遠扔開去，用絲帕捂著鼻子道：「小安子，快些收去僻靜的地方放了。」
小安子見我神色有異，忙上前拾起衣衫，用裹布包了拿出去。過得一會，小安子才匆匆進來問道：「主子，可有甚不妥？」
我神色凝重，半晌才道：「小安子，此事不可再拖，得馬上行動才是。你叫小碌子連夜去請南御醫過來。」
小安子應聲而出，我躺靠在貴妃椅上閉目養神。
未幾，南宮陽行色匆匆趕來，掀了簾子進得屋中。南宮陽見彩衣伺立在旁，忙上前問道：「彩衣姑娘，不知娘娘深夜召喚微臣來，是否玉體有恙？」

我躺靠貴妃椅上不知不覺瞇盹著了，彩衣幫我蓋上被子，怕吵到我便揮退了眾人，又將暖閣中燭火滅去大半。如今東暖閣只剩寥寥幾枝蠟燭，微弱的燭火在微涼春風中搖晃著，似乎隨時都會熄滅。

南宮陽見狀不禁神色嚴肅起來，忍不住攏了攏手，向彩衣追問我身子的狀況。

彩衣還未及回答，我已然朦朧醒來，輕聲道：「南御醫過來啦？」

南宮陽忙上前問道：「娘娘可是哪裡不好？」

我驀地想起方才吩咐小碌子之事，這會兒見南宮陽如此著急，定然是以為我身子不爽了。我忙輕笑道：「讓南御醫擔心了，本宮無不適之處，你放寬心。」

「那……」南宮陽不明所以的看著我。

「是這樣的，本宮想請南御醫幫忙檢查一樣東西。」說罷朝立在門口的小安子吩咐道：「小安子，你且帶了南御醫到偏殿去，將方才那些衣衫交與南御醫細細查驗。」

「是！」小安子朝我行了禮，又轉身道：「南大人，請跟奴才來。」

俄頃，南宮陽神色凝重地掀開簾子進來，落坐旁邊的楠木椅上。他抿了口彩衣剛奉上的茶，問道：「娘娘，請問您那些衣裳從何處得來？」

我看見他的神色，心下便有了譜，卻不多言，只輕描淡寫地答說：「自然是宮裡好姐妹們送進來的。」

「啊？」南宮陽猛地站起，衣袖險些打翻了几上的茶杯。他緊張地盯著我，語氣低沉，「不可！娘娘萬萬不可接觸這些衣服，衣服裡填充的絲綿皆被可能引發滑胎的麝香浸泡過！」

果真高明！我雖心中有底，知她絕不會安啥好心，不料她卻連這等方法都能想到，做得如此高深莫測，眞眞是防不勝防啊！

「前三個月乃是最危險時期，如今甫過兩個來月，這個棲身之地並無想像中那麼安全啊！」我臉色蒼白，面露憂鬱。

南宮陽略略沉吟，甫上前來小聲低語：「娘娘，依微臣之見，如今……」

第四章 斬草除根

宮門重掩，孤燈映壁，房深風冷，麗貴妃衣衫、髮絲散亂，臉上妝容全無，形同棄婦，孤伶伶地跪在正殿中央。

「勝者為王敗為寇！妹妹向是宮裡公認最賢良淑德之人，可從妹妹主動請求太后責罰鞭刑之時，本宮就看出妹妹才是真正狠角兒。而今輸在妹妹手中，本宮倒也不冤！」麗貴妃慘然一笑。

十九　疑雲重重

翌日用過午膳，我便派彩衣去太醫院請南宮陽前來診脈。過得許久，彩衣方才領御醫入內。

我躺落榻上，隔著繡簾見出診脈之人不是南宮陽，頓時沉了臉色，「彩衣，你是怎地辦事的？本宮叫你請南御醫，怎麼卻請了別人來？」

彩衣臉色一白，「咚」的跪落我跟前，淚在眼裡直打轉，顫聲回道：「回主子，奴婢去了，可南御醫他今兒有事告假，奴婢沒有法子，這才請了孫御醫過來。」

我一聽，神色稍復緩和，隔著繡簾冷冷直視著御醫孫靖海。

孫靖海忙上前兩步，行跪拜之禮，「臣太醫院正五品御醫孫靖海拜見昭儀娘娘！」

過了許久，我才緩聲道：「孫御醫免禮！賜坐！」

孫靖海臉色微顯難堪，謝了恩，落坐一旁的楠木椅，慢條斯理地啜著秋霜奉上的茶。

彩衣在榻前擺了小方凳，又在方凳上擺了軟墊，我伸出手擱放墊上。

我示意彩衣退下，不緊不慢地開口：「早就聽說孫御醫醫術高明，太醫院中無人能及，官居太醫院之首，正五品，最拿手的莫過於懸絲診脈了。今兒個有幸能請到孫御醫前來診脈，本宮倒想見識見識此傳說中的懸絲診脈！」

孫靖海一愣，隨即岔然道：「娘娘，這診脈豈是兒戲，怎可拿來觀賞？」

「喲！」我滿臉帶笑，卻不冷不熱地說道：「孫御醫別上火，本宮亦只聽說，故想見識一下罷了，並無瞧不起孫御醫之意。話說回來，孫御醫不敢就地示範，難不成……只是浪得虛名麼？」

孫御醫朝我抱拳，「娘娘毋須用激將法，微臣恭敬不如從命！」

我心下一喜，南宮陽說得果眞沒錯，這孫靖海醫術高明卻好勝心強，最是耐不住激將。

我朝彩衣遞眼色，彩衣會意地點了點頭，抬手輕拍了兩下。早已候在門外的小安子和小碌子忙掀簾入內，搬過屏風擋在榻前。小碌子搬了長條几和軟凳擺於暖閣正中，小安子則上前捲起繡簾，同小碌子一道立於旁邊伺候著。

彩衣端了杯新沏好的茶送到屏風後，我示意她擱於旁邊几上，兩人相視而笑。

一切準備就緒，小安子客氣道：「請孫御醫爲娘娘診脈！」

孫靖海頷首相應，趨前落坐軟凳上，又從隨身所攜醫箱中取出一條兩丈有餘的紅線，恭敬道：「請娘娘將此線輕繫於手腕處！」

彩衣走出來，取了紅線的一頭穿過屏風，拿至榻前，輕聲道：「主子……」

我點點頭，彩衣隨即側坐榻上，伸出右手，我拿了紅線輕輕將紅線繫於她手腕處。

彩衣朗聲道：「請孫御醫爲娘娘請脈！」

孫靖海坐在軟凳上，左手拉著紅線，右手搭脈於線上，凝神細察，一時間屋子裡靜得連根針落地都能聽見。

半晌，孫靖海皺緊眉頭，開口道：「娘娘，請換手。」

我點了點頭，解開彩衣手上紅線，繫了個大大的活環，將手伸進去再拉緊紅線，搭在手腕上。

孫靖海頓時眉頭一挑，「嗯」了一聲，鬆了口氣，面露喜色。

我遞了個眼色，彩衣忙扯動幾下紅線。我乘隙鬆開環並伸出手來，復讓彩衣又伸手套進。孫靖海再探，眉頭緊蹙，面色凝重。

我衝彩衣眨眨眼，彩衣忍不住扯開嘴角露出笑。我忙將手指放在嘴邊，做了個噤聲的表情，無聲地笑笑，又整整表情裝出一副嚴肅模樣，朗聲問道：「孫御醫，本宮腹中的龍胎可安好？」

孫靖海低頭冥思，半晌不語。

我冷言追問道：「怎麼？孫御醫，可有甚不妥之處麼？」

孫靖海頓了頓，拱手回道：「沒有，娘娘脈象平和，一切正常。」

我點了點頭，說道：「如此，甚好！本宮便就放心了。」

孫靖海收起線，小安子等收了屏風。我起身請孫靖海坐了，彩衣接著奉上新沏好的茶。

我滿臉含笑，客氣道：「孫御醫，請用茶。」

孫靖海謝了恩，接過茶也不喝，只放在旁邊几上。他躊躇了一下，拱手問道：「娘娘，微臣此次診脈，太醫院那邊醫案該如何上報是好？」

「如何上報？」我瞪大了眼，滿臉詫異道：「如實報便可！」

「微臣明白了。娘娘好生歇著，微臣先行告退。」

「孫御醫公事繁忙，本宮就不多留了。」我說著又轉頭吩咐道：「小安子，替本宮送送孫御醫。」

小安子恭敬答應著，送孫靖海出去。

我和彩衣相視一笑。彩衣低聲道：「主子，看孫靖海的樣子，想來是成了。」

「成與不成，過幾日便分曉。」我移步走近楠木椅，懶懶地躺靠椅上，又道：「這個孫靖海，醫術倒是不差，偏偏性子實在不怎麼討喜！」

彩衣笑應：「他那臭驢子脾氣可是眾所周知呢，否則也不會做到正五品了還只是個院判，連南御醫都及不上！」

「你呀！就是這麼口沒遮攔的，小心禍從口出，到時候本宮也不出面保你。」我睨了她一眼，又吩咐道：「快喚人準備，赴太后宮裡。今兒可得早些回來，方才皇上已派小玄子傳過話，說是今兒晚上要在此用晚膳。」

「主子！」彩衣滿臉擔憂地看著我，「您孕喜本就稍嫌嚴重，還成天這樣忙碌沒好好歇著，身子怎地吃得消呢？今兒就別去太后宮裡了。」

我搖搖頭，歎了口氣，「彩衣，我們好不容易走到今天這步，再苦再累亦得撐著，已無回頭路！」略頓片刻，復又提起精神道：「別在這兒窮憂心啦，你若眞心疼我，就多煲些好湯好好給我補身子！」

彩衣聽了，甫勉強笑道：「這還用說，奴婢定把主子您養得白白胖胖，好生個健壯無雙的小皇子！」

我作勢上前欲打她，「小蹄子，好的不學，倒學會拿我取笑啦！」

「哎呀，奴婢不敢，奴婢不敢了！」彩衣微微躲閃著，口中直求饒。

鬧了一陣方歇，彩衣扶我躺靠椅中，才轉身而去命人準備外出。

天氣一天天趨暖，院子裡已是繁花似錦、幽香撲鼻。我坐在院落中閒看著小安子指引殿裡小太監們摘揀含苞欲放的櫻花，送到後院給彩衣她們釀製花酒，直忙到午後，方才大功告成。

我笑道：「今兒就先忙到這兒吧，過兩天等剩下那一批花蕾開放時再摘採。大家都辛苦了，去洗滌洗滌好好休息吧。」

眾人謝過恩，方才散去。

我站起身略略活動筋骨，問道：「小安子，累了吧？」

「不累！」小安子抬抬手臂做了個精神飽滿的模樣，「奴才又沒忙著，只在旁邊瞧看他們而已，這會兒精神正好呢！」

我被他的滑稽之樣逗得「噗哧」一聲笑了出來。

小安子也跟著笑了，樂道：「主子，您好久沒笑了！」

「是麼？」我自己都沒留意，只覺得每日都在忙碌中度過。

「今兒春光明媚，園裡定然百花齊放、香氣怡人，不如奴才陪主子去轉轉吧？」小安子誠懇地提議著，「主子，您許久未去散步了，呼吸些新鮮空氣對腹中的龍胎也有益啊。」

也唯有他們還留心這些，他們才是赤誠關愛著我。我眼中忽地蒙上霧氣，稍頓了一下，吸了吸發酸的鼻子，用力地點頭作應。

園中草木早染上一層新綠，鮮花朵朵爭奇鬥豔，空氣中浮動著沁人心扉的花香，我心情也不由得飛揚起來。

小安子一直陪我走過玉帶橋，下了白玉亭，繞到假山後。在湖畔椅上小坐片刻，正欲起身時，卻聽得不遠處傳來說話聲，且越來越近。

小安子扶我起身準備離開，卻發現那話聲竟入了白玉亭，我二人忙躲進白玉亭旁的假山中。

回想上次也是小安子跟我一塊躲於這假山中，如今景況再現，卻早已物是人非。我側頭看看旁邊的小安子，他正好看著我，興許亦是想及那回我二人同躲在此處之事了，兩人相視一笑。

「姐姐，我聽說德昭儀的龍胎好似不那麼妥當啊。」耳邊傳來淑妃的聲音，我心裡一笑，想來是皇后和淑妃二人了。果不其然，立時聽得皇后說道：「此處又無外人，不著說甚『不妥』之類的虛話。」

淑妃陪笑道：「姐姐說得是。」

「本宮聽說了，奴才們都在傳，說不日即將選秀，德昭儀爲了固寵而僞裝懷孕！」皇后頓了頓，又道：「本宮也早傳太醫院的御醫來問過了。」

「那太醫院的御醫怎麼說？」

「爲德昭儀診過脈的，唯就南宮陽和孫靖海兩位御醫。那南宮陽一口咬定德昭儀已有兩月餘的身孕，而孫靖海則閃爍其詞。」皇后稍稍沉吟，又道：「本宮只覺納悶，便令人取來醫案一覽，那南宮陽每次都稟龍胎安好，開了安胎藥和一些補藥，而那孫靖海僅診脈一次，卻稟述德昭儀脈象平和，未提一字龍胎之事，也尙未開方。」

「有這等事？那……」淑妃靈光一閃，奇道：「這南宮陽本就跟德昭儀走得近些，也是因著德昭儀的提攜他才一躍升了正七品御醫，倘說他二人狼狽爲奸而欺瞞皇上，倒說得過去。只是……如若這龍胎是假，她緣何又請了孫靖海前去診脈呢？孫靖海可是出了名的倔驢子脾氣，半點不會拐彎，請他診脈豈不等同露餡麼？」

我暗自頷首，平素覺著淑妃雖有些心眼可卻聰明不足，如今看來也還不笨呀，虧她想及了這一層。

「這點正是本宮覺著蹊蹺而不敢定論之處。」皇后起身朝亭下走去，「此事，還須細細斟酌斟酌才是。」

待那二人走遠，我們才鬆了口氣，小安子扶我緩步走出假山，繞過白玉亭，上了穀雨亭。

我靜坐在穀雨亭中，眺望著周圍景色。

小安子立於一旁，微顯擔憂地道：「主子，看來皇后和淑妃二人並未上鉤啊，不知長春宮那位……」

我淡然笑應：「這宮中沒有永遠的朋友，也沒有永遠的敵人，只有永遠的利益！」

小安子神色一凜，輕聲道：「主子是說……她們二人……」

「長春宮那位看似無所動作，這宮中流言卻就滿天飛了，儲秀宮這兩位表面亦是風平浪靜，卻早已打探得知根知底。她們自己在鬥，她們也共同跟本宮鬥。要知道，如今本宮腹裡頭這塊肉，可是全宮中后妃們心裡的刺啊！」

小安子點點頭，「到底是主子看得清楚，想得明白些。那麼主子，下一步均已準備妥當了，要繼續麼？」

我歎了口氣，緩聲道：「等等看吧，不出幾日，自然能見分曉。」

如此過去兩三日，依舊風平浪靜，倒是太后憐我孕喜得厲害，令我好生在宮裡歇著，不必每日過去陪她。我口中稱謹遵太后懿旨，卻仍隔上一兩日便過去聽她講經，只說是已靜下心來，多日不聽反顯不自在了，太后雖未應話，卻目露讚許之光。

這日午憩醒轉，彩衣上前來伺候我起身，笑著說：「主子，今兒燉了些人參雞湯，您喝上一小碗吧。」

我笑道：「你這丫頭，老讓本宮這麼補啊補的，等懷胎十月生完孩子，本宮可就沒法見人了！」

彩衣正要接話，門口琉璃簾「嘩啦」一聲被猛力甩開，我們循聲望去，只見秋菊氣呼呼地甩簾進來，平常秀氣的笑臉因憤怒而漲得通紅。

「秋菊妹妹，這是怎麼啦？」彩衣上前拉著她，關心地問道。

秋菊望了我一眼，見我只是溫婉地接過小安子送上的雞湯小口小口喝著，並無怪罪之意，遂放下心說道：「方才奴婢奉命去內務府領這個月的月俸，因著主子懷了龍胎應有額外補貼，不料發俸的小太監陰陽怪氣地問奴婢，主子還用領補貼麼？奴婢心下奇怪，便回說：『今時主子既然身懷龍胎，自然要領。』不料奴婢剛領完轉身，就聽見一旁同去領俸的宮女、太監們在背後嚼舌根妄評主子！」

「哦？都說了些什麼？」我將青花瓷碗遞給小安子，取了絲帕揩揩嘴角，看著秋菊緩聲問道。

「他們、他們說主子爲了固寵而僞裝懷孕，其實主子腹裡根本沒有龍胎！」秋菊緊擰著手中絲帕，俏臉漲得通紅。

「豈有此理，是哪些不怕死的奴才在背後嚼舌根？」彩衣氣得跺腳。

「主子，請皇上下旨，把那些個嚼舌根的奴才們全都送去雜役房，看誰還敢胡嚼舌根！」秋菊忿忿不平地說。

「最好是把他們全殺了，好讓餘存的奴才們再說本宮恃寵而嬌、魅惑君王麼？」我瞟了她一眼，不冷不熱地道。

秋菊嚇得低下頭縮在後面不敢再多言，小安子忙揮揮手示意她退下。

「主子，別動氣，沒必要讓這些個閒言碎語擾了龍胎的清靜。」彩衣上前扶了我勸道。

我頷首而應，慵懶靠坐在椅上，冷哼道：「她們倒還沉得住氣，到如今了還不動手！」

小安子沉吟一下，接道：「主子，經方才秋菊這麼一說，奴才倒覺得她們是在等主子您先沉不住氣呀！」

「等主子沉不住氣？」彩衣有些不明所以的反問道：「這龍胎在主子腹裡，主子沉不沉得住氣有何相干？」

「你想啊，如今這宮裡流言漫天，主子自然會得悉，倘若主子先沉不住氣去找皇上或太后評理，主子就得要拿出有力證據證明這龍胎是眞的，屆時一切便見分曉了！」

「呵呵，」彩衣一聽，笑了起來，「可她們哪裡想得到這水還是主子想辦法攪混的呢！」

我聽他倆一說，倒也跟著笑了，「果眞是在這宮裡待久的人，個個都成快精啦。既如此，本宮就跟她們比比，看看究竟誰先沉不住氣，究竟誰的道行更高！你們兩個出去準備準備，今晚就給她們下帖猛藥！」

二人相視一笑，領命而出。

天剛濛濛亮，天邊甫泛起魚肚白，天上仍有稀稀疏疏的星點閃爍，人們尚在沉睡之中。整個月華宮一片寧靜，連迴廊下掛籠裡的幾隻金絲雀也縮著腦袋沉浸於夢中。

「啊！」東暖閣裡傳出一聲慘叫，裊裊餘音飄散在空氣中，鑽進後宮每個人的耳裡，久久不散。

下人房裡陸續亮起了燈火，睡眼朦朧的奴才們披著衣衫，嘴裡咕噥著，「啥事啊？大清早的！」慢吞吞地走近窗邊開窗探頭四處張望，只見正殿裡一片燈火通明，忙叫醒了眾人起身著裝。

原本蜷縮在門口守夜的小碌子慌忙爬起來，直奔正殿。彩衣行色匆匆地掀簾子出來，正巧看到慌張趕至的小碌子，忙喚道：「小碌子，快過來！」

「彩衣姐姐，發生甚事了？」小碌子忙大步上前探問道。

下房的奴才們早有人貼在窗邊仔細聽著彩衣的回應。

彩衣也不回答他的問題，逕自拉過小碌子，湊到他耳邊小聲叮囑幾句。小碌子臉色突變，神情驚恐，急急穿過迴廊，出宮而去。

小安子匆匆趕來，見彩衣立於殿前階上，忙上前急問：「彩衣，出甚事了？是不是主子……」

彩衣神色嚴峻地瞪視小安子一眼，一把拉過他同進正殿，悄聲低語。背後無數好奇的眼睛只瞧看著，卻不知所以。

俄頃，小碌子領著神色凝重的南宮陽疾步穿過迴廊，直奔正殿。小安子早已候在門口，直接讓南宮陽進了正殿入得東暖閣中，小碌子則留在門邊守著。

小碌子回首瞧見通往下房的小徑上三三兩兩伸出來探看的頭，高聲道：「沒你們的事，起來了就忙該幹的活兒去！」

約莫過了半炷香的工夫，彩衣紅著眼從裡頭出來，在小膳房內燒了一壺熱水。秋菊小心翼翼地現身門口，輕聲道：「彩衣姐姐，讓我幫忙吧！」

彩衣抬頭看她一眼，沒有說話，只轉身拿著盆子和巾帕，提著熱水進了正殿。宮裡的奴才們見此情狀，紛紛交頭接耳，小聲議論起來。

約莫過去一個時辰，又見南宮陽臉色沉重地搖著頭從正殿步出，悄聲對小安子交代著什麼，旋即匆匆離去。

彩衣從殿中探出頭，見左右無人，才端了盆暗紅的水出來倒在院子角落櫻花樹下，又拿著一團衣物疾步走到小膳房旁平日罕有人在的角落裡準備漿洗。

「彩衣姐姐，要我幫忙麼？」玲瓏的聲音在彩衣背後響起。

彩衣嚇得打了個激靈，慌忙用衣袖揩了揩眼角，把那堆衣物胡亂按入木盆中，轉身擋住玲瓏的視線，擺手道：「不、不用了！我自己來就行！」

「哦。」玲瓏訕訕地點點頭，打探的目光卻直往彩衣背後瞟去。

彩衣見她神情，忙吩咐道：「玲瓏，你還是去幫忙服侍主子起身吧，光小安子一個總有不便。」

玲瓏答應著往外退去，卻在彩衣轉身時回過頭來，刹那間清楚看到一堆雪白衣物上刺眼的鮮紅，嘴角不自覺地泛起一絲冷笑。

院子裡，某個宮女趁著他人都忙著服侍主子起身之時，偷偷溜到角落那棵櫻花樹下，抓起一點還濕潤著的泥土在鼻子前仔細嗅著，果聞見有血腥味，臉上露出得意的笑容。

東暖閣裡，玲瓏在我面前托著盛滿琳瑯滿目珠寶髮簪的錦盒，目光不經意地總往我臉上覷著，口中恭敬問道：「主子，今兒選哪支簪子？」

「就這支吧！」我用餘光瞟了一眼，隨手揀了支往常從來不用的大紅鑲紅寶石環步搖，插在髻上。

打扮妥當，我對著鏡子左看右看，總覺得臉色太過蒼白，復打開妝臺上擺的白玉盒，取了些胭脂細細勻抹臉腮，頓時紅潤臉色便襯顯出來。我點點頭，「這樣好看些！」

「主子，藥煎好了！」小碌子用托盤端著一碗褐色藥汁，邊掀了簾子進來。

我回頭狠狠瞪視小碌子一眼，嚇得他立刻低下頭去。
「你們都先出去吧！」小安子見狀，忙打發其他人退避。
「是，奴婢告退！」秋霜領著其餘的丫頭福了一福，退了出去。
待她們一掀簾走出，小安子就低聲呵斥小碌子：「你做事總這般瞻前不顧後的，也沒見周圍這麼多人，瞎嚷嚷什麼，叫主子怎麼信任你……」

「咚！咚咚！」三更剛過，一道黑影提著一包東西從小膳房裡竄出，繞過曲折的迴廊進了後院，蹲在院中極偏僻處的一棵白玉蘭樹下左右張望，見四下無人，忙動手用手中平日裡花匠翻土的小鐵鍬鏟起土，不一會便鏟出個洞來。黑影人用袖子揩揩額上細汗，深吸一口氣，將手中所提之物悉數倒進去，用土掩埋好，又用腳踩實了，拿鐵鍬翻了些旁邊的土蓋著壓了壓，才匆匆離去。

旁邊花臺後，一雙詭異眼睛暗中監視著黑影人的一舉一動。待黑影人走了好一會之後，那人才走出來，小心翼翼地蹲在樹下挖掘，挖了沒幾下便驟停了下來，用手將先前黑影人掩埋之物拿到眼前細細查看。那人頓了少頃，又從懷裡取出一方絲巾，將那些東西皆放入絲巾中包起，復埋入土中掩蓋好，爾後四處探望，見四下無人方才走離。

月光透過新長出的重重樹葉斑駁地灑落那人身上，一直看不清那人的臉，這會兒從陰影處走出，借著月光方才依稀可辨。

「怎麼是她？」彩衣失聲低呼，借著月光她也認出了那張熟悉得不能再熟悉的臉，驚訝地看著我。

「哼，居然是她！枉費主子平日裡待她那麼好，居然能昧著良心做出這些事來！」小碌子在旁咬牙切齒道，伸手揀了揀衣襬上黏著的草屑。

待到她走遠了，確認無人時，我們才借著月光漫步回到東暖閣。

小碌子奇怪道：「主子，爲何不派人抓住她？」

「這宮裡的老鼠可不止這一隻，況且我還要借她們的嘴來成大事呢！」我陰沉地笑著，指甲上鑲滿金花玉石的指甲輕輕敲擊著旁邊紅木雕花鑲大理石面茶几，發出清脆響聲，在靜謐的深夜裡格外悠遠。

這時小安子回來了，掀簾入內稟道：「主子，玲瓏出去了，如主子所料，果眞進了那邊宮裡。」

「辦得好。」我點點頭，以嘉許口氣說道。

「主子，接下來該怎麼辦？」小碌子見我誇賞，興奮地追問。

「這消息是傳出去了，可種種跡象所表露者也夠她們揣測的了，她們定然異常謹愼，還會再探，畢竟若一著踩不死我，倒楣的便是她們自己。這種搬石頭砸自己腳的事誰願意去做？所以接下來的幾天才是眞正關頭，大家須得格外小心，切勿露出馬腳，否則就前功盡棄了！」

大家見我眼中寒光閃爍，神色凝重，也沉重地點著頭，小聲回道：「奴才們定不負主子所託！」

我頷首相應，並細聲道：「回去好生歇著吧，也忙了大半夜了。」

未幾，小安子守靠於暖閣門口，彩衣坐在我平日午憩的貴妃椅上，小碌子則悄悄回了下人房。

接下來的幾日，我足不出戶，只待在月華宮中逗逗鳥、餵餵魚，餘下時光幾乎都待在暖閣裡歇息，就連皇上過來我也只陪他坐上片刻，就敦促他去別的宮裡。倒是彩衣和小安子每日變著法的給我燉了不少補品。

「彩衣姐姐，今天燉的什麼，好香啊？」玲瓏湊到砂鍋旁邊嗅著。

「你這小饞貓，就數你的鼻子最靈！」彩衣笑著用扇火的蒲扇敲了她一下，「是人參雞湯。」

「是皇上前些日子派人送來的那支長白山參麼？」玲瓏問著，彩衣點點頭。

「上次小安子收起的時候我也瞧見了，老大的參鬚子呢，怕沒有上千年也有好幾百年了吧？」玲瓏一臉欣羡地說：「用來燉湯不知有多補！」

「看你這饞樣，等晚上主子剩下了，我留一點給你吧。」彩衣笑著對她說。

「眞的？謝謝彩衣姐姐！」玲瓏一臉欣喜說道。她頓了頓，又小心問道：「彩衣姐姐，主子最近是怎麼了啊？怎麼你燉了這麼多補品？」

彩衣臉色一變，極不自然地說：「沒、沒什麼啊！只是南御醫說主子身子虛，得好好補補，對養胎有益。」

「哦，是這樣啊。」玲瓏緊盯著臉色極不自然的彩衣，若有所思地點著頭。

「主子，今天喝甚啊？」東暖閣內，小碌子愁眉苦臉看著斜臥在貴妃椅上的我。

「喲，看看你這張苦瓜臉！」彩衣知他最近老喝這些大補的燉品，已然是見了就怕，卻忍不住逗他，「你幾輩子燒香修來的福氣能吃這麼多補品。那可都是世間難求的好東西，別人想喝還喝不到呢！好多東西就連宮裡那些位分稍低的主子都沒見過呢，更甭說喝了，你還怨聲連連。」

「是，是，我的好姐姐，你快別生氣了，你說的都對！」小碌子連忙朝彩衣打躬作揖的，「只是，這才沒幾天，奴才的腰足足闊了一圈，好多衣裳褲子都不能穿了。」

看著他發愁地拉拉衣裳，捏捏腰上多出那圈贅肉的滑稽樣，我和彩衣都忍不住笑了。好一會，我才忍住笑，說道：「小碌子，你爲本宮辦事，事成之後本宮絕不虧待。至於你的衣裳麼，本宮賞賜你幾套全新的好了，等會子就讓彩衣帶你去量身訂做。」
「奴才多謝主子恩典！」小碌子磕頭道。
「那現下可以把這碗湯喝了吧？」彩衣在旁笑問道。
小碌子苦著臉接過湯，躲到一旁捏著鼻子全灌了下去。
翌日，皇上一下朝便過來看我，我懶懶地靠在窗口沒精打采地望著他。
皇上微愣，忙問道：「愛妃，這是怎麼啦？你這樣悶悶不樂的，對龍胎可不好！」
「皇上！」我撇撇嘴，使著小性子，「你而今只關心他，都不管臣妾了！」
「哪裡，哪裡有啊！」皇上將我摟在懷裡，慢步走至貴妃椅上落坐，「朕關心著他，可朕更心疼著他的娘！」
我羞紅了臉，嗔怪地覷他一眼，忍不住抱怨道：「都怪那個南宮陽，說甚臣妾體虛需要調養，害得臣妾在宮裡悶了許多日，哪裡都沒去，快要悶出病來了！」
「是朕大意，光想著愛妃的身子，都忘了愛妃成日對著這些人也會悶壞的。」皇上心疼地看著悶悶不樂的我，沉吟了一下，說道：「今日天氣晴朗，要不朕命人準備準備，傳幾位嬪妃一塊陪愛妃在園子裡賞花閒敘？」
「哎呀，這宮裡人多嘴雜的，平素就對皇上寵著臣妾頗有微詞了，如今皇上再如此，指不定明兒個又傳成甚樣了，臣妾倒寧願不去！」
皇上無奈地搖搖頭，知我不願成那眾矢之的，但又不忍我終日這麼悶著。須臾，他靈光一閃，笑道：「還不簡單，朕這就去皇后宮裡，讓皇后請眾位愛妃同赴御花園中賞花品茗不就行了？」

我滿臉欣喜，隨即又暗下臉色，「這不是擺明了教皇上爲難麼？屈尊爲臣妾受這等委屈！」

「哪裡，只要愛妃喜歡，朕不過一句話的事兒罷了。這會子愛妃總開心了吧？」皇上捏捏我的小臉，「朕即刻就過去。」說罷果眞轉身便出去了。

我在後面福了一福，「臣妾恭送皇上！」

「愛妃用過午膳先好生歇著，晚點朕派人來接你！」

午憩剛起身不久，小碌子在門口通傳：「小玄子公公來了！」

「還不快請！」小安子瞠了他一眼。

不一會，小玄子就進來了。小玄子剛要下跪行禮，小安子趕緊扶住他，笑嘻嘻地說：「公公，這不是外邊，不必多禮！」

小玄子也不客氣，一屁股坐在旁邊的楠木椅上，啜了兩口茶才道：「姐姐，萬歲爺命我來接你去御花園賞花，皇后、淑妃和麗貴妃她們都已到了。」

我笑吟吟朝他點點頭，說道：「弟弟，姐姐不常在你身邊，你可要好生保重身子。若是有甚需要，只管來找姐姐，若是不方便了，只管叫那幾個信得過的傳話給小安子！」

「姐姐，你毋須擔心弟弟，小安子哥哥那邊已然費心了。不過有件事，今兒順便就跟姐姐商量商量。」

我點點頭，拿起桌上的糕點示意他取用。

小玄子拿了糕點，邊吃邊道：「西寧將軍走時找過我，說是在殿前侍衛中安插了親信，姐姐但有用得著之時只管聯繫便可。如今姐姐定然聽聞宮裡下人們的謠傳了，連皇上、太后那邊亦有所耳聞，姐姐現下可有用得著他們的地方？」

「暫時還不需要，用得著的時候姐姐再告訴你。」我心疼地看著早已褪去稚氣的小玄子，三年的宮廷生活同樣改變了他。

「主子，快走吧，晚了萬歲爺那邊可不好說了。」小安子在旁催促道，我這才和小玄子戀戀不捨地出了門。

還未走近觀花處，已隱約有笑語聲傳來。

小玄子和彩衣扶著我走上臺階，看見一身明黃繡九龍緞袍的皇上端坐在正中的紅木雕花桌子後面，正與眾人細品著新茶。旁邊端坐著皇后，依次是麗貴妃、淑妃，後面都是些近來得寵的嬪妃。雕花桌中間擺放著玉瓶，插著甫摘下不久開得嬌豔欲滴的桃花。

「德昭儀娘娘到！」小太監見我到來，忙扯高嗓子通傳。

我無視眾人各懷鬼胎探究的目光，身姿婀娜地走到正中，對著皇上就要下拜。

皇上忙放下手中白玉蓋碗茶杯，離座扶起我，「愛妃，你有孕在身，不必行此大禮！」

我瞟了瞟臉色各異的眾人，嬌笑道：「皇上，臣妾不敢有違宮中禮節，就是皇上體諒，也怕眾位姐姐怪罪！」

皇上一聽，略顯不豫。他扶著我到旁邊早已留下的空位落坐，朗聲道：「朕的旨意，德昭儀有孕在身，暫免一切宮中禮節！」

眾人紛紛看向位分在我之上那幾位妃子，眾妃縱使心中不快，見皇上開了金口，亦只得點頭稱是。

皇后端莊地笑笑，柔聲道：「原該如此，有孕之人身子本就笨重些，尤其德妹妹身子格外嬌貴。潯陽公主沒了，我們姐妹都很是惋惜，如今妹妹又懷上龍種，是該好生將養著。」

此話一出，我和麗貴妃臉色俱是一變。

皇上臉色微沉，「今兒賞花開開心心的，還提那些個傷心事做甚？」

淑妃忙轉開話題，一臉和氣地看著我，笑意盈盈道：「德妹妹雖說有了身孕，可這肌膚眞眞是越見好了，細膩白嫩猶透出絲粉色，益發顯得青春嬌媚，眞眞教我們這些黃花無地自容啊！」

「能得淑妃姐姐金口一讚，實是妹妹的福氣。姐姐風華正茂，又何必太過自謙呢？」

我瞟眼看了身邊的皇上一眼，發現他正含情脈脈注視於我。正對面麗貴妃臉上含笑，眼裡卻是一副不以為然的神色。端坐在皇上身旁的皇后則微微側著頭，看不出神色如何，只瞧見她鬢邊幾縷流蘇微微顫動著。

皇上見我回視他，微微一笑，道：「眾位愛妃都是絕色天姿，就如同眼前盛開的桃花一般嬌豔無比。」說罷又端起茶，「這是前幾日剛進貢的大紅袍，眾位愛妃一起品品如何？」

此時，宮女們捧呈幾盤金橘擺在桌上，麗貴妃欣喜地拿起竹籤挑了一枚送入口中。

「貴妃娘娘向來最喜食此物了。」榮貴嬪在下首笑道：「開春的天還能吃到此物，這存放之人也眞是花了心思。」

「宮裡姐妹，有幾位不愛吃這個的？」宜貴人也伸手挑了一枚放在嘴裡，細細嚼著。

我秀眉一挑，突然捂著口，轉過身乾嘔起來。

「言言，你怎麼了？」皇上慌忙移到我身邊扶著我。

「沒事，臣妾只是看到這些金橘，想起那日……胃裡不太舒服而已！」我搖搖頭，示意皇上不必過於擔心。

「小玄子，讓他們把金橘全撤下去！」皇上立刻吩咐道，麗貴妃伸向金橘的手停在半空，笑容僵在臉上，忿忿瞪了我一眼，其餘眾人臉上同是訕訕的。

宮女們在小玄子指揮下，迅即把盛金橘的盤子端走，換了些南方新進的芒果上來。

我這才喜笑顏開地拿了竹籤插了小口吃著。

翌日打清早起下了場春雨，天氣微微顯寒。我躺在美人榻上午寐，彩衣坐在旁邊爲我捶腿，院子一片寂靜，奴才們也都窩在屋子裡打著瞌睡，唯有雨落之聲隱隱傳來。

須臾，我忍不住沉沉睡去，又過得一會，彩衣也不禁生了睏意，手中的美人槌有一下沒一下地落在我腿上。

忽然，耳邊傳來「啊」的一聲驚呼，我倏地被驚醒，看見秋菊驚慌失措地站在我跟前。我正想發怒，發現她驚訝的目光停留在我原本應該微凸，如今卻平整如常的肚子上，頓時大悟。

彩衣已然醒來，慌忙拿過旁邊小几上以紗棉布裹著的小簸箕，爲我裝在肚子上。

秋菊明曉自己瞧見了不該看到的東西，知道了不該知道的事，忙哭著跪倒在地，「主子恕罪，主子恕罪，奴婢什麼也沒看見，什麼也不知道。」

我的臉彷彿罩上了一層寒霜，凜然看著她，她不住地顫抖著，神情驚恐，面部痙攣。

「沒有主子的召喚，你進來做甚？」彩衣氣急敗壞地吼道。

「回、回主子，奴婢把貴妃娘娘送來的衣服曬好了拿進來，沒想到……」

我這才看到身邊那幾件我叫人調換過的小衣服。

她見我仍不發話，只跪在地上磕頭不止，「主子饒命啊！奴婢什麼也沒看見！」

「你知道的太多了，教本宮如何饒你？」我冷冷地開口。

「奴婢對主子一片衷心，不敢背叛主子。主子自進宮始，奴婢便跟隨在側，主子向來待奴婢們寬厚，奴婢不敢有貳心！」秋菊額前一片瘀青，滲出血來。

「主子，依奴婢看，秋菊也不像吃裡扒外的人，您就饒了她一回吧！」彩衣自到我跟前，便和秋霜、秋菊情同姐妹，她於心不忍的跪下替秋菊求情。

「好吧。」我沉吟半晌，才開口道：「你的命本宮暫且記著，若本宮聽聞半點風聲，絕不饒你！」

「多謝主子！多謝主子！」秋菊早已嚇得沒了力氣，歪歪斜斜地謝了恩，連走帶爬的奔出門。

「你去看看她，送點薑湯給她壓壓驚，順便把上次南御醫送來的藥在湯裡放上一粒，看著她喝下。」我吩咐著彩衣，末了又歎了口氣，「別說本宮不念舊情，給她這一次改過的機會，是死是活就看她自個兒選擇了。」

彩衣送完薑湯，小碌子便暗中監視著秋菊的一舉一動。她倒也老實，白天待在宮裡頭哪裡也沒有去，晚上仍來服侍我梳洗，直到半夜裡才悄悄從小門跑出，進了旁邊的宮裡。

到後半夜裡，小碌子低聲回報，我輕歎了一聲。

彩衣含淚道：「個人選擇，誰也不怨。」說罷轉身出去暗自抹淚去了。

「本宮還真真低估了她！」我慘然一笑，對小安子輕聲道。

「一直以來她都是最無害的那個，卻沒想到她也是埋得最深的那個！如今才發現，原來她打一開始就放了這顆棋在主子身邊。」

「呵呵，她也眞眞是沉得住氣啊，本宮生潯陽之時也沒見她動，到如今到底坐不住了。」我心中疑惑著。

「那是因爲主子在萬歲爺心中分量太重了。主子您想想，您連生了潯陽公主都搶去長公主封號，好不容易少了威脅，未久又懷上龍胎，如今她又怎能眼睜睜看著您再產下一男半女來呢！」小安子爲我闡析著，安慰道：「主子，她越是沉不住，就越易露出馬腳，也就越好對付。主子犯不著爲這種人動氣，只管好生養著龍胎。」

我頷首而應，示意小安子扶我上床繼續躺著。

如此寧和過了兩天，毫不見宮裡有何動靜，我忍不住有些著急起來。因著心裡有事，夜裡也沒睡好，醒來已是日上三竿。

窗外陽光明媚，幾隻不知名的小鳥立於枝頭「啾啾」歡唱著，和迴廊上那幾隻金絲雀互相應和。迎臨這麼個好天氣，我心情也不由得快活起來。

當日午憩起身，彩衣正爲我梳頭，小碌子通傳：「主子，雲秀嬤嬤來了！」

我忙出去將雲秀嬤嬤迎入，赴太后宮裡時她明裡暗裡也沒少幫我。

「嬤嬤，今兒怎麼得空過來啊？」我滿臉堆笑地迎著她。

「丫頭，我是奉太后之命來請你過去的。」雲秀嬤嬤滿臉沉重地看著我。

我微覺奇怪，但仍強打起笑容回道：「是麼，因著南御醫說龍胎不穩須好生調養，我也有好長一段時日未去探望太后了，正想著身子好轉些，再過去探望太后。」

雲秀嬤嬤面色嚴肅地拉著一臉莫名的我，沉重道：「丫頭啊，這事可能不太好了。」

「怎麼說呢？」我驚訝地問道。

「昨兒午膳後，皇后和淑妃去了寧壽宮，不多時，連麗貴妃也去了。太后神色凝重地呼退眾人，幾人密談至深夜。太后直過了三更天才睡下，一夜也沒睡踏實，長歎短吁的，今晨大清早就起來了，獨個兒待在佛堂裡許久。方才一出佛堂，便令我幾人分別來請你和皇后、貴妃她們一起到寧壽宮喝茶閒敘。我這心裡總不踏實，想著恐怕是要出事了，你可得自己小心呀。」

我慎重地點點頭，心道「終於來了」，嘴上卻說：「多謝嬤嬤提醒。嬤嬤先行一步，我準備準備，稍後便到。」

「丫頭啊，你可快些，我先回去覆命了。」

二十　重新診脈

行至寧壽宮門口時，趕巧遇上了麗貴妃。

我笑著迎了上去，「貴妃姐姐！」

「喲，原來是德妹妹啊！」麗貴妃滿臉堆笑，眼裡卻含著譏訕。她柔聲問道：「德妹妹，你這身子看著看著一天天重起來了，這龍胎在妹妹肚子裡可安穩？」

我心裡冷笑連連，面上卻不動聲色，好似聽不懂她話中有話，只溫柔地笑言：「多謝姐姐關心，這龍胎在妹妹肚裡十分安穩。」

「是呢，妹妹近日裡時常服用人參、阿膠這些補藥，自然是調養得當了。」背後傳來淑妃不冷不熱的聲音。

我回過頭去，見皇后和淑妃一道過來，忙笑著福了福身子，「嬪妾見過皇后姐姐、淑妃姐姐！」

皇后柔聲道：「皇上免了妹妹一切宮中禮節，妹妹這不是折煞姐姐麼？」

秋菊在去淑妃宮裡的次日便沒了，淑妃當就明瞭我已然知曉她在我宮裡放的暗子。今時秋菊沒了，她便少了在太后面前最有力的人證，而既然撕破了臉，也就失去虛偽的耐心。

這會兒見我一派淡靜模樣，淑妃自然難以沉住氣，冷聲道：「真的是龍胎麼？你我心知肚明，姐姐可等著看你被趕出這寧壽宮的樣子！」

我眨著明亮大眼，語帶委屈地道：「淑妃姐姐，妹妹是否哪裡得罪姐姐了？妹妹倘有不是之處，恭請姐姐指正。」

淑妃忍不住笑了起來，「德昭儀啊，德昭儀，你可真真是演戲的高手。不過現下會演戲也無用了，沒有了龍種，看你還能夠得意到幾時？」

我正要說什麼，那廂皇后見淑妃越發沒個樣子，不禁臉色一沉，喝道：「快住了！太后等著呢，都先進去吧！」

淑妃噤了聲，狠瞪了我一眼，跟著進入寧壽宮。

我待三人進去了，轉頭向背後的小安子點點頭，方才提步而入。

正殿門口的小宮女掀起簾子，一股清淡薰香撲鼻而來。彩衣待要扶我一起進去，雲秀嬤嬤在旁道：

「太后要單獨跟幾位主子說會子話，彩衣姑娘在外頭候著好了。」

「是，嬤嬤。」彩衣乖巧地答應一聲，轉頭看到皇后、麗貴妃她們的貼身侍女也在旁候著，這才放開我，退至一旁。

雲琴嬤嬤遂上前扶了我向殿中走去。

我進去時，皇后、麗貴妃和淑妃她們早已行過禮端坐在兩邊的楠木椅上，太后端坐在正中。見我進來，太后兩眼緊瞅著我，目光深沉，「德丫頭，你來啦！」

我滿臉帶笑，移步上前向太后行禮，「臣妾給太后請安！」

「快起來，坐吧！」太后不冷不熱地說。

雲秀嬤嬤扶起我落坐到麗貴妃的下首位，宮女們旋奉上茶來。

太后輕咳一聲，拿起几上的青花瓷蓋碗，抿了一口才道：「最近宮中有些不好的流言，不曉得你們聽說了沒？」

眾人都點頭表示聽說了。

太后復又緊緊地盯視著我，「德丫頭，你聽說了沒？」

「臣妾聽下人們說過。」我面色鎮靜，不緊不慢地答道。

「哦？那你有甚想法？」太后步步緊逼，我感覺頭頂那目光如千斤巨石般直壓下來。

我坐直了身子，朗聲回道：「後宮傳言臣妾龍胎已失也非三兩日之事了，臣妾亦有所耳聞。臣妾不曉這是哪些居心叵測之人傳出的，不過臣妾認爲無必要理會這等無稽之談，只需安心養胎，因此臣妾便沒在皇上和太后面前提起。」

太后點點頭，目露讚許之色，「看到你意志堅定，未被流言影響而安心養胎，哀家欣悅。」

「太后，近日這流言已然傳到宮外去了，有損皇家顏面，臣媳認為還是想個法子平息才是。」皇后一派端莊平和的樣子，柔聲建議道。

「哦？」太后聽得皇后開口，轉過頭看著皇后，問道：「那依皇后之意，該當如何？」

「事實勝於雄辯！」皇后一字一句說道。

「這個……」太后沉默了，畢竟她對我多少帶有欣賞疼愛之情，而讓一個本已確診身懷龍胎的嬪妃重新診脈，這等同是種侮辱。

皇后和麗貴妃對望一眼，同時起身挪步至殿中央，淑妃向是跟著皇后的，自然也伴身側。三人跪拜在地，齊聲道：「為皇家顏面著想，請太后體諒臣妾等一片苦心！」

「你們三人的意思，是要德昭儀接受再次診脈？」太后目光炯炯望著跪於跟前的三人。

「是！」

我心裡冷笑連連，入宮以來倒是頭一次見她們三人這般齊心。

「德丫頭，你的意思呢？」太后目光掠過三人頭頂，朝我直射過來。

「太后，臣妾會遵循您的意思，再次接受太醫的診脈。不過，臣妾有樣條件，望太后能夠成全！」

我漠然地看著跪在殿中的三人頭上微微顫動的流蘇。

「什麼？德昭儀，你是在跟哀家討價還價麼？」太后詫異地看著我。

原本低頭提出請求的三人，此時也不約而同地轉頭望向我，皆是一副不敢置信的表情。

雲秀嬤嬤目瞪口呆看著我，好一會才回過神來，忙上前小聲道：「德昭儀，快向太后認錯，請太后原諒您的無禮！」

「是的！太后若不答應臣妾的話，臣妾將拒絕接受重新診脈！」我目光炯炯地看向太后，眼神無比堅定。

太后看著態度堅決的我，緩緩頷首道：「好，你有甚要求儘管說吧！」

「謝太后！」我恭敬地謝過恩，正色道：「臣妾此次接受重新診脈，倘確認臣妾確實懷有龍胎，那麼請太后下旨，將妄傳謠言侮辱臣妾的人交給臣妾親自處置！」

太后望著目光堅毅、神情嚴肅的我，點了點頭，鄭重應允道：「也好，若是重新診脈確診你的確懷有龍胎，自當還你一個公道！」

「太后，此刻殿外定然聚了不少向您請安的宮裡姐妹們，請太后允許她們一併進來，好爲臣妾做個見證！」

太后點點頭，示意跪於跟前的三人起身回座，又道：「也好，眾人一起做個見證，正好用事實平息這場風波。雲秀，還不快點派人去太醫院請幾位御醫過來。」

眾人得令進入殿中，依次向太后問安後，按位分落坐。

太后躺在靠椅上，閉了閉眼，道：「哀家老啦，不中用了，才這會兒就撐持不住。哀家先進去歇歇，等會兒太醫們到來，再稟了哀家。」說罷在雲秀、雲琴兩位嬤嬤的攙扶下入了暖閣。

眾人本就拿異樣目光看著我，太后一走，她們更加肆無忌憚，甚至小聲議論開來。

「姐姐，你說是不是爲了那些流言呢？」玉答應細聲朝身邊的宜貴人問道。

「誰知道，等一下看著不就揭曉了麼？」宜貴人小心翼翼瞅著坐於位首的幾人。

淑妃輕蔑地望著我，眼裡透出必勝之情。我何嘗不知，從我接受重新診脈的那一刻起，她就在等著看我被趕出寧壽宮的狼狽模樣了，亦定在夢想著皇上將我責貶打入冷宮吧。

我默然望著眼前的眾人。麗貴妃坐在上首位，見我到如今還不動聲色，心裡漸漸發慌，試探道：「德妹妹，你執意如此，等會子可怎麼下臺啊？」

我帶著春風般明媚的笑靨看過去，柔聲道：「貴妃姐姐方才不也執意要妹妹重新診脈麼？這會兒怎麼又來貓哭耗子了？」

麗貴妃討了個沒趣，轉過頭去冷哼一句：「自尋死路，與人無尤！」

「你看！殿門口的是太醫院那幾位御醫！」人群中不知是誰嚷了聲，眾人回頭都看見寧壽宮的小太監領著幾位御醫立於階前等候太后召見。

「看來太后是動眞格的了。」榮貴嬪幸災樂禍地小聲道：「德昭儀居然敢矇騙皇上和太后，這下子連御醫都宣來了，看她怎麼下臺！」

「姐姐，此事到目前還沒個定論，莫胡言才好呀！」熙常在提醒著，榮貴嬪不以爲然地看了她一眼，轉頭不再多說。

淑妃亦狠狠瞪視熙常在一眼，復冷聲對我道：「沒了龍種，居然還妄想瞞著眾人，哼哼，本宮偏不讓你如意！」

雲英嬤嬤入得暖閣，稟了太后，太后在眾人攙扶下重坐回正殿中。太后看了立於殿中的雲英嬤嬤一眼，雲英嬤嬤立即上前扶我走到早已擺好軟墩的小桌後坐下，在我手上蓋了金絲繡絹。太后這才開口道：「傳他們進來！」

五位提著藥箱的御醫進得殿中，齊朝太后跪拜道：「臣太醫院華毅、孫靖海、南宮陽、楊簡修、方宇堂，拜見太后千歲千歲千千歲！」

「都起來吧！」

「謝太后！」五人謝過恩站起，退至一邊垂手侍立聽候吩咐。

「德昭儀身子不大好，哀家召爾等前來爲她診治，你們定要小心謹慎！」太后目光炯炯看著立於旁側的五人，加重了語氣，「等會子你們依序診脈，把診斷結果書在紙上交給哀家便行。」

五人微微一愣，忙一齊拱手，恭敬回道：「是，微臣遵旨！」

雲秀嬤嬤依序帶幾位御醫上前爲我診脈，每位御醫診畢後，被領到早已備好筆墨紙硯的書案前將診脈結果書於紙上交予雲英嬤嬤，再回位侍立於原地。

「啓稟太后，皇上駕到！」門口的小太監剛剛通傳，皇上已一把掀起琉璃簾子大步走了進來。

「兒臣給母后請安！」皇上沉著臉給太后問安後，雲琴嬤嬤忙請他坐於太后身側。

「母后，這是在做甚啊？」皇上看著滿屋子的人，又看著依序爲我診脈的御醫，悻悻然問道。

「哀家讓他們爲德昭儀重新診脈！」太后看著臉色難看至極的兒子，緩緩說道。

「什麼？重新診脈！」皇上忽地站起，看向旁邊神情戚然又委屈的我，深吸了口氣復又坐下來，急切地說：「母后！德昭儀已確認有了身孕，您爲甚還要讓她受這麼大的侮辱，重新診脈呢？」

「什麼！皇兒，你說『侮辱』？」太后詫然看著一臉焦急的皇上。

「母后！德昭儀早是確認有了身孕，況且如今德昭儀的身子一眼便能看出身孕，您爲甚還要當著宮中眾嬪妃的面讓她重新診脈呢？她心裡該多難受啊？」

「她心裡難受哀家知道，哀家心裡更難受！哀家向來視德丫頭如自己女兒般疼愛，讓她接受重新診脈，哀家也是出於無奈！」太后一副痛心疾首之狀，「宮中傳出關於德丫頭龍胎的劣謠，有損皇家顏面。爲了早日平息謠言，哀家才痛下決心讓她接受重新診脈！」

「母后，朕從不曾聽聞爲了平息子虛烏有的流言，就要讓已然確診有孕的妃子重新診脈之事。母后，您這樣做，不是讓一向對您敬愛有加的德昭儀難受麼？」

太后歎了口氣，道：「哀家純是不能容忍皇室的威嚴有所玷污，更不能允許龍裔染上一丁點是非，左右顧慮下才決定這麼做的。難道皇兒一點也不明白哀家的苦心麼？」

皇上一言不發，只轉過頭滿臉心疼地看著我。

「皇上！」我低低喚了他一聲，起身跪落在地，哽咽道：「太后一片苦心是爲了皇室好，更是爲了臣妾和龍胎好。這件事因臣妾而起，臣妾本該親身站出來闢謠。爲了不讓皇室蒙羞，請您允許臣妾當著所有宮妃的面接受重新診脈吧！」

「言言，你眞眞是太善良了！」皇上深情凝視著我，眼眶倏地紅了，親自上前扶我坐下。

半個多時辰過去了，待最後一位御醫請完脈，書好結果遞與雲英嬤嬤後，我長長地舒了口氣，看著旁邊屏住呼吸翹首盼望的嬪妃們，心裡一片暢快。

雲英嬤嬤將御醫們的診斷結果呈將上去，皇上和太后接過來一張張細細看著，每張上頭皆寫著：

「德昭儀身子並無大礙，已懷身孕三月有餘，只需好生將養，便可平安產下龍胎。」

「母后，您瞧吧，朕早說言言是絕不會欺騙朕，御醫們一致診斷言言身懷龍胎！」皇上喜出望外，臉色由陰轉晴。
「皇兒，你這是說的甚話？哀家也從沒懷疑過德丫頭，純是爲了平息謠言兼顧保全皇室的體面，才不得已這麼做的。」太后同展顏露笑，臉上陰鬱一掃而空，柔和地看向我，「德丫頭，哀家知道你受委屈了，哀家這也是不得已而爲之，你可別往心裡去。」
雲秀嬤嬤早已將我扶回楠木椅上，我起身朝太后福了一福，輕言細語道：「太后這是甚話？臣妾明曉太后所做的一切俱是爲了皇室，並無半點私心，臣妾絕不會埋怨太后。」
太后滿意地點點頭，這才喜道：「哀家應允你的事，你儘管去做吧，也該給那些個胡嚼舌根之人學點教訓才是！」
此話一出，殿中端坐的眾人立時神色各異，方才議論我的人倏地驚慌起來，心裡盤算著怎生是好，而方才未妄評我的人，這會兒則是一副幸災樂禍的壞笑，就等著看好戲。
淑妃臉色蒼白，神情不安，可憐兮兮地望向皇后。
皇后卻視若無睹，嘴角含笑欣喜道：「恭喜妹妹，終於沉冤昭雪了！」
我還未開口，麗貴妃早已接過話，斜睨了她一眼，「喲，皇后姐姐，妹妹若無記錯的話，好似方才提出讓德妹妹接受重新診脈的人是您。」
皇上一聽，轉過頭去狠瞪著皇后，皇后立時低了頭，大氣都不敢出。
「皇后姐姐如此，同是爲了維護皇室尊嚴，並無私心。」我態度恭敬地柔聲道。
太后冷眼瞟了瞟殿中的眾嬪妃，「好了，這麼一折騰，又說了好一會的話，哀家也乏了，你們都先回去吧。德丫頭，那些個胡嚼舌根之人就讓她們自去你宮裡解釋一番好了，至於怎地處置，你自個兒拿主意便是。」

太后顯出一臉倦容，我們忙起身告退。皇上一路扶我出了寧壽宮，直往月華宮方向而去。眾妃嬪跟在背後，幾欲上前，又怕觸在皇上氣頭上，只得眼睜睜看著我和皇上消失在視線內。

我沉著臉，一言不發地疾走，喉中陣陣緊縮，眼裡漸漸模糊。

「言言！」皇上一把拉住半聲不響匆匆往前走的我，扳過我的身子，面對面地望著我，「你可是在怪朕沒有保護你麼？」

我不答言，只默默把頭埋進他的肩窩，淚水終於湧出來，一滴滴浸濕了他的衣衫。

他伸手擁我入懷，低聲歎息著，眼眶略略發紅，輕喃道：「朕真是無能，連你們都保護不了。」

「不，肅郎，臣妾不怪您和太后。只是臣妾一想到背後有那麼多人嫉恨著臣妾尚未出世的孩兒，想盡辦法欲加害他，臣妾就感到無比的難過和恐懼！」我悲從中來，萬分悲痛，「臣妾真怕自己當初保護不了濤陽，如今又保護不了他！」

皇上緊緊摟住我，手指關節喀喀作響。須臾，他神情無比堅毅，鄭重地對我說：「朕答應你，今後無論如何再不令你受這般委屈，也絕不讓任何人傷害你和孩子！」

我窩在他懷裡猛地點頭，輕聲應道：「臣妾相信肅郎！」

「我們一起回宮吧！」他揮手召來龍輦，率先登上去，旋向我遞出手。

我不禁想起，就是在這樣個陽光明媚的日子裡，漢成帝坐在高高的黃金輦上朝班婕妤遞出手，微笑如水的樣子，她卻循於禮教而沒伸過手去。我不知曉班婕妤閉眼時，可有後悔當初縮回了手，錯過和皇帝同乘一輦。

那樣的榮寵，到最後不也因著飛燕的出現化爲烏有了麼？

我已到嘴邊的禮教尊詞頓時失了影蹤，只輕聲推託道：「肅郎，這……恐怕不太好吧？」他顯已窺出我的顧慮，笑道：「沒關係，朕准你與朕同輦。況且蓋了繡簾，亦無人知曉！」他半蹲下身，將手放得更低了。我輕輕伸出手去，放在他溫暖的大手裡，踩到小太監背上登輦。

我端坐於金黃絲繡龍紋的軟墊上，悄悄望過去，卻見皇上正笑吟吟看著拘謹的我，我頓時羞紅了臉，側過頭，撫摸著紋理精細的鏤空黃金龍頭扶手，感受著無比尊貴的皇權。小玄子走近龍輦，從晃動的繡簾縫隙旁深深朝我點了點頭，我則會意一笑。

一覺醒來已是日上三竿，我斜臥榻上伸了個懶腰。

彩衣見我醒來，忙上前福了一福，笑盈盈地說：「主子醒了，昨晚睡得可好？」

我讓她攙扶著起身下床，問道：「皇上走了？」

彩衣呵呵一笑，「主子，皇上五更天就上朝去了。」說著邊從小宮女手中接過毛巾伺候我洗漱，又笑言：「皇上可眞眞是寵愛主子，今兒清早皇上起身時，見主子還睡著，不忍叫醒您，連我們進來伺候都吩咐我們細聲些，千萬別把您吵醒了。臨走時，又一再叮囑要好好伺候您！」

「小蹄子，連你也來笑話我！」我作勢欲上前打她。

「哎喲，我的好主子，您要打奴婢只管吩咐一聲，奴婢到跟前給您打就是了，您小心身子。」彩衣見我心情大好，越發說個沒完，「連萬歲爺都不捨欺負您，奴婢又怎麼敢笑話您！」

我洗漱完，端坐於妝臺前，從首飾盒裡揀選著華簪，邊吩咐道：「彩衣，你可把他們看緊了，越是在這節骨眼越不能出半點紕漏。給他們講清楚，誰要惹禍上身，可別怪本宮不顧著他！」

彩衣一臉瞭然，嘴裡答應著，「知道了，主子！」

我揀了支帶著喜氣的珍珠髮簪插到鬢邊，轉頭瞅看伺候在跟前的奴才，奇怪道：「怎麼不見小安子和小碌子他們？」

「回主子，小安子去了行刑司江公公那兒，至於小碌子倒是沒見著，他成天不見影兒的，這會子也不知野到哪處去了。」

「哎喲，我就說怎地耳根子老發燙呢，原來是彩衣姐姐在數落我的不是呀，我這不是回來了麼？」小碌子滿臉嘻嘻哈哈掀簾進來，變戲法似的從背後拿出一把剛採下來的白玉蘭，向我請了個安，笑道：「主子，奴才方才去御花園給主子採花回來時，聽宮裡的姑姑說，皇上已下旨取消今年選秀，讓今年候選的秀女各自婚配。」

「什麼？」彩衣滿臉欣喜，「小碌子，你可打聽清楚了？」

「千真萬確，奴才回來路上遇見去內務府領物的雲秀嬤嬤，雲秀嬤嬤也說皇上已經稟過太后了。」

我對著皇上派人新送來的菱花鏡看了看，鏡中的人兒面上泛著緋粉，眼瞳亮似寶石，嘴角邊不自覺地浮起一絲笑意。

「主子！」秋霜進來稟道：「主子，淑妃娘娘、容貴嬪、宜貴人、熙常在和玉答應等其他宮裡的主子們過來了。」

「哦？」我心下微微一笑，就知她們定然會搶著趕來。我輕笑一聲，道：「請她們去偏殿候著吧，便說本宮還未起身。」說完又轉頭對著鏡子細細瞧看妝容。

「主子！」小安子掀簾子進來，朝我行了個禮，「方才奴才同楊公公一起去了行刑司，楊公公請奴才回來請示主子您，應當如何處置扣押在行刑司裡那些傳流言的奴才們？」

我沉吟少頃才回道：「你再跑行刑司一趟，轉告楊公公，把那些奴才每人廷杖十下，便放回去吧！」

小安子微愣一下。小碌子卻是滿臉不解地看著我，疑道：「主子，這等的懲罰是否太輕些？如此便算了？」

「是啊，那些個奴才妄傳謠言，這般詆毀主子和龍胎，理應重重責罰他們，再發配到雜役房去做最苦最累的活兒！」彩衣想起我當著眾人之面重新接受診脈，不由得忿忿地說。

我笑了笑，走到案邊落坐，伸手拈著小碌子剛插上的白玉蘭，玉白的花瓣一片片散落在案面上。我頓了一下，輕聲道：「跟他們較眞做甚，他們不過是按照主子之意行事罷了，眞正想置本宮於死地的從來不是他們。就算他們都死了，也還有新的人出來頂替著，本宮不妨就賣個人情，讓他們記著本宮的好。」

「主子到底想得周全，奴才知曉該怎麼做了。」小安子略略沉吟，又問：「奴才回返時，見到秋霜領了淑妃她們去往偏殿，那幾位定然是向主子賠禮來了，主子想怎地處置呢？」

我看著散落滿桌的花瓣，神情迷茫，聲音低沉，「本宮現下不過仗著皇上寵愛才在宮中攢得幾分薄面，只待哪天憑藉自己有了在這宮裡立足的本事，那時……」

幾人立時明白，臉上露出瞭然神情，見我情緒低落怕影響到龍胎，忙扯了別的話題，變著法的逗我開心，小安子則掀簾去往行刑司。

我梳完妝，彩衣送上簡單的滋養早膳。我用了半碗燕窩薏米粥，嘗了些小菜，又喝了半碗酸筍老鴨湯，已經相當飽足。

正用茶漱口時，小安子進來回話：「奴才已把主子的話轉告楊公公，楊公公當場就將主子的意思告訴了那些奴才。那群奴才一個個熱淚盈眶、感激涕零，直磕頭謝主子開恩！」

我頷首道：「辦得好！」甫又起身吩咐道：「小碌子，去請淑妃娘娘她們到正殿。」

「是，主子！」小碌子拱手應了後退出去。

我讓彩衣和小安子攙扶至正殿時，皇后、淑妃她們已端坐在正殿中，見我出來，許多妃嬪紛紛迎上。我見皇后也在，忙上前道：「嬪妾拜見皇后娘娘！」

「妹妹快起！」皇后眼明手快，不待我屈膝就扶住了我。

我回首狠狠瞪向彩衣和小安子，「該死的奴才！本宮睡著了，你們也睡著了麼？皇后姐姐來了也不叫醒本宮，居然讓皇后娘娘等本宮，眞眞是活膩了，不知天高地厚！」

「妹妹切莫責怪他們！」皇后溫和地說：「本宮也是剛到，妹妹如今身子重，本宮怕吵擾你歇息，阻攔著不讓他們通報的。」

我這才喜笑顏開，道：「皇后姐姐心善。」說著又轉頭冷冷地說道：「既有皇后姐姐替你們說話，本宮就饒了你們這一次！」

兩人忙上前朝皇后跪道：「奴才們謝皇后娘娘恩典！」

皇后瞅了我一眼，甫客氣道：「都起來吧！」

眾人都上前跟我見禮，我客氣地招呼熙常在她們，卻只對淑妃點點頭，逕自回正中位上落坐。淑妃的笑意登時僵在臉上，尷尬立於原地，皇后朝她擺擺手，她才福了一福，落坐右邊上首位的楠木椅。

皇后坐於我旁邊，見我對淑妃毫不理睬之狀，陪笑道：「妹妹昨兒個受驚了，本宮特地精選上等的茯苓、雪蛤送來，給妹妹壓壓驚！」

我忙笑著叫人收了，道：「皇后姐姐實在客氣，您能來看嬪妾便是嬪妾的福氣了，還帶這些東西，豈不是折煞嬪妾麼？」

皇后端莊平和依舊，柔聲道：「都是自家姐妹，妹妹何須見外。」

眾人閒坐少頃。

榮貴嬪略遲疑後起身上前，規矩跪在地上道：「德姐姐，請原諒嬪妾昨兒個有口無心的失禮。」

「有口無心麼？」我冷冷道：「本宮昨兒個見你言之鑿鑿說本宮謊稱身懷龍胎，欺瞞太后和皇上時，神情堅定得彷若你親眼所見似的！」

榮貴嬪見我神情陰鬱且語氣冰冷，嚇得臉色蒼白，僵在原地訥訥不語。原本坐於楠木椅上的宜貴人等見我臉色不善，心下一顫，忙也上前跪於榮貴嬪身側。兩人齊聲道：「德姐姐息怒！」

「妹妹龍胎要緊，犯不著跟她們這些個不相干的人動氣。」皇后在旁邊勸道：「她們這些個剛擢升上來的嬪妃不懂規矩，耳根子又軟，聽信了那些個下人胡言亂語，腦子也跟著糊塗了，妹妹何必跟她們較真？犯不著因她們而擾亂心緒，影響了龍胎。」

眾人見皇后幫忙說話，忙齊聲磕頭道：「嬪妾知錯，請姐姐責罰！」

「皇后姐姐金言。」我斜眼瞟了一眼坐在皇后下首位的淑妃，她雙手緊緊擰著絲帕，指節泛白。我見此情狀，似笑非笑道：「那依皇后姐姐之見，該當如何？」

皇后料不到我會將這燙手山芋扔給她，愣了愣才笑道：「太后懿旨，由德妹妹親自處罰她們。妹妹認爲該當如何處罰，全權處置便是。」

我目光炯炯地掃視她們一眼，彷似才剛看到跪在跟前的眾人，喜笑顏開道：「眾位妹妹這是做甚？都快快起來吧。本宮知你們是受了他人蠱惑才聽信謠言，妹妹們年輕，難免遭人利用，本宮實無怪罪你們的意思。」我看著跪在地上面面相覷的眾人，又道：「妹妹們快起來吧，難不成還要本宮親自上前扶麼？彩衣，快請幾位主子坐了，換上新茶！」

幾人這才謝過恩，移步回座。

我抿了口茶，接著道：「本宮沒有責怪眾位妹妹的意思，可這太后又說了，要臣妾處置那些妄傳謠言之人。本宮若然如此不了了之，太后追究起來，只怕要治本宮個抗旨不遵之罪呢！」

眾人甫放下的心瞬間又提到了嗓子眼，個個臉色微白、神情緊張地望著我。

皇后在旁慎重道：「妹妹不如施以小懲，以正典刑！」

我看著緊張兮兮的眾人，咯咯笑開，「眾位妹妹不必過於緊張，本宮亦頗爲難的呀。」略一沉吟，才道：「不如這樣吧，本宮就罰各位妹妹手抄經書一本，呈與太后定奪吧！」

眾人這才鬆了口氣，起身齊拜道：「嬪妾謝德姐姐恩典！」

「說了這會兒話，德妹妹也乏了，你們就先退下吧！」皇后揮揮手示意她們退了。

待眾人退去，皇后方道：「德妹妹，可否借一步說話？」

我瞧了瞧侍立在旁的奴才們，起身道：「小安子，請皇后姐姐到暖閣裡歇著。」

二十一 暗戰初始

我命彩衣守門，小安子伺候在側，與皇后和淑妃坐於暖閣之中。我只和皇后溫婉有禮以對，卻未與淑妃說過半句話，甚至當她不存在般，幾次她陪笑著與我攀談，我皆視若無睹地側向皇后轉開了話題。

淑妃一咬牙，上前端跪在我跟前，顫聲道：「妹妹，姐姐知錯了，不該聽信那些謠言而詆毀妹妹。」

我這才轉頭看著她，想要扯出個笑容來，眼裡卻升起了霧氣，哽咽道：「我自入宮始就住在姐姐宮中，深受姐姐照顧，如今也和姐姐毗鄰而居，視姐姐如親人般，不料姐姐卻……」說到傷心處，已是嚶嚶痛哭出聲，眼淚簌簌而下。

淑妃跪步上前拉住我的手，痛哭道：「妹妹，都怪姐姐糊塗誤信他人謠言，這才……」

我順手拉淑妃起身，小安子忙搬來椅子扶她坐下。

皇后忙勸，我才忍住了哭聲又吸吸鼻子，嗡聲道：「那日裡姐姐一副胸有成竹的樣子，言之鑿鑿說臣妾的龍胎早就沒了，臣妾心如刀絞，痛得幾乎不能呼吸。」

「妹妹，都怪姐姐糊塗啊，聽信貴妃的謠言，受了她的蠱惑才……」淑妃用絲帕揩著眼角湧出的淚水，偷覷著我的臉色。

我愣了一下，悟道：「原來竟是她！」甫忿忿然恨言：「害死了本宮的潯陽，這仇本宮還沒找她報呢，如今她又想來害本宮尚未出世的孩子！」

「是啊。」皇后見我有些信了，又道：「那日裡貴妃告訴本宮和淑妃時，我二人俱是不信。偏她信誓旦旦說是妹妹跟前的貼身婢女所言，本宮感覺茲事體大，爲皇家顏面著想才稟了太后。」

「啊！」我滿臉驚訝道：「難道……臣妾跟前侍女秋菊莫名死在御花園一角的荷花池中，卻是跟她有關？」

「姐姐心中同作此想，可苦於缺乏眞憑實據，所以妹妹來稟宮女失蹤後又發現屍首，本宮也只能按失足落水處置了。」皇后一副無可奈何的表情。

「定然是少了賀相這座靠山，她著急起來了。」我揣測道，轉念又傷心道：「兩位姐姐既然得了風聲也不告訴妹妹知道，害得妹妹……」

「妹妹切莫多心，姐姐並非將妹妹你排擠在外，不拿妹妹當自家人，只是當時的情況，姐姐怕貿然告訴妹妹會影響妹妹養胎，才先稟報太后。不想太后卻突然傳了眾人前往，姐姐此時方才後悔起來。」

我點點頭，歉然望向皇后，「倒是妹妹多心了，姐姐切莫放在心上。」說著又拉了淑妃的手，「姐姐心裡一直對妹妹有氣，妹妹心裡清楚。」

淑妃待要說話，被我撫手之舉止住，我又接著道：「心雅是宮裡默認的長公主，皇上卻突然將長公主的封號給了明珠，姐姐心裡梗著，妹妹心底一直都曉得的，只是遲遲沒機會跟姐姐講明。是做妹子的有錯在先，姐姐你可別往心裡去。」

淑妃剛揩乾的眼淚又垂落下來，哽嗚道：「妹妹……」

皇后上前拉了我倆的手，笑道：「既然誤會冰釋，從前之事就此煙消雲散，大家都莫放在心上了。」

我二人對望一眼，破涕爲笑，「皇后姐姐說得是。」

我喚了彩衣差人進來伺候著三人梳洗完畢，又奉上新製的綠豆沙，招呼著二人用了些。三人就坐在暖閣裡，邊吃著剛切好的新鮮香桃，邊敘著話。

淑妃不動聲色瞟了我一眼，關切地說：「妹妹可要小心些才是啊！妹妹所出的小公主都甚得太后和皇上寵愛，搶去了宏皇子的風頭，如今妹妹二度懷上龍胎，只怕她一計不成，又再……」

「姐姐所言甚是，妹妹自當萬事小心。可妹妹也擔心著，她既已害妹妹不成，定然知曉妹妹已存了防備之心，轉而打著其他主意，便防不勝防哪。」我心中冷哼一句：「你何嘗又不擔心本宮這龍胎搶了你們的風頭呢」，面上卻不動聲色地將話題扯開。

「妹妹何出此言？」皇后聽出我話中有話，忙追問道。

「皇后姐姐不知麼？宏兒一天天見長又甚是聰明伶俐，皇上去看宏兒的時間也逐日加長，對宏兒關心備至，好幾次在妹妹面前誇獎宏兒，直說他年紀這麼小便如何聰明，成人後定是治國之才！」我一字一句說道，看著她的臉色漸顯蒼白，又補充道：「姐姐豈不知，自打上次禁足被放出，她便清淡了不少，賀相辭官後，她更是全副心思都放在宏兒身上。如今看來，她恐是想利用宏兒保住她在宮中的位置啊。」

皇后面色凝重，若有所思。

淑妃此時卻快言快語道：「只怕她想到不是保住貴妃之位，而是想讓宏兒坐上東宮之位！」

「姐姐不可胡亂揣測！」我驚呼，心中卻對淑妃感激萬千，畢竟她幫我說出這句想讓皇后聽到的話。果然，皇后忿忿地說：「此處並無外人，但說無妨。當初你我聯手，本欲除去賀相，不料他老奸巨猾而主動請辭。妹妹，如今只有你我再度聯手，方能除去這心頭大患。」

我點點頭，輕歎一聲道：「妹妹如今身子重，只怕幫不了姐姐什麼。不過，但凡妹妹力所能及之事，定當盡心竭力。」

皇后穩持住心緒，沉吟少頃，甫溫和地說：「妹妹只須好好留住皇上，讓皇上的心思都放在你和這龍胎之上即可，餘者由姐姐自想辦法。」

我滿臉茫然，不明所以的點點頭。三人又閒話一陣，方才散了。

送走了兩人，我有些乏了，便躺靠貴妃椅上。

小安子在旁伺候著，小心翼翼問道：「主子，依奴才看，皇后她們可沒那麼好心，讓主子您得皇上專寵。」

我點點頭，懶懶地應道：「這個，本宮心裡明得跟鏡兒似的，只是眼前本宮也只能與之周旋以求自保。畢竟現下的本宮尚無能力與她們爲敵，現下的本宮亦非她們最緊要的敵人。待她倆收拾了長春宮那位，接下來便是本宮了。」

「那主子……」小安子仔細觀察著我的神色。

我疲憊地一笑，「成天過著這種提防他人又算計別人的日子，也眞是累啊。如今難得忙裡偷閒，本宮索性坐在這裡隔山觀虎鬥，瞧瞧再做打算了，到底本宮而今最要緊的就是平安將這龍胎產下。」

這日午憩起身後，我獨立於窗前，院子裡鬱鬱蔥蔥的花草在烈日曝曬下都低垂著，知了聲聲傳進耳裡。我聽了午覺煩悶，伸手扶著小安子的手臂，緩步而出。

站在迴廊下，小安子在旁輕聲道：「主子，外頭傳進話，說朝堂之上已有人因著太子體虛多病，奏請皇上另立太子。」

「哦！」我微愣一下，問道：「都是些什麼人？」

「聽說，都是前賀相一手提拔的得意門生。」
「呵呵，她到底開始行動了。」我頓了頓，又道：「儲秀宮那邊呢？可有甚動靜？」
「暫時還沒聽說，不過想來也快了。」
我點點頭，吩咐道：「你通知小玄子派人叮囑各宮眼線，讓他們好生給本宮盯緊了，一有風吹草動，即刻來稟。」
小安子應道：「奴才早命人去辦了。那邊遞過消息，說是太子的精神時好時差，太醫們皆診不出病因來。」
「是麼？」我輕歎一聲，「難道眞的是命麼？本宮怎麼爭也沒有用了麼？」
「另外……」小安子見四下無人，才湊到我跟前悄聲說著。
我一驚，低聲喝問：「可曾瞧仔細了？」
「回主子，說是看眞確了，兩人不時會面，最近才少了些。」
我若有所思地點點頭，心道：「難不成眞是巧合麼？可哪會有如斯精心完美的巧合呢？」
我轉頭瞧見掛在廊下前日裡皇上派人送來給我解悶的鸚鵡，隨口問道：「可曾添水餵食了？」
「已經餵過了。」小安子立於一旁答應著。
我伸手撫著鸚鵡頭頸處五彩的羽毛，不想牠卻叫了一聲，拍了拍翅膀，復轉頭梳理著背上的羽毛。
我忙後退幾步，用絲絹撣了撣頭臉，嗔怪道：「該死的，扇了我一頭的灰！」說罷轉身扶了小安子往前行去，只在迴廊陰涼處隨處走看，觀賞著小橋流水的園林景觀。
雖是在陰涼處待著，可沒多久便覺著香汗涔涔，濕透了薄衫。小安子忙遞了條新絲絹給我擦去鬢邊汗珠，勸道：「主子，這六月天日頭毒辣，屋外炎炎，您出來也有陣子了，還是回宮中歇息的好。」

我舉手遮額，瞇著眼望望金燦燦的日頭，心中燃起一股無名火來，忍不住抱怨道：「這什麼鬼天氣，熱成這樣？」

「是誰讓朕的言言這麼生氣啊？」醇厚磁性的嗓音在不遠處響起，隱約可見明黃的繡龍衣袍在林間閃動，不消片刻便出現在迴廊拐角處，幾步便走至我跟前。

「奴才叩見皇上，皇上萬歲萬歲萬萬歲！」小安子慌忙跪下行禮。

皇上隨意一拂，上前牽住我的手，皺眉道：「怎麼又跑出來了？這大熱天的可要當心傷暑呀！」

我順勢往他懷裡一倒，嬌聲埋怨道：「臣妾老待在屋子裡，都快悶出病來了……」

話未說完，他伸出手指來抵住我的唇，溫言道：「傻丫頭，什麼病不病的，可不許胡說！你和龍胎都得好好的才行！」

我調皮地眨眨眼，突然張了小口將他指端含在嘴裡輕吮，他身子猛地一僵，眼神隨之變得深邃。好半天，他才倒吸一口氣，緊緊攬住懷中的我，低頭對我耳語：「你知道朕是最禁不得你這般挑逗的！」

我雙頰緋紅，左顧右盼只不敢看他。他瞅著我害羞躲閃的模樣，「哈哈」大笑起來，摟住我朝殿中走去，「這天當眞是太熱了！言言爲了養胎，成日待在殿中，也眞眞悶壞了！」

進得殿中，皇上攬了我同坐榻上，扶住我的肩又深情凝視著我，正色道：「言言，辛苦你了！你放心，只要你爲朕產下一男半女，朕就封你爲妃！」

「臣妾才不稀罕！」我作勢窩進他懷中，嘟噥道：「臣妾只要肅郎一人！」

皇上眼神更添深邃，順勢撫上我的背，將我輕攬在懷中。

我推推他，「肅郎，這大白天的……」

他呵呵一笑，道：「那又如何？朕在這兒，難不成還有誰敢闖進來不成？」

「可臣妾有孕……」他吻住我呢喃到一半的話，滿室唯聞一陣喘息聲。

我醒來時，太陽已然下山，僅餘天邊一片紅霞。彩衣進來伺候我起身，我見她打量的目光，不由紅了臉，輕咳一聲，問道：「皇上幾時走的？」

彩衣彷若未見我的羞澀，逕自伺候我起身，笑道：「主子啊，萬歲爺對您真真是天大的恩寵呢。見主子熟睡，一再吩咐我們小聲伺候，不可吵醒了您，離開時還囑咐讓您好生歇著，叫奴婢們備好晚膳等主子起身。」

正說著，小安子進來了。我見他一臉通紅，額頭滿是汗漬，忍不住說道：「小碌子像隻小猴子四處跳跳躥躥，你也有樣學樣了。說吧，今天又野到哪兒去了？可見著什麼新鮮事啦？」

小安子呵呵笑道：「一聽主子這話，就知是成日待在屋子裡悶壞了！」說罷，轉頭看看四周並無他人，才細聲道：「主子，小玄子方才送進了個人，說是西寧將軍命人安排的，往後就留在主子身邊照顧您了。」

「是麼？」我微顯驚訝，想不到他竟有這般安排，「那還不快叫進來！」

我用手撐了撐床榻欲起身，不想被長裙絆了一下，微微失去重心。

「娘娘，小心！」一道纖細身影穿過繡簾，飛快竄至我身邊扶住我。

彩衣愣在當場，本欲伸手扶我，到底被人搶了先。

我驚魂未定，舒了口氣，笑盈盈轉頭看著來人，笑容驟時僵在臉上，感激之語消失唇邊。她不正是我讓小安子知會小玄子通知殿前侍衛悄悄處置了的丫頭玲瓏麼？

我不禁眉頭微蹙，凌厲地看著他，「小安子，你們怎麼又把她帶進來了？」

小安子卻不驚慌，含笑道：「主子，您再仔細瞧看！」

我重新打量著垂首侍立的玲瓏，纖細的身材，膚色微黑的鵝蛋臉上一對黑白分明的大眼，因著她身分特殊，我細細留意過她的五官，還是從前見過的模樣啊。

我不解地轉過頭，等著小安子回應。小安子淘氣一笑，努嘴示意玲瓏。

玲瓏步伐輕盈地走至我跟前跪下，伸手往臉上一揭，「奴婢蘭朵拜見昭儀娘娘，娘娘金安！」

彩衣驚呼出聲：「主子！好了得的易容術，像極了，真真就是同一個人！」

我驚詫望著眼前嬌豔俏麗的人兒，又看看她手中薄如蟬翼的膚色面具，臉色乍變，顫聲道：「你……你們怎可把宮外的人帶進來？若是被發現了，這還了得！」

「主子放心，奴婢今後就是玲瓏，除了自己人，其他人不會知道奴婢身分的！」

我點點頭，略略放寬心。

小安子又道：「主子可別小覷了蘭朵姑娘，她平素如影子般伴隨西寧將軍，功夫了得又心細如針，西寧將軍聽說主子三番五次險遭暗算，十分不放心，才命蘭朵姑娘進宮來保護主子。蘭朵姑娘到皇城已有一段時日，宮裡規矩亦都記熟，留在主子身邊恰好用得著。況且，玲瓏已一陣子沒出現了，主子未上報內務府，若是有心之人細查起來，對主子也有些不利。」

這是關心麼？我隨即自嘲地笑笑，頂多是內疚而已，況且長春宮那位尚在，我還不能出事，這龍胎現下是我的護身符，他自然也得多上心。

「玲瓏，你隨彩衣下去吧，以後就跟著彩衣留在本宮身邊吧！」我淡淡地說。

「奴婢遵旨！」玲瓏謝了恩，同彩衣一起退出。

我到底按捺不住心中的疑惑，挑了個機會陪皇上一道去東宮探望病中的太子。

剛抵宮門，守門的小太監上前稟說太子正於蘭馨亭觀賞日落。皇上便攜了我，喚小太監帶路，直奔蘭馨亭。

蘭馨亭坐落人工湖泊和蘆葦叢中，我皺眉看著眼前盛開的蘆葦，微風吹拂引蘆絮飛揚，不時鑽進我喉裡。皇上忙命人取來絲巾，替我掩住口鼻。

夕陽已落，漫天紅霞給蘭馨亭染上一層緋紅，蘆葦在晚風中飄蕩著，不時傳來幾聲野鴨「嘎嘎」鳴叫，亭下靠著一艘小木舟，遙遙便瞧見蘭馨亭中的人兒閒靜眺望著遠方，好一派畫卷般景致。

伺候在側的奴才遠遠瞧見聖駕身影，忙上前示意太子，太子轉頭一看，匆匆起身相迎。

皇上心疼他有病在身，大步迎上前去，扶住正要行禮的太子，「皇兒身子不好，就不必行禮了。」

「父皇！」太子見到皇上身側的我，微露詫異卻隨即隱去，含笑道：「昭儀娘娘也來了？」

我溫和笑應，柔聲道：「太子身子可大好了？」

「已然見好，多謝娘娘關心。」太子虛弱地笑著，迎我和皇上進蘭馨亭，於竹椅上落坐。

「皇兒，在用甜品麼？」皇上瞧見放在玉面石桌的一小碗糖水。

「正是。」太子看著青花瓷碗中的甜湯，嘴角含笑，眼中柔情無限，「兒臣剛用過湯藥，稍嫌苦口，奴才們便送了這碗養生湯來，說是給兒臣去去口中的苦味。」

皇上瞟了瞟那湯，臉色倏地一僵，眼中閃過一絲疑惑，隨即含笑上前端起石桌上的青花瓷碗。看了少頃，皇上微皺起眉頭，關懷地看向太子，「皇兒，這湯都涼了，叫他們撤下重做吧！」

「呃，父皇！」太子神情有些激動，眼中閃過一絲不捨。

「怎麼啦？皇兒。」皇上目光炯炯地看向太子。

「沒、沒什麼，兒臣謝過父皇關愛！」太子吶吶地說。

皇上這才喜笑顏開，示意奴才撤下甜湯，太子暗自鬆了口氣。

我搶在小太監前從皇上手中奪過瓷碗，笑嘻嘻地說：「讓臣妾看看這是甚寶貝東西，讓皇上和太子留心個老半天！」說罷瞧了瞧碗中甜湯，在二人詫異的目光中呵呵笑道：「什麼養生湯啊？這分明就是《太平聖惠方》中所提及的『蠶蛹湯』，這可是補脾腎、退虛熱的上品。」

我邊說邊用銀匙攪了攪，一股濃香的甜味撲鼻而來。甜味！我靈光一閃，將碗拿至鼻端嗅聞了聞，訝道：「蜂蜜？」隨即又明白過來，「不對，這應是野生蜂王漿，難怪不叫蠶蛹湯，而要叫養生湯了。這熬湯之人當真煞費心思，連這也想到了。」

「昭儀娘娘識得此湯？」太子一臉詫異道。

「略知一二罷了！」我謙虛道，看著眼中灼灼生輝的太子，心中不免輕歎一聲，可惜了……

「哦？」皇上一聽亦來了興致，「愛妃也懂這養生湯？你說這熬湯之人心思玲瓏，此話怎講？」

「皇上可是在考臣妾麼？」我笑問道。

「呵呵，朕純是看你說得頭頭是道，方來了興致，好奇想聽聽罷了！」皇上呵呵一笑。

「這養生湯須將紅棗去核、蠶蛹洗淨，一併放入燉盅內，加無根水適量，燉盅加蓋，微火隔開水燉上一個時辰，再放入野生蜂王漿方可食用。說起來簡單，但做起來就不簡單了，這紅棗須得選用雪山裡百年以上的野生紅棗，才能燉出蠶蛹之味，無根水亦得選用春分前後的雨水方為上品，燉時須加蓋方可保留原汁原味；且火候尤為重要，火小了燉不出香味來，火大了香味又隨氣散了，眞眞是要用盡十二分心力，方能燉出上乘的養生湯哩。」我細細回憶著蘭朵呈與我看的調養之方，緩緩述道。

皇上連連點頭，而太子尤驚歎地讚道：「早就聽說昭儀娘娘蕙質蘭心、博學多才，今日算是領教了。」

皇上陶然笑著，同跟著連連誇讚。我羞紅了臉，轉過頭去。

此時太陽已完全沉下，天邊雲彩漸漸變黑。我回過頭，柔聲勸道：「雖說是七八月的天，可太子亦得保重身子，夜露寒重，還是早些回宮吧。」

皇上頷首而應，示意眾人一併回轉東宮正殿。

一同用完晚膳後，皇上方才攜我離去。

這日午後下了場暴雨，天氣轉涼，我想著有好幾日沒去太后宮裡了，剛好此時皇上在御書房中忙碌，遂吩咐人準備赴寧壽宮。

我換上一襲清雅的淺色衫裙，梳了個簡單髮髻，立於銅鏡前側目細看，標緻的臉蛋此刻淡掃娥眉，朱唇點點，如玉般溫潤的膚色並無因著懷孕而有稍許改變，我滿意地點點頭，又覺著少了些什麼。復轉過頭去，瞧見桌案上新換上的白玉蘭，我掐下一朵簪在烏黑發亮的髮髻上，這才滿意地笑了。

行至寧壽宮前的荷花池旁，恰遇著甫從寧壽宮出來的端王爺。我忙靠邊福了福身子，「嬪妾拜見端王爺，給王爺請安！」

端王爺目光灼灼盯著我，濃黑如墨的雙瞳微微瞇起，半晌才笑道：「小王給昭儀娘娘問安！昭儀娘娘可是要去探望太后？太后此刻正在佛堂念經呢！」

我被盯看得微微不自在，忙含笑道：「謝王爺指點！」說罷匆匆舉步朝前行去，不料方才行禮時不慎將裙邊勾在鞋上，這會兒因著緊張走得急，被紗裙扯絆住，一個趔趄便整個人傾斜而去，我忍不住尖叫出聲。

「娘娘小心！」離我最近的端王搶前兩步扶住了滑跌的我。他溫熱的雙手摟我在懷，輕聲道：「娘娘保重玉體，龍胎要緊！」

我正想謝他，不料抬頭卻見他瞅緊著我，神情癡迷，一股惱怒幾乎不可遏止地沖上心頭。

我感到自己的心似烈焰般燃燒，趕緊迅速掙脫開來，毫不領情地拍掉他的手，在彩衣和小安子的攙扶下起身，低聲道：「多謝王爺！」隨即領眾人匆匆往寧壽宮而去。

直到入寧壽宮門時，猶能感覺到背後那道灼灼目光。我趁轉身入宮門之際瞟眼望去，端王仍朝著寧壽宮的方向愣立於原地，我不屑地冷哼一聲，入了寧壽宮。

太后見我身子越發重了仍時常陪她講經念佛，很是高興，直留我用過晚膳又閒敘片刻，見已入夜，方才讓我回宮歇著，又千叮萬囑交代眾人仔細伺候著。

回到宮裡，沐浴更衣畢，靠在躺椅上看了一會兒書，聽得永巷裡隱約傳來敲梆子的打更聲。我看了看一片漆黑的窗外，對彩衣和玲瓏說：「皇上怕是歇在別處了，我們也早點安歇吧。」兩人服侍我上床歇著，又滅了各處的宮燈，只餘下一盞小燈守夜。

翌日午後，小安子悄悄傳過話來，說是皇上昨兒個看到我在寧壽宮門口和端王拉扯在一起，頓時黑了臉，一下午尋遍眾人的碴，直把那些朝中大臣罵了個狗血噴頭，還罰了跟前伺候的小太監，直到子初才去往玉答應的玉梅殿。

小安子和彩衣幾人著急不已，直催促我前去向皇上解釋。我懶懶地看了焦急萬分的眾人，輕笑道：「如今皇上正在氣頭上，就算本宮前去解釋，皇上也不一定願聽，即便是皇上聽了，也不一定信。等過兩日皇上氣消了再說吧。」

一連半個多月，皇上都宿在玉答應的殿裡，半步未踏足月華宮，還下旨晉封玉答應爲才人。往日絡繹不絕來訪的人如今全轉往玉梅殿去了，一口一個姐姐妹妹的，好不親熱。

事態已然超出我的掌控，我皺了皺眉頭，悄聲吩咐小安子安排人查探情況。過兩日有消息稟進，宮中胡傳著我與端王有染的流言，細查之下乃是從長春宮中所傳出，竟然細到將那日我不愼滑倒，端王扶我的情景都描繪得有聲有色。

聽完小安子忿然的訴說，我不由得笑了，輕歎道：「原來這宮中最厲害的武器不是下蠱施咒，而是空穴來風！」

彩衣在旁急道：「主子！您快別說這些風涼話了，趕緊想想辦法吧！」

「想辦法？如今還有甚辦法可想？皇上親眼所睹，宮中流言紛起。傳本宮所懷龍胎是假，本宮尙可接受重新診脈，如今傳本宮與那端王有染，本宮何以證明清白？」

「那可怎地是好？難道就眞的無計可施了麼？」彩衣急得眼淚直往下掉。

「爲今之計，就只有賭！」我深吸一口氣，沉聲道。

「賭？」小安子詫異道。

「對，賭！」我目光堅定地說：「賭皇上三年來是眞心疼愛本宮，賭皇上對本宮始終存有那麼一點點眞情，賭本宮腹中的龍胎對皇上來說是不可替代的！」

「可是，如果……」彩衣頗顯猶豫，小安子直朝她打著眼色。

「那就是命，得認命！」我打斷彩衣的話，自信地說：「本宮相信，本宮終究能贏！」

眾人見我志在必得的神情，也不由得點點頭，跟著鬆了口氣，面露喜色。

金燦燦的太陽直往西而去，徐徐躲入雲後，灑出紅彤彤的光芒，將天邊白雲染紅，也給整個皇城披上了一層緋紅。整座莊嚴肅穆的皇城籠罩在一片柔和霞光之中，宛若瓊樓玉宇，美得不可方物。

又一天過去了，我每日都坐在窗前欣賞這般美麗景致，直至霞光一點點隱去，慢慢消失黑暗中。我看著這無限美景，心中卻有些慘然，便再沒了欣賞的心思，於是讓彩衣備了熱水入浴。

沐浴後，換上一身月白衣衫，衫裙上精巧繡著朵朵櫻花。我只讓彩衣將滿頭秀髮挽起簡單的髻，拿簪子插好，在鬢邊簪上幾朵新摘的白玉蘭。

夕陽已完全落下，院裡靜悄無聲，我靈光一閃，吩咐彩衣命人搬來了琴擺於窗前，移步上前輕撥琴弦。

一曲終了，偶然回頭，卻見玲瓏癡癡地望著我。我「噗哧」一聲笑開，拿起手絹扔過去，笑道：

「傻丫頭，看什麼呢？」

「主子，您、您眞的好美！」玲瓏喃喃說道。

話音未落，繡簾即被掀起，皇上從簾外大步而入，彩衣和玲瓏一愣，忙起身跪拜。

皇上面上平靜無波，嘴裡喝道：「滾出去！」

兩人大吃一驚，轉頭緊張地看向我，我向她們微微頷首，示意二人趕緊出去。

立於屋中的皇上靜立不動，臉上看不出喜怒，只用兩道冰冷的視線鎖住我。

我如常地上前福了福身子，「臣妾恭迎皇上！」

「看來，愛妃的日子過得挺愜意呀，朕遠遠就聽見你的琴聲了。」他面上似笑非笑，眼中卻是一片冰冷。

我垂著臉看著擦得乾淨光亮的地板，不去看他，也不出聲。

「抬起頭來！」耳邊傳來他平穩卻威嚴的聲音，我順從地抬起了頭，目光卻空洞地穿越過他，沉寂無光。

他抬起右手，手指撫上我的臉頰，指尖微微添力，緊觸著我的肌膚又不至於將我弄疼，從臉頰慢慢滑向唇角、下頷，又沿著光潔無褶的頸脖一路而下……

我微微發顫，呼吸也緊張起來，他卻漫不經心地問道：「最近還常去寧壽宮麼？」

天！他這是在挑逗我麼？他手指滑過之處，彷若一簇簇火焰灼痛了我的肌膚，一陣燙熱擴散開來，最後變成一團酥麻。

我驚慌得想往後退開，但只來得及退出一步，他的左手已然繞到我背後控制住我的身子，把我帶進懷裡，我不得不昂起頭對上他的眼。

「還常去陪母后麼？」他低沉而帶磁性的嗓音誘惑著我。

「幾乎每日午憩後起身，臣妾都會過去！」我看著他的眼睛，一字一句說道，心中湧起一股悲哀。在這樣的時刻，他也不忘得到想要的答案。

「真的是你！」他咬牙切齒道，驀地把臉湊到我眼前，近得我能感覺到他的氣息和不斷收縮的毛孔，並在他深邃眼瞳中窺見驚慌無措的自己。

他眼中忽閃忽滅的光，讓我本能地感受到危險，卻又不敢推開他，畢竟我要護著我的孩子，故只僵在原地。

「怎麼白著臉？朕很可怕麼？或者你根本就不想見到朕？」他恨恨地收緊了手。

我渾圓的肚子頂在他的肚子上，他略頓一下，收攏了五指，卻輕輕放開了僵成一塊木頭的我。

「臣妾不敢！」我暗自鬆了口氣，忙答應著。

「是不是不敢，只有你心裡最清楚！」他猛盯著我看了半晌，忽地摘下我鬢邊的白玉蘭，用手揉碎了扔在地上，冷哼一聲後轉過身去。

「臣妾恭送皇上！」我見他要走，忙福了福身子相送。

本已舉步要走的皇上聽到我恭送的話後，猛地轉身，伸手捏住我微低的下頷，強硬地抬起我的頭來。

灼熱的疼痛由下頷處傳開來，我錯愕地望著他修長的手。這隻原本輕柔無比的手，此刻卻像攫住獵物般緊緊捏住我的下頷。

「朕要走，你很高興？」他不緊不慢的一句輕語，聽入我耳裡卻是驚心動魄，「是不是面對皇弟時，你也是這麼客氣的？或者比起他來，你更喜歡怠慢朕？」

下頷被捏住，我只能被迫仰起頭，看著他那深邃的雙眼化作噬人野獸般令人恐懼，我無法抑制地顫抖著。但很快，這股畏懼被憤怒取代，因我隨即在他眼裡瞥見輕蔑，那種「你也不過爾爾」的輕蔑。

我暗自透了口氣，再抑不住心中的情緒，冷冷直視著他，平靜地回答：「皇上說笑了，您就是臣妾的天，臣妾哪敢怠慢您呢？更何況，臣妾與王爺只是見過幾面，泛泛之交，皇上說這番話莫非是受了別人的挑撥？」

他緊盯著我，不放過我臉上眼中任何一絲可疑神色，半晌無言，手上卻添了幾分力道。

我咬牙忍痛，死死瞪視著他，無論如何也不先挪開目光。我心知只要我一逃避就是心虛，便會輸個徹底，永遠也追不回。

時間彷彿凝在此時，我們就那樣直直對望著，視線中彷若響起劈里啪啦的火光。我勉力忍住疲憊，生生地望著，望著……

驀地，他眼中閃過一絲晶亮，點燃了他漆黑的眼眸，卻又在瞬間化為灰燼，只留下比之前更漆黑的陰鷙，「又是這樣的眼神！為甚你就不能和尋常女子一樣呢？」

他眼睛輕瞇成一條線，我心中的恐慌無限擴大，此刻的他才眞正教我害怕，我不由得慌忙後退，直想逃離。但他不給我機會，牢抓住我的手臂，力道大得驚人，彷若不把我手臂捏斷就不甘心似的，湊近我耳邊呢喃道：「你說，朕該拿你怎麼辦？」

我愣在當場，忘了掙扎。「劈啪」一聲燭芯爆裂開去，屋中光線乍暗，使得室內平添幾分令人窒息的氛圍。

我感覺到他的呼吸聲漸重，眼中瀰漫濕氣，深邃如一汪深潭，驀地明瞭他的變化，心中只感到萬分屈辱，於是更拚命掙扎著，無奈力量懸殊，無論如何都掙脫不了。

「朕有時候恨不得殺了你，偏幾日不見你朕又忍不住會想你，見了你你又這般拚命反抗不知順從朕。你該死的教朕究竟該怎麼辦？」

我聽得他咬牙切齒的歎語，筋疲力盡後停止了掙扎，喘著粗氣，氣鼓鼓看著他。

他忽地莞爾一笑，一下子抱起我，輕托住我的肚子大步上前，一起倒在床榻上。我早已耗盡力氣，只想闔上眼沉沉睡去，卻感到他的手沿著我肚腹一路往上，直握住那團渾圓，輕輕摩挲著。

我驀然意識到他要做什麼，卻是為時已晚。他猛地翻起身，一把撕開我薄薄的衣衫，把臉埋入我因懷孕而更加豐滿的胸前。我使盡全力掙扎，卻在他的挑逗下亂了呼吸，我毫不懷疑他能清晰感受到我急促紊亂的心跳，因他嗤嗤笑出聲來。

我又惱又怒，他的笑聲聽在我耳中無疑是莫大的諷刺，偏我又無力抵抗他的誘惑，心中已然恨極，不假思索張口便對著他的小臂狠狠咬下。

他吃痛低呼一聲，迅速收回手去，但肌膚掠過我的牙時無可倖免地被咬破。我嘗到了口中的血腥，微微有些發悚。

他瞥了我一眼，笑著再次俯下身放肆地親吻我。我早已駭得手腳發麻，更為自己的反應羞愧到無地自容，心中卻湧現深深的屈辱感，下意識地往旁邊挪去，卻怎麼也逃不開他的鉗制。

他從背後抱著我，一手小心翼翼護著我的肚子，一手肆無忌憚撫摸挑逗著我，從背後吻住我的頸項，驀地挺身而入……我僵在原地，忘了掙扎反抗，包括呼吸。

他倒吸了一口氣，因著我的順從而更加咨意妄爲。我默默忍受著，卻再抵不住心中悲哀，眼淚無聲地流出，滴落在大紅鴛鴦繡枕上。

他聽到我抽泣的聲音，驀地一僵，微抬起身子，伸手扳過我的臉，眼中閃過一絲心疼，悄然退了出來。接著他轉過我的身子，撥開我早已散亂的長髮，輕輕拭去我臉上的淚水。

燭影閃動，映得他臉上明滅不定。我想起他先前所作所爲，心裡頭不禁泛起一陣厭惡之情，側過臉去，呆望著几案上那瓶白玉蘭。

「恨朕？」他撫摸著我身上的齧痕，眼中閃過一絲得意，旋輕笑出聲，一把扳過我的臉後，低頭吻了下來。

想起他剛才的狂暴，我嚇得哭出聲，雙眼緊閉又死命咬唇哽嗚著，耳畔傳來他急促的呼吸聲，卻意外地歇止住。

又過得一會，他竟極溫柔地撫著我緊皺的眉頭，柔聲道：「不哭了，乖……」

我顫抖著忍住抽泣，緩緩睜開眼，望見了他滿眼的心疼。

他歎了口氣，躺落我身側，讓我依入他肩窩處，輕聲在我耳畔道：「言言乖，闔上眼，安心睡吧。」

二十二　策謀反攻

翌日醒來已近正午，彩衣進來伺候我起身，扶了滿身傷痕的我沐浴更衣。著衣後我躺靠在貴妃椅上，拿出一大早就上太醫院請南宮陽配好的天仙子花露，又取出櫃子裡珍藏的薰衣草精油小心地滴了幾滴在花露裡，取了銀針慢慢攪拌，玲瓏和秋霜面紅耳赤地收拾著撕破的衣衫肚兜和凌亂的被褥。

彩衣用攪勻了的花露輕手塗抹著我身上的瘀痕，滿臉心疼地道：「主子，您要是能順從些，也不會弄得這樣滿身是傷了。奴才們在門外聽得心疼萬分，卻只能咬牙抹淚，連小玄子公公也雙目含淚，抹著眼淚趕了奴才們去。」

「入宮之前，有人告訴本宮，對男人千萬不能千依百順，這樣他很快就會對你失了興致，當然，也不能一味地不依不順，這般女子很快就會讓男人失去胃口。男人天生具有一種征服欲，越是掌控不了的女人就越想要得到，因此女人若是溫馴中又帶著點桀驁，那男人在你身上的目光便會停留得久些。」

我躺靠貴妃椅上，享受著天仙子帶給我的絲絲清涼，思緒飄向遠方。想起我快進宮時娘被父親遺棄冷落後的萬分後悔，直言煙花巷的嬤嬤所教句句皆是箴言，當時我只是不信，覺著不過是母親紅顏薄命挑了個不可靠的男人，而今看來確實句句眞言，原來天家貴人和市井小民亦無甚區別。

彩衣一聽，雖說跟在我身邊對這種事早已心知肚明，可也不曾聽過如斯露骨之語，不禁面色緋紅，吶吶道：「主子，這、這是打哪裡聽來的話啊？」

我看著她純眞的面容，莞爾笑道：「太久了，忘記是誰說的了，只是突然想到了，也就這麼一說。」

抹完藥，梳洗完畢後，小安子端來一碗雞湯粥。

我細細攪了粥，小口用著，隨口問道：「小安子，外面那兩位主兒的戲唱到哪兒了？」

「已進入重頭戲了，兩位都不是善主兒，宮裡眾人皆已或多或少感覺到啦。主子，如今這情形就看您偏向那邊了？主子，您的意思是？」

我冷冷一笑，「本來這事本宮想袖手旁觀，隔山觀虎鬥，可她們偏偏不讓本宮安生，變著法的請本宮登臺，本宮自然不能讓她們失望，就幫她們唱一齣更精彩的戲好了。」

說著示意二人上前，小聲交代著，兩人不時點著頭，正說著呢，門外小碌子通傳：「主子，萬歲爺過來了！」

我趕緊把話打住了，朝小安子點點頭，他迅速掀了簾子退出去，我則在彩衣的攙扶下緩慢起身，朝門口移去。

皇上已大步行至門口，立於簾前，隔著串串琉璃和薄紗，我看不清他面上是何表情，只愣愣看著他的身影。他頓了一下，方才掀開簾子進來。

「臣妾恭迎皇上！」我福了福身子，不冷不熱道。

「怎麼？還在生朕的氣麼？」他大步上前扶我，柔聲道。

我將頭側至一旁不看他，悶聲道：「臣妾不敢！」

他移步轉至我偏頭的方向，與我面對面，含笑道：「看你這氣鼓鼓的樣子，還說沒有？言言，朕其實，朕其實也是……」

我見他語無倫次的著急狀，只冷哼一聲後退了兩步，悶悶地說：「原來臣妾在皇上心中是如此不堪之人，那皇上還來臣妾這裡做甚？只管去什麼玉才人、熙貴人處便是了！」

「不是，言言，朕……」他歎了口氣，強行將我攬在懷中，呢喃道：「你不知道，你在朕心中有多重要！」

我眼淚簌簌直往下落，哽咽道：「那日裡臣妾去寧壽宮遇到剛出來的端王，問了個安，不想卻因雨後路滑，險些摔倒，所幸端王相救，不想卻被那些有心之人妄傳至如此不堪入耳。臣妾每日安心養胎，哪裡會去打探外面那些個閒事，不想卻……」說到此，我哭得更傷心了，「日前妄傳臣妾龍胎是假，現下又傳臣妾與端王不清不白，日後指不定就要傳臣妾這龍胎不是皇上所出，指責臣妾玷污皇室血脈了。」

「誰敢！朕饒不了他！」皇上沉聲道，見我傷心落淚，輕拍我的背替我順氣。

「可皇上就是信了別人的話，來找臣妾撒氣！臣妾……」我淚掉得更凶了。

「言言，乖，不哭，這樣對身子不好！」皇上小心翼翼地哄著我，「朕只是、只是見不得你對別的男人笑臉相對罷了！無論朕寵著誰，對朕來說你都是最重要的，那些個玉才人、熙貴人的，言言若是不高興，朕再也不見她們就是！」

我見他認眞的模樣，忍不住破涕爲笑，「如此，那太后的藤鞭還不爲臣妾準備著呀？臣妾沒有不高興，也就是這麼一說，氣話而已。」

皇上見我展顏，樂呵呵地跟著笑了，先扶我落坐楠木椅，自己方才坐下。他端起彩衣剛奉上的茶，抿了一口，笑道：「還是朕的言言這裡最舒服，朕心裡想著你，一下朝巴巴地就趕過來了。」

我柔聲問道：「皇上一下朝就過來了麼？可用過午膳？臣妾命人備些吧！」說罷示意彩衣下去命人準備。

「只有言言才是赤誠關心著朕，不像那些個嬪妃，一見到朕就……」皇上輕皺眉頭，歎了口氣，「算了，不說那些個不開心的事了。」

我心下明瞭，臉上卻不動聲色，含羞柔聲道：「這小傢伙在肚子裡也不老實，老是踢臣妾。」

「真的？朕摸摸！」皇上來了精神，起身上前柔聲道：「算起來也近八個月了，再過兩個月，朕就可以見到咱們的小寶貝啦！」

我咯咯笑著，只揀些不相干的趣事說給他聽。

太陽西落，漫天紅霞，皇上在白玉亭中陪著我觀看日落。遠處小碌子一路小跑而來，對著小安子低聲耳語幾句，小安子尋隙朝我點頭示意。

我挪步至正立於亭前眺望的皇上身邊，柔聲道：「皇上，臣妾想起那日去東宮看望太子，太子宮中好似有片寬闊的蘆葦湖，要是此時迎著徐徐晚風，划著小舟穿梭於蘆葦叢間，該是多麼愜意之事啊！」

「呵呵，就你心思多！」皇上被我打斷了思緒，轉頭笑著點了點我的鼻子，「言言想去，朕陪你去就是了！」

說罷挽起我的手，直奔東宮而去，眾人忙收拾東西追隨而至。

東宮守門的小太監正是太子的貼身太監小福子。小福子一見皇上駕到，忙上前跪拜，「奴才叩見皇上，皇上萬歲萬歲萬萬歲！」

皇上扶了我邊往殿裡走邊問：「太子呢？」

小福子忙跟上前，擦擦頭上的汗，結巴道：「回皇上，太子殿下他……此時不在宮中。」

「哦？外出了？」皇上微頓一下，轉頭看看滿臉渴望的我，又道：「無妨，朕帶你過去。小玄子，擺駕蘭馨亭！」

一時間小太監尖聲通傳皇上擺駕的聲音和眾人忙碌的身影擠在一起，東宮的領頭太監宋公公又親自上前帶路，我在皇上的攙扶下緩緩前行，趁皇上不注意時轉頭朝小玄子遞過眼色，將準備開溜的小福子逮了個正著，悄悄拿下。

行至蘭馨亭邊，我興奮不已，見到亭下原本停靠著的那艘小舟竟然不見，忍不住垮下了臉。皇上見我垮下臉，忙喚來宋公公，「宋公公，朕和德昭儀想下湖遊泛，你去準備一艘小舟來。」

「回皇上，這亭下原本……」宋公公看到亭下原本靠舟之處此刻早已空空如也，奇怪道：「哎，奴才午後還來檢視過，那艘小舟明明還在，怎麼這會兒卻不見了。想來是沒拴牢，被風吹到湖中去了吧，奴才這就命人把旁邊備用的小舟拖過來。」

未幾，那舟已拖送過來。小玄子率先登舟，確認無虞後方請皇上上了舟，又小心地扶我上去，我知如今的玲瓏身手了得，就帶了她在身邊。

待有人再要上來，皇上沉聲道：「行了，都在這兒候著吧！」說罷示意小玄子將舟划入蘆葦深處。迎著徐徐晚風，我快活地將頭靠於他肩頭，並排坐在小舟上。皇上受我感染，心情也愜意不少。

原來這蘆葦生長處大都是露出水面的乾地，蘆葦中挖了不少曲曲折折、橫七豎八的深壑，僅供單艘小舟經過。轉過一道彎，卻見前面幾尺處靜然停靠著一艘小舟，可不正是本應拴在蘭馨亭下的那艘麼？我興奮地示意皇上，用手一指，正欲張口，卻聞旁邊蘆葦叢中傳來竊竊私語，夾雜著低低的笑聲，再一細聽，竟是微微的喘息聲。

我立時心下明瞭，側臉悄悄看了看皇上的臉，他臉色陰沉，眼神深邃。我正想開口安慰他，卻聽得旁邊傳來滿足的歎息：「太子殿下，想不到你這等強悍，直讓本宮欲仙欲死啊！」

我心下一驚，這聲音如許清脆婉轉，從皇上緊握的雙手和泛白的指節間，我知他定然已聽出是誰的聲音。

「呵呵，是麼？」太子因興奮而微微發顫的聲音傳來，「娘娘也不賴啊，難怪父皇多年來對你恩寵如故。」

「是麼？」那清脆的聲音倏地透出些許失落和自嘲，「可本宮已是昨日黃花，哪比得過德昭儀那隻狐狸精，皇上如今被她迷得暈頭轉向，又怎會還惦記著本宮呢！」

「正好，這不有我了麼？」蘆葦叢中又傳來咯咯的嬌笑聲。

我擔憂地看著皇上，眼裡滿是心疼，伸手撫上他緊握的拳頭。皇上重重透了口氣，安撫地拍拍我的手，旋站起身來。

小玄子忙爬上近旁的蘆葦地，讓玲瓏幫襯著扶皇上登岸。皇上拖著沉重步伐，一步步循聲而去。

蘆葦叢中半躺著的兩人衣衫凌亂，正擁在一起甜甜蜜蜜地竊竊私語。倏地聽到臨近的腳步聲，忙回轉過頭，卻見那身明黃衣袍立於跟前，兩人怔在原地，忘了行禮，忘了尖叫，更忘了蔽體……

時間彷彿凝止於這一刻，直到皇上冰冷有力的聲音響起：「好，好！朕的好太子，朕的好貴妃！」

皇上伸手扶額，身子跌跌撞撞連退了幾步。

小玄子和玲瓏忙上前扶住皇帝，口中連道：「皇上，龍體要緊！」

兩人合力將皇上攙扶回來，坐上小舟，划槳而返。半晌，背後才傳來麗貴妃激動的連串尖叫聲，皇上恍若未聞。

小玄子一路飛划至岸邊，扶了皇上登岸，凝重地對我說：「昭儀娘娘，皇上就拜託您了，請您派人請楊公公到跟前伺候著，奴才要替皇上把這件事辦了！」

我和玲瓏合力扶著皇上攀進蘭馨亭。眾人見皇上模樣，心知不好，亂成一片。
我沉聲喝道：「亂什麼，都給本宮住了！」
眾人嚇得立於原地不敢動彈。我滿意地點點頭，甫高聲道：「小碌子，快去傳太醫！小安子，命人把皇輦傳來，擺駕月華宮！其餘眾人各司其職，不得慌亂，違者重懲不貸！」
眾人得令，又有條不紊地忙活。小玄子早已悄悄帶引殿前侍衛再次入了蘆葦叢中。
宮裡一陣忙碌，南宮陽開了方子又親自煎藥，方才在偏殿裡候著。小安子掀簾子端了湯藥進來，我聞聲趨前接過湯藥，示意他退下，親自端了湯藥放在床邊小几上。
皇上身子微微發顫，我知他並未睡著，輕聲喚道：「皇上，皇上，該喝藥了！」
半晌，他才轉過身來。看著他空洞的眼神，我心知他對太子萬分疼愛，如今太子的作為自然是深深傷到了他。
我稍暗自責怪自己的殘忍，早有預謀地帶著他親眼目睹了他最愛的兒子和最寵的妃子淫穢私通的一幕，對他而言該是多麼沉重的打擊啊！
我心疼地看著他，眼裡蒙起了霧氣，卻不知該怎生安慰他。
他長舒了口氣，痛聲道：「他母后難產而去，朕把所有的愛都給了他，即使他身子不好，朕也不顧眾人阻攔執意立他為太子，二十多年如一日的寵愛，從未變過。」
我吶吶地說：「皇上，太子年輕氣盛，難免犯錯，皇上……」
皇上對我的話恍若未聞，又逕自說道：「她剛入宮那時多麼天真可愛，朕看到她就禁不住微笑，即便她入宮多年未為朕產下一男半女，朕依舊寵她如故，一步步將她擢升為貴妃。誰知她呢……入宮沒幾年，也對權勢熱中起來，朕就命她協助皇后管理六宮，她猶不滿足，朕又讓她的家族榮耀萬分，她卻鼓勵他們結黨營私。朕同是睜隻眼閉隻眼，偏她仍不滿足，用盡手段、使盡心計在這宮中排除異己，朕依舊寵著她，只作未見。可如今，她、她卻連朕的太子也不放過！」

皇上越說越傷心，眼中竟有了霧氣，我心裡一陣疼、喉嚨一陣陣緊縮，平素堅毅剛強的人今時卻顯得如此無助。我側坐跟前，顫巍巍伸過手去，摟他入懷。他將頭輕靠在我肩窩處，肩膀微顫，浸濕的衣衫讓我忍不住喉頭哽住、鼻子發酸，靜靜地擁著他。

許久他才抬起頭來，整了整情緒，深吸一口氣，紅著眼朝門外高聲道：「楊德槐！」

「奴才在！」一直候在門口的楊公公忙掀簾而入，躬身候旨。

「傳朕旨意：太子舊疾復發，留在東宮調養，派殿前侍衛好生保護東宮的安全，爲保太子能安心養病，無朕的旨意，任何人不得前往探視！」

「奴才遵旨！」楊德槐剛前來伺候，並不曉發生何等大事讓一向剛強的萬歲爺紅了眼，可見眾人神色凝重，不敢有絲毫大意，忙恭敬接了旨緩緩退出。

「另外，給麗貴妃送杯酒過去，就說是朕賜的！」

楊德槐愣了一下，忙道：「奴才這就去辦！」

「皇上！」我驚呼：「皇上三思！宏兒一出生便沒了母妃，幸得貴妃姐姐悉心照料，方才平安成長，如今若是……宏兒可怎麼辦？」

「言言不必多言，朕意已決！」皇上略沉吟一會，復道：「你如今身子又重，這樣吧，宏兒就交由淑妃養育。淑妃養育心雅饒富經驗，言言無須掛懷。」

我見皇上如斯神情，不敢多言，只暗暗咬牙，倒便宜了淑妃那女人。

到子初時分，楊德槐進來回話。皇上瞟了他一眼，問道：「都辦妥了麼？」

楊德槐遲疑片刻，才道：「回萬歲爺，貴妃娘娘不肯上路，跪在長春宮正殿中求見皇上一面！」

「不見！」皇上沉下臉，「楊德槐，你是越老越不中用了，連這點小事都辦不好。不肯上路，哼，此事由得她說了算麼？」

楊德槐唬得冷汗涔涔，連聲道：「皇上息怒，奴才無能，奴才……」

「皇上，貴妃姐姐畢竟伺候您多年，如今要去了，想來也有些臨了的話欲對您訴。皇上何妨再見她一面，此來便能讓她安心上路了！」我溫言勸道。

皇上冷哼一聲，別過頭去，也不說話。

我輕歎一聲，「皇上實在不願再見貴妃姐姐，不如就讓臣妾代皇上走這一趟，好歹讓姐姐安心上路吧！」

皇上依舊緘默，我見他神色不似那麼堅決反對，便擅自作了主，「楊公公，你在皇上身邊多年，在跟前伺候著也熟悉些，你在宮裡伺候著皇上，本宮和小玄子走這一趟，你看成麼？」

楊德槐正求之不得呢，暗自鬆了口氣，客氣道：「奴才謝娘娘恩典！」

我輕聲道：「皇上身子不好，你好生伺候著，本宮速去速回！」

說罷行至偏殿裡，喚彩衣伺候著換了衫裙，甫吩咐小玄子帶好人直奔長春宮而去。

長春宮的奴才們早被內務府遣出，小玄子命人進去將長春宮圍了起來，這才扶我緩步走入正殿。

宮門重掩，孤燈映壁，房深風冷，麗貴妃衣衫、髮絲散亂，臉上妝容全無，形同棄婦，孤伶伶地跪在正殿中央。

我緩步移了過去，立於她跟前，柔聲道：「貴妃姐姐！」

她一臉驚喜地抬起頭，瞬時失望道：「怎麼是你？皇上呢？」

「貴妃姐姐不消等了，皇上不會來了，他讓妹妹來送你一程！」我前前後後圍著她轉了一圈，嘖嘖道：「貴妃姐姐向來最重妝容之美，怎地今兒這般落魄呢？來人啊！伺候貴妃娘娘梳洗，好好上路！」

門口疾步進來兩個小太監，不由分說地上前就要拖起跪在地上的麗貴妃。麗貴妃惡狠狠瞪視我一眼，掙開兩個小太監，欲自行爬起身。可能因著跪地太久腿麻了，剛站起來又跪倒在地，她忍不住呻吟出聲。

「娘娘！」角落裡跑出一抹墨綠身影，我定睛一看，原來是展翠姑姑。

我呵呵一笑，「展翠姑姑到底忠心，至今也沒棄你而去，倒是你的福分！」

展翠姑姑扶起麗貴妃落坐旁邊的楠木椅，復又上前「咚」的一聲跪落我跟前，拚命磕頭哀求道：「昭儀娘娘，您向來宅心仁厚，求您發發慈悲，在皇上面前好言幾句，救救我家主子！」

「別求她！」麗貴妃躺靠椅上，有氣無力地說。

我冷然看著磕頭不止、頭上已滲出血來的展翠姑姑，不禁想起彼時我爲了彩衣前去求救，她卻以此相挾要拿我腹中龍胎做交換，如今風水輪流轉，倒是她來求我了。

「展翠姑姑這是做什麼呢？算起來你也是宮中的前輩了，你在我面前這樣磕頭不止的，傳將出去，還不說本宮對長輩不敬麼！」我不冷不熱地說，吩咐小安子將她扶起。

我上上下下打量著她，看得她心裡直發毛，甫才湊上前去，冷冷地說：「難得展翠姑姑如此忠心！莫說本宮不給你機會，只是這天底下無不勞而獲的好事，本宮若然救了貴妃娘娘，展翠姑姑能拿甚報答本宮呢？」

「老奴做牛做馬伺候娘娘一輩子，上刀山、下火海，但憑娘娘一句話！」展翠姑姑緊瞅著我，鄭重承諾道。

「喲！說的比唱的好聽，你對貴妃姐姐萬分忠心，本宮留你在身邊豈不等同留了條毒蛇陪自己麼？」我瞟了她一眼，狀似猛然省悟，「展翠姑姑不該待在這裡的，如今留在此處，若讓內務府知曉了，任姑姑是宮中長輩，恐也難逃死罪吧？」

她只抿嘴不語，我又道：「如今展翠姑姑和貴妃姐姐都是死罪，如若本宮只能救得你們當中一個，不知姑姑做何抉擇呢？」

展翠姑姑聞言，立時神情剛毅地轉身，朝麗貴妃一跪，「娘娘，老奴往後再不能照顧您了，您好生保重！」

「姑姑，不要！」麗貴妃驚呼，卻為時晚矣，展翠姑姑已然一頭撞向殿中梁柱，頓時血流如注。

小安子上前探了一下鼻息，朝我搖了搖頭。

我心中微感震撼，旋即被另一股力量硬壓了下去，復轉頭看著目瞪口呆不敢置信的麗貴妃，輕描淡寫道：「本宮不過開個玩笑，不想她卻當了真！」

麗貴妃忿然瞪視著我，隨即又淡淡一笑，「她如今出現在此處，自然就活不成了，早去晚去亦無甚區別！」

我莞爾一笑，「到底是宮中的前輩姐姐，看得眞清楚透徹！」

麗貴妃早已用小太監們送上的清水洗過臉，又整了整鬢髮，看起來體面許多，同時冷靜了不少，只是憔悴依舊。

「德妹妹今兒過來，不會只是來瞧看姐姐落魄之狀吧？」

「當然不是，妹妹不過是來帶句話給姐姐罷了！」我徐徐移至對面的楠木椅上落坐，與麗貴妃對視著。人都說「落難的鳳凰不如雞」，今日的她，早失了往日的明豔光鮮。

「勝者爲王敗爲寇！妹妹向是宮裡公認最賢良淑德之人，可從妹妹主動請求太后責罰鞭刑之時，本宮就看出妹妹才是眞正狠角兒。本宮想方設法阻攔你，卻如螳臂擋車，妹妹終究一步步爬上來了，而今輸在妹妹手中，本宮倒也不冤！」麗貴妃慘然一笑。

「姐姐果是個明白人，妹妹便就打開天窗說亮話。」我頓了少頃，方淡淡地說：「姐姐走到今日這一步，不是妹妹要姐姐死，而是皇上要姐姐死，是姐姐的熊熊野心要姐姐死……其實皇上對姐姐寵愛有加，姐姐穩握中宮權柄，富貴萬千外加權勢熏天，又何必走這一著險棋呢？」

「呵呵。」麗貴妃悵然一笑，眼中滿是深深的疲憊，「聖寵麼？不過是虛無縹緲的東西罷了，都說男人薄情，富貴的男人更薄情，富擁天下的君王才是最薄情的。寵愛麼？本宮初始亦深信不疑，直到你出現了，本宮才明白對他而言，本宮也不過是個標記，代表著整個賀氏家族。當賀氏家族日益膨大影響到他的皇權之時，亦是賀氏家族滅亡之時了，妹妹如今不正代表著莫氏家族麼？至於能走多遠，端看妹妹的能耐了。」

我心中微震，思量著她的話，默默無語。

「妹妹，本宮眼看就要去了，只想聽你一句眞話！」麗貴妃目光灼灼看著我。

「姐姐但說無妨。」

「關於潯陽之死，本宮是眞心疼愛於她，就算起了那心可絕無動手，怎麼好好的她便沒了？」

「是本宮自己動的手！」我慘然一笑。

「天下最毒婦人心，但虎毒尙且不食子！德昭儀，你如何下得了手？」麗貴妃萬分震驚，呢喃道：「最可人溫柔者往往才是最狠毒的，本宮知你向來心深，卻不想你竟能狠毒至此！」

「時也，命也！」我雙目盈淚，悲哀地說：「自從有了潯陽，本宮曾一度想不問世事，安心照拂她成長，貴妃姐姐那雪域參果卻逼得臣妾不得不走上殺女復仇之路！」

「啊？怎會？那參果……」

「姐姐一片好心卻鑄成大錯，潯陽先天氣血不足，幸得南宮陽悉心調養方得健康成長，那參果雖是稀罕之物，偏偏害了潯陽。」

「呵呵，本宮一片好心卻害了潯陽，引來殺身之禍！」麗貴妃慘笑道：「報應啊，報應！本宮入宮以來初次付出眞心疼愛一個人，卻不想害了她也害了自己！」

「妹妹正苦無機會時，姐姐竟先動作，給了妹妹這等大好的機會……妹妹瞧見了那碗養生湯！」

「你？」麗貴妃再次震驚，隨即萬念俱灰，「連這點妹妹都知悉，恐怕這宮中已是被你控制在手了。妹妹竟能布得神不知鬼不覺，手段城府非一般人能及，這後宮早晚是妹妹的囊中之物。那養生湯就算是姐姐臨了送你的禮物好了，只祝你能如願產下皇子！」

「姐姐可有甚話要帶給皇上麼？」

「本來有，如今已經沒有了。」麗貴妃戚然道，說罷緩緩起身跪倒在我跟前，輕聲道：「妹妹，姐姐有一事相求！」

「姐姐請講！」

「原本是打算求皇上的，如今倒覺著求妹妹反倒更好。家父年邁，我去了後，只祈妹妹能求皇上讓家父歸家安度晚年，我在泉下亦當感激涕零！」

「姐姐快快請起！妹妹自當盡心竭力！」我忙讓小安子扶她起來。

麗貴妃獨自起身，拂開小安子後優雅地轉身，衣袂飄飄朝暖閣內走去，「來人啊，給本宮斟酒！」

過去約一炷香的工夫，小玄子出來稟道：「娘娘，辦妥了！」

我頷首道：「小玄子，你按皇上的意思通知內務府處理後事。如今三更已過，明兒一早再宣稱貴妃娘娘暴病而亡吧。」說著打了個呵欠，「本宮也乏了，小安子，回去吧！」

小安子上前扶起我，往殿外而去。剛走兩步，我便看見正殿旁角落裡裝飾用的繡簾不停抖動著，心下道是起風了。

風！驀地感覺不對，角落無窗，哪來的風？我復轉頭瞧看對面角落的繡簾，則是紋絲不動。

我回頭沉聲喝道：「誰在那裡？出來！」

無人應答，可那繡簾抖動得更厲害了，小安子同察見異狀，大步上前掀起簾子。

只見瑤常在臉色蒼白、渾身顫慄地癱在角落裡，小安子抓住她的胳膊往外一甩。她應聲仆倒在地，又掙扎著爬起來，跪在跟前磕頭不止，顫聲道：「娘娘饒命，婢妾什麼也沒看見，什麼也不知道！」

我冷看著早已嚇傻的她，想來她定是聽說麗貴妃長跪不起而前來勸說，不料遇著我過來，慌不擇路便躲入正殿繡簾之後。

我知她已然瞧見了方才情狀，聽到了我和麗貴妃的話，不由心道：「天堂有路你不走，地獄無門你自闖來！」

我漠然地看了她一眼，長歎一聲後朝殿外徐徐走去，冰冷的聲音飄蕩在寂靜的空氣中，「小玄子，瑤常在與麗貴妃姐妹情深，得知貴妃姐姐暴病而亡，傷心過度也跟著去了！」

「奴才明白！」小玄子應道，揮了揮手。

立於門前的兩個小太監得令，忙進殿拖起癱軟在地的瑤常在，往內殿而去。

次日一早，宮裡所有人都得知麗貴妃暴病而亡，瑤常在、展翠姑姑追隨而去。皇上沉痛萬分，只命皇后和淑妃按祖制將麗貴妃葬在妃陵之中。

連著幾天皇上皆稱病未上朝，又厭煩著宮中眾人的叨擾，心中越發鬱悶，身子竟眞有些不適。太后終是知悉此事，傳了我去，唉聲歎氣許久，又命我挑選幾位性情好的姐妹，一塊陪皇上登香山賞紅葉，散散心。我好說歹勸，皇上總算點頭應允，又定了淑妃、熙貴人、玉才人等幾人一同前往。

我眼瞅著出行的日子臨近，派人傳話去請父親進宮閒話家常。

次日午後，一身盛裝麗服的二娘就坐了小轎，攜個隨侍老僕婦進宮來瞧我，被門口的侍衛攔下，二娘只說那老僕婦是我從小的奶娘，因著我想念得緊，特傳進宮來見上一面，又給守門的侍衛每人手中塞了兩錠銀子，方得順利地入了宮。

我特意吩咐彩衣拿出平素不穿的華麗宮裝，又梳了款富貴萬千的飛鳳髻，簪了純金鑲玉的珍珠環步搖，端坐在暖閣裡，才叫人引領她進來。

二娘一進門，便磕頭見禮。

我溫柔一笑，輕聲道：「都是自家人，何必行此大禮。」我讓彩衣把她攙扶起身，又命人拿來繡花的眞絲軟墊墊在楠木椅上，才道：「母親就坐這個吧，夠軟和。」

二娘見我對她此般客氣，又稱她爲母親，這才放下原本忐忑不安的心，謝了恩，落坐楠木椅上。

「劉媽，還不快上來給娘娘磕頭？」二娘甫坐定，就回頭吩咐跟在其後的老婦人道。

「老奴給娘娘磕頭，娘娘萬福金安！」那婦人約莫五十來歲，一身乾淨的寶藍中長布衣，看起來甚是乾淨俐落。

「嗯。」我滿意地頷首道：「賞！」

小安子用盤子端了兩錠銀子放在劉媽眼前，劉媽訥訥地看看我，又轉頭看看二娘。二娘盯著那銀子眼睛發直，見那婦人看她，才道：「娘娘賞你的，還不快謝恩收下！」

「老奴謝娘娘恩典！」劉媽謝了恩，拿取那兩錠銀子，塞入袖籠裡。

我指著旁邊的彩衣道：「你隨她到側殿去吧。」

劉媽忙磕頭道：「老奴省得！」甫站起隨彩衣一起出去。

秋霜給二娘沏了一盞新茶，送到她面前，「夫人請用。」

二娘忙伸手接住，點頭謝過後呷了一口，笑道：「這茶味道挺好，想來是進貢的茶吧？」

我道：「這是南方的新茶，我嚐著倒是一般，母親既然喜歡，等會就帶幾罐回去吧。」

二娘和我有一搭沒一搭的說些閒話，眼睛卻不住四處瞟去打量月華宮中的擺設，直愣愣地看著殿中金碧輝煌的擺設。

我笑道：「皇上老嫌我殿裡的擺設太素了，總叫人送些東西過來擺著。母親也知我打小窮慣了，哪懂這些，索性隨他們折騰，只是折騰著耽擱了我不少午憩時分。」

二娘尷尬笑應：「娘娘這可是鳳凰窩，哪能算素淨？此正足見皇上對娘娘的愛惜之情。」

我笑道：「女兒得臉了，自然也就是做母親的得臉了。母親需要什麼，儘管開口便是。」

正說話間，彩衣和玲瓏已帶著劉媽入內。

「可都學會了？」我問道。

「兩位姑娘聰明伶俐，老奴不過略微說了些，兩位姑娘便已學會八九分了。」劉媽陪笑著回話。

我頷首作應，又命她們拿將出來平日裡用不完的物事，復與二娘閒聊少頃，才命小安子收拾了那些東西，送二娘出去。

二娘前腳剛出門，小碌子後腳就掀簾進來跪稟道：「主子，內務府派了預備伺候的奶媽子和老嬤嬤來請您過目。」

我笑道：「今兒怎地事情都湊到一堆啦？」

「回主子的話，那批人已然來上好一會，因主子正與夫人敘話，奴才便讓她們在偏殿裡候著，現下見主子得空了才來告稟。」小碌子解釋道。

此時小安子正好掀了簾子進來，笑道：「行了，小碌子，主子今日乏了，你暫先去安置她們，明兒再帶過來給主子瞧瞧吧。」

小碌子拿探詢目光望著我。我點了點頭，又轉身吩咐彩衣：「你們兩個去替本宮瞧瞧，順便給她們送份見面禮吧！」

「是，主子！」三人應聲而出。

小安子待三人離開後，甫才啓道：「主子，小玄子傳過話來，說這些個嬤嬤都已查過底了，請主子安心。」

我頷首道：「小心駛得萬年船，還是得謹愼些，你再仔細留心留心吧。」

小安子點點頭，見四下無人便從袖籠裡摸出一只純白細長的瓷瓶遞給我，低聲道：「主子，這是南御醫按照您的吩咐配好的藥。」

拔開塞子，頓時散溢出一股芳馨藥香。我抖出藥丸放在掌中細看，一顆顆晶瑩飽滿，復丟回仔細塞好瓶塞。

「南御醫說此藥每日僅能服用一粒！」小安子在旁細細叮囑著。

我點點頭。

他頓了頓，又道：「主子，南御醫跟奴才說了，服用這催產之藥後，生產之時痛苦異常，且有性命之憂。主子，您眞要這樣做麼？」

「本宮出此下策亦是無奈之舉。」我語氣中透出無限倦怠，「你遺忘本宮產潯陽時窗下那碗藥了麼？你遺忘如貴嬪、黎昭儀了麼？椿椿血般事實告訴本宮，她們定不會讓風頭正勁的本宮輕易產下腹中胎兒，一次次的算計都被本宮避開了，而分娩本就如同闖鬼門關，自顧不暇的本宮何能在那時抵禦敵人暗算呢？本宮思前想後，此是唯一辦法了，趁此次去香山離開宮裡之機，危險可少幾分。」

「如今長春宮那位沒了，西寧將軍那邊靠不靠得住，亦是個未知數。」小安子憂心忡忡地接道：

「況且他現下人在邊關，就連他如今是怎般思量都無從打探。」

「是啊，此亦乃本宮的一塊心病，可眼前本宮還不能失去這座靠山。該怎麼辦才行，本宮得要好好想想。」

我娥眉輕蹙，小安子同立於一旁沉思著。

臨行前一日，宮裡頭上下一陣忙亂，幫我收拾離宮要帶的物品。

看著她們進進出出忙碌著，不一會便收妥滿滿兩箱擱於暖閣中，我笑道：「彩衣，你簡直小題大作，怎需帶上這麼多東西？」

彩衣端上一盤洗淨的黃皮，說道：「免不了的，此去不只一兩天，主子身子又重，多些行李也無妨。」

我吞吃下幾顆黃皮，笑了笑便就隨她安排去。小安子掀開簾子進來，在彩衣耳邊低語幾句，彩衣一拍腦門道：「瞧我，連這天大的事都給忘了！」說完忙又呼上玲瓏她們收拾東西去。

二十三　龍裔降生

翌日大清早，由殿前侍衛開道、羽林軍護駕，成群的太監、宮女們簇擁著浩蕩車隊一路出了皇城，朝香山而去。

行至香山別苑，早有內務府的內侍安排打點妥切，見我們到來，忙迎我們到早已為各人備下的苑中入住。

香山紅葉歷史悠久，金代便有「山林朝市兩茫然，紅葉黃花自一川」的詩句描繪香山紅葉，如今秋色正濃，霜染楓林，映日殷紅如火，煞是喜人。

因著太后、皇后未隨行，淑妃又是個不理事的，所以隨行來的妃嬪們總覺得比皇宮裡無拘無束些，反而少了明顯的勾心鬥角派別之分。大夥兒成日遊山玩水、擺宴作樂，倒也自在。

皇上仍舊時常沉默不語，眾妃嬪以爲他因著麗貴妃去了心中難受，每日陪他飲酒作樂，變著法的逗他開心。

皇上倒也不推卻，除了偶爾陪我漫步楓林小徑外多陪著眾妃嬪嬉戲遊玩，玉才人越發受寵，眾人不禁有些眼紅起來。唯有我知他這樣不過想發洩心中悲痛，濃寵玉才人也不過是爲了保護臨產的我不受眾人排擠。心知他連此時亦不忘爲我著想，我心中洋溢著滿滿的幸福。

我從啓程時便開始服用南宮陽配的藥，抵達香山別苑後更是聽從南宮陽的安排，每日按時服藥且散步催產，過了幾日竟已出現些許見紅，忙派人請來南宮陽。細細診脈之後，南宮陽吩咐彩衣等幾名貼身奴才做好隨時接生的準備，又讓我每日持續散步，以減少催產的危險。

香山古木參天，紅葉遍野，美不勝收，眾人皆興奮異常，而我因著這性命攸關的生死一搏，心裡老是煩躁不安，如詩如畫的美景也無心欣賞，每日在林間散步完旋即回苑。

這日午憩起身，享用了小安子給我準備的桂圓蓮子羹後，我與彩衣、玲瓏在楓林小徑上散步。腳下紅葉鋪地，空中偶有紅葉落下，周圍一片寧靜，空氣滿是清新，引人心曠神怡。

玲瓏深吸了一口氣，含笑道：「想不到紅楓竟可成如此美景，難怪古人有云『停車坐愛楓林晚，霜葉紅於二月花』。奴婢向來覺著那是古人的誇大之說，如今才眞眞領會到這詩般意境！」

彩衣「噗哧」一聲笑道：「想不到玲瓏妹妹還有此等才華，看來也是個多情之人！都是託了主子的福，要不奴婢們怎得機會見到這廣爲傳讚的香山紅葉美景呢！」

玲瓏被堵了個正著，憋紅了臉蛋卻吐說不出半句話。我無奈地看著跟前這兩個丫頭，彩衣天眞爛漫而刁蠻耍潑，玲瓏曾受嚴格訓練，沉默冷靜而不善言辭。兩人一靜一動，倒也相得益彰。

我莞爾一笑，正想開口，忽然覺得下腹墜脹，伴隨著陣陣隱痛，忙伸手捂住肚子，面上笑意全隱，臉色倏地暗下。

「主子，莫不是要生了？」彩衣一把扶住我，倉皇地問著。

玲瓏向來鎭定沉著，此刻也不由得緊張起來，扶著我的手心冷汗涔涔。

我心知這是關乎性命之事，絕不允許有半分差錯，況且眼前兩人並不曉我催產。於是我忙咬牙忍住痛，向二人道：「看樣子恐怕是要生了，先別聲張，你們快扶我回去。」

所幸並未走遠，二人忙攙扶我往回走去。剛到苑子門口，我頓覺下身一陣劇痛，雙腳一軟，險些就要跌坐在地。玲瓏到底是習武之人，力道大些，忙伸手抱住了我。

小安子聞聲而來，忙吩咐小碌子趕緊去請南宮陽，再速速通知皇上。他吩咐完又上前接了彩衣的手，和玲瓏二人合力扶我躺到床上。

小安子見我已然痛得臉色煞白，急道：「兩位姐姐快準備準備，給主子接生吧。」

彩衣和玲瓏雖已演練多次，彩衣亦曾見我生過濤陽，可也只是在旁幫忙遞遞東西、端端水，如今要單獨面對，不免著慌。玲瓏儘管沉著冷靜，但畢竟從未見過此事，難免有些不知所措。

小安子見兩人愣在當場，忍不住氣結，「你們、你們怎麼……」

我躺在床上大口喘著氣，滿身大汗淋漓，略定了定神，沉聲吩咐道：「你們深吸口氣，鎮定下來，按穩婆教的去做。彩衣，你讓她們協助你來給本宮接生，玲瓏你在旁邊仔細盯著，切莫出了差錯。如今，本宮的性命就交到你們手上了。」

彩衣渾身一震，率先恢復冷靜，她按照穩婆所教，吩咐秋霜她們去燒熱水，又從隨身攜帶的箱子裡找出剪刀、毛巾之類的物事來。

玲瓏隨即上前用力握了握我的手，眼神清澈而堅定，鏗鏘有力地說：「主子，別怕，奴婢會守著您的！」

我吊到嗓子眼的心總算落了回去，欣慰地點點頭，疲憊得闔上眼，迎接著排山倒海般的陣痛。

「娘娘！」屏風外一陣急促的腳步聲，隨即傳來南宮陽喘著粗氣、極顯焦急的聲音。

我有氣無力地躺在床上，豆大的汗珠從鬢邊滲出沿著髮絲滑落而下，微一張口，卻逸出呻吟之聲。

「娘娘，您定要憋忍著，莫浪費了氣力。」南宮陽聽到我的呻吟聲，忍不住低聲呼道。

彩衣忙將已滾落錦被間的軟木又放回到我口中，抓住我的手搖著道：「主子，您定要忍住啊，奴婢聽穩婆說，從陣痛至分娩還得好一陣呢！」

我緊咬住軟木強自憋忍，伴隨著間隔越來越短的疼痛，眼前直發黑。

外間又一陣凌亂的腳步，隨後傳來關切而焦急的聲音：「言言！你怎麼樣了？」

是皇上來到了，我精神不覺一振。

「皇上，娘娘臨盆您不能進去啊！」楊德槐和小玄子苦苦阻攔著。

「你說，德昭儀她情況如何？」皇上氣急敗壞的聲音在屏風外響起。

「回皇上，娘娘她是陣痛，離臨盆還有好一會。」南宮陽恭敬而鎮靜地答應著。

「那接生的穩婆來了沒？」

「已通知內務府管事公公了，因著是在別苑，內務府亦沒料算到娘娘會在此時臨盆……」內務府派來伺候的公公顫聲回道。

「一群廢物！」一聲怒喝伴隨著桌子被重擊的巨響。

又一陣排山倒海的陣痛，下身的墜脹感越來越猛烈，彷彿有甚物要脫體而出。復又一波陣痛傳來，我再也忍禁不住，一張口軟木即滑落而下，我大喊了一聲：「肅郎！」

「言言！你怎麼樣了？」皇上的話又急又近，彷彿他就在跟前。

「皇上，不可啊……」楊德槐和小玄子死死地抱住他的腿。

「滾開！」一聲悶哼伴著倒地的聲音。

「萬歲爺，千萬不可啊！」接著又傳來小玄子的哀求聲。

「皇上，就是您進去也是於事無補啊！」南宮陽在旁勸道。

「那你快想辦法！」皇上終於止住了欲闖入內的腳步，朝南宮陽命令道。

又一波陣痛席捲而來，我「啊」的尖叫一聲，感覺一股溫熱液體噴湧而出。

「主子破水了！」彩衣嚷叫道。

「娘娘快要生了，你們幾個順著娘娘的肚子向下輕推，快！娘娘，您順著她們的推力使勁，用力！」南宮陽隔著簾子指引著，充當起臨時的穩婆來。

我伴著劇痛，拚命地用力，彩衣她們在旁便輕輕揉著我的肚子慢慢往下推。就在我氣力快耗盡時，彩衣急急地大叫：「主子，用力，就快出來了！」

宮女雲羅急急送進一大盆小碌子剛剛燒好端至門口的熱水，欣喜道：「頭！頭出來了！」

我一聽，立時有了精神，順著彩衣往下推的手一咬牙，用盡最後一絲氣力，一聲清脆的啼哭響起。

彩衣麻利地用剪刀剪斷臍帶，低聲道：「恭喜主子，是位皇子！」說罷送到跟前讓虛弱的我瞧看一眼，便抱著淨身去了。

我聽到皇上在外間興奮的話音：「小玄子，快派人五百里加急報太后，稟說德昭儀誕下皇子！」

正要啓口，卻覺肚腹內陣陣刺痛，下體湧出一股溫熱的液體，我忍不住呻吟出聲。

一直守在旁邊的玲瓏看著染紅的褥單，驚道：「不好，娘娘血崩了！」

「什麼？」皇上驚呼出聲，大步便要進來。

「皇上，不可！產房是不潔之地，您萬萬不能進去啊，皇家的先祖們會保佑昭儀娘娘的！」楊德槐阻攔的聲音響起。

「滾開！」皇上再次一腳將他踹開，卻也止住了入內的腳步，在屏風外來回踱步。

「主子，主子！您千萬要挺住，不能睡啊！」玲瓏哽嗚著，搖醒了意識逐漸模糊的我。

我顫巍巍地張開乾裂的嘴唇，輕聲喚道：「肅郎！」

「所有人聽著，」屏風外傳來皇上沉著威嚴的聲音，「今日之事，誰要敢傳了出去，朕定滅他九族！」說罷朝南宮陽揮揮手，「你快進去！」

南宮陽愣了一下，惶恐道：「微臣不敢，微臣不敢！」

皇上怒道：「朕命你即刻進去，你要不能保言言平安，朕先滅你九族！」

「微臣遵旨！」南宮陽忙起身，大步入內。

醒轉過來時，已是次日清晨，屋子裡頭到處是快燃盡的蠟燭，我一睜眼就看見躺靠在旁邊的皇上。我朝他虛弱地一笑。他愣了一下，回過神來，眼中滿是喜悅，急急地問我：「言言，你終於醒了！還疼麼？你都昏睡了一晚上了。」

聽他這麼一說，方才昏睡中被忽略的疼痛又襲將上來，我忍不住呻吟出聲。他聽我痛得呻吟，頓顯著急，一邊輕喚我的名字，一邊手忙腳亂地想扶我起來，又怕弄疼了我，轉頭就要呼門外的人。

我忙伸手輕拉住他的衣袖，弱聲道：「肅郎，我沒事！」看著他著急又笨拙的模樣，不由心裡微動，熱流翻湧而出，溢滿胸懷，「大夥兒都忙了一夜，您扶我起來便行了。」

他小心翼翼地扶我坐起，取來靠枕讓我臥好，甫如釋重負般輕吐了一口氣，「言言……看見你們母子平安，朕別無所求了！」

他突地神色一黯，伸臂將我緊緊摟在懷中，我的額頭摩挲著他長滿鬍渣的下頷，感覺到他身軀瑟瑟發抖，耳邊傳來他梗在喉嚨中的聲音：「言言，你不知道朕當時多麼驚駭！朕老盼你能爲朕誕下皇子，可朕寧願不要孩子，也不想你禁受半分危險。」

我窩在他懷中悄悄抬眼看他，只是短短一夜，他眼眶已出現黑黑一圈，神情已然憔悴不少。我伸手輕撫他扎人的鬍渣，臉上緩緩綻開笑容，「肅郎，皇上……都過去了！」

他低下頭，吻了吻我光潔的額頭，聲音仍透著抑制不住的輕顫，「是，是……都過去了，你們平安就好！」他忽地停住，深深凝望著我，「這樣吧，朕這就下旨，封你爲貴妃！」

我吃力地從他懷中抬起頭來，神情嚴肅看著他，鄭重其事地說道：「肅郎，別再說了，貴妃娘娘才剛剛去了，我怎可逾越？」

他詫然看著我，「爲何？那個賤婦，朕保住她的顏面，未追究她家族的罪行，已經是萬分恩典。」

「皇上，縱然我們知曉她的不齒之行，可別人不知啊，倘傳將出去，太子往後怎麼辦？皇室的顏面何存？」

他一聽此話馬上沉默下來，眼中蒙上一層悲哀，「朕說過要給你最大的寵愛，可是朕……朕是眞的樂壞了。言言，如果……你要是願意，有日朕定會把皇后的名分……」

我一驚，連忙伸出手捂住他的嘴，搖了搖頭，「肅郎……言言只要得您眞心對待就已足夠，別的，言言都不希冀。」我深望著他，直看到他的眼瞳深處，「況且，言言入宮時日不長，在這宮裡勢單力薄，不能再犯眾怒！屆時只怕皇上有心迴護，也是有心無力啊！」

皇上再度將我緊摟入懷，深深一歎，半晌才道：「人人都說朕坐擁天下無所不能，可誰又知君王也有君王的無奈呀！果然只有言言最懂朕，放心，朕無論如何不會虧待你和我們的孩子！」

我含笑點頭，看著他心疼道：「皇上，您怎麼徹夜未眠呢，倘讓太后知曉，臣妾又得挨鞭子哪！」說著便催促他，「皇上，您快去歇著，臣妾已經沒事了。」

皇上昨兒下午擔驚受怕了半日，晚上折騰到深夜三更又守看我整晚，此刻也是累極，聽得我如此說且見我稍恢復精神，遂吩咐我好生休養，高聲喚進門外的小安子、彩衣。

幾人笑嘻嘻地打簾子而入，手裡托著銀盤瓷碗，皇上又命她們幾人悉心照顧好我，這才離去。

我舉目四望，沒看到我的寶貝兒子，忍不住問道：「人呢？」說著欲起身，無奈渾身的痠痛牽扯著我每根神經，全身像被數十輛車駕輾過似的疼痛無力。

「主子放心，小皇子在東閣裡喝奶呢，過會子就抱來讓您瞧個夠。」彩衣笑著扶起我，墊了兩塊靠墊讓我躺臥著，才取來盤中的人參烏雞湯，用銀匙小口小口餵著我。

「這麼快？」我吞了幾口，方得力氣發問。

「內務府的大人們因未料到主子會提前分娩，措手不及，已被皇上責斥一頓，便在找穩婆之時就派人千里快馬連夜把宮裡的嬤嬤和奶媽全帶過來。」小安子輕笑著回道：「這穩婆找來晚了沒用上，但嬤嬤和奶媽來得倒剛好。」

我一口氣喝下一大碗雞湯，覺著身子暖和許多，頭不再那麼暈，身上也恢復了些力氣。

待到彩衣收拾碗匙離去，小安子吩咐玲瓏去抱小皇子過來，方上前細心地替我捋開額頭上汗濕的碎髮，輕念了聲佛，喜極而泣道：「主子，這次真是佛祖保佑，事情總算順利，還一舉得了皇子！」

我一聽，想起分娩時那刻骨銘心的痛苦與恐懼，產下皇子後又生生地在鬼門關打了個轉，心中同是百感交集，柔聲道：「我們總算平安過了這關！」

繡簾響動，循聲望去，卻是玲瓏抱了睿兒進來，我忙喜笑顏開地看向襁褓中已吃飽喝足的孩子，他眨巴著小眼睛，滴溜溜看著周圍陌生環境。直到他瞧見了一臉笑顏的我，一動不動盯看著我，我心中湧起一股暖流，忍不住朝他伸出手去。

「主子，不可！」玲瓏收攏了抱著睿兒的雙手，「南御醫昨兒離去時有交代，主子這三日躺臥床上不可亂動，更不可使力。主子想看小皇子，奴婢抱到您跟前就是，主子若想親抱小皇子，得過上三五日身子養好了才行。」

我呵呵笑道：「成，成，都聽你們的。」邊說邊逗弄著玲瓏懷中的睿兒，漫不經心地問：「玲瓏，就你這身手，跟在西寧將軍身邊時日很久了吧？」

玲瓏詫異地看了我一眼，答道：「是的，娘娘。奴婢五歲那年村裡發生瘟疫，父母雙亡，打那以後奴婢就靠討飯為生，四處漂泊。有一年冬季，奴婢差點凍死路邊，所幸將軍路過救了奴婢，從那時起奴婢便成為將軍的影子。」說到傷心處竟微微紅了眼眶，深吸一口氣又笑道：「那都是些陳年往事了。將軍此次出征前，讓奴婢留下，伺機跟在娘娘身邊保護娘娘周全。」

我點點頭，「西寧將軍是本宮的義兄，難得他如此有心，時刻擔心著妹子的安危。如今本宮已平安誕下皇子，做哥哥的卻遠在邊關鎮守，不能與妹子同喜，我這心裡……」

小安子見我滿臉遺憾，忙道：「主子不著傷心，西寧將軍遠在邊關，消息確實難以傳達，亦不易書信往返，不過主子可派個可靠之人前去送信便可。」

我欣喜地點點頭，隨即又垮下臉來，「說得容易，派人送信，本宮成日裡待在宮中，哪有甚合適之人可派？難道派你去麼？」

小安子為難地應道：「主子您豈不知，奴才十二歲入宮，這次隨主子來香山別苑還是奴才頭一次出宮呢。你讓奴才幹別的，奴才一溜煙包准辦好，可此事奴才實在……」

「奴婢願往！」

我怔怔看著玲瓏，緩言道：「此事關乎多人性命，自也包括你在內，事關重大，你可想妥了？」

玲瓏神情剛毅地說：「奴婢自被將軍救起的那刻起，這條命便是將軍的了。如今將軍叫奴婢認娘娘為主子，主子有令，奴婢萬死不辭！」

「不，玲瓏。」我握著她的手，柔聲道：「你的命不是任何人的，只屬於你自己，切要珍重。」

「娘娘……」玲瓏紅了眼眶，別過臉去。

「本宮過幾日便向皇上請旨，讓你代本宮到歸元寺祈福，你便可偷偷前往。記住，你往返只五天時間，切記小心！」我小聲交代道：「見到西寧將軍，只須告訴將軍兩件事：一是晴姐姐在天之靈終於可得安心；二是……是本宮乃足月生產。」

玲瓏點點頭，道：「奴婢記下了！」

待到請旨恩准後，我親自送了玲瓏到別苑門口。

我拉著她的手，細聲叮囑道：「玲瓏，你快去快回，但若出了事就別回來了，走得遠遠的，越遠越好，永遠也別回來，好好地活著。」

玲瓏雙眼頓時蒙上霧氣，她用力地點點頭，轉身大步離去。

望著她迅速消失眼中的背影，我心知她定會依時歸返。

由於小皇子降生，皇上欣喜萬分，心情跟著平復不少。

又過了些時日，在我的勸說下，皇上便先行回宮處理朝政。我因著在月子裡身子虛弱，不宜車馬勞頓，遂留在香山別苑。

皇上每日裡派人送來書信，問候小皇子的健康，訴說對我的思念。好不容易熬到出月，皇上忙派人將我接回宮去。

車馬勞頓，再加上身子還未完全復元，一回到宮中，我沐浴更衣完後倒頭就睡。

隔日清晨，早早起身前去給太后、皇后請安，忙到午時才轉回。

剛用過午膳，準備午憩，小安子掀了簾子進來，「主子，小玄子來了。」

我倏地從貴妃椅上爬起，「快請進來！」

小安子頓了一下，才道：「主子還是去正殿較好，小玄子並非隻身過來，奴才瞧那陣勢頗像是奉旨辦差而來。」

我忙命彩衣喚人伺候我著上正式宮裝，攙扶我入正殿。

小玄子早已領了同來的小太監們立於正殿中候著。

被眾人簇擁而立的小玄子，一副精神煥發之樣，越發的成熟穩重。打我臨盆時楊德槐被皇上踢成內傷後，身子越發一日不如一日，回宮後竟已不能下床。

伺候在皇上身側的隨身太監自然落在小玄子頭上，得勢後的小玄子按我的吩咐低調行事、寬厚待人，迅即得到眾人擁護，站穩了腳跟。他又被皇上金口玉言賜姓衛，成了皇上身邊新近的紅人，內務府總管之位儼然已是囊中之物。

我含笑凝神間，小玄子卻愣著沉穩地舉起手中明黃錦緞卷軸，高聲道：「月華宮德昭儀接旨！」

彩衣忙扶了我端跪殿中。

小玄子打開卷軸，高聲唱道：「奉天承運，皇帝詔曰：月華宮德昭儀莫言，賢良淑德、溫婉貞靜，無出其右，誕育皇子有功，特晉封爲妃，賜號『德』。欽此！」

「臣妾謝主隆恩，皇上萬歲萬歲萬萬歲！」

小玄子趨前一步扶起我，笑咪咪說道：「奴才給德妃娘娘道喜了！」說著把聖旨遞到我手中，又轉身一揮手。

立於他背後端著托盤的小太監忙小步上前，托盤中央端放著一只黃金鳳紋鑲紅寶石的小匣子，旁邊擱著一把精緻的小鎖匙，顯然是用來開啓那匣子的。

小玄子雙手輕輕托起匣子，愼重地放在我手上，笑道：「娘娘，這箱子裡裝的是冊妃的金冊！」

我忙雙手接了過來，緩緩言道：「有勞衛公公！」

「本來冊封德妃的禮儀是莊嚴隆重的，不過皇上天恩，念及娘娘身子尚未痊癒，故格外特旨一切繁瑣禮儀皆免，以免娘娘勞累。」

我忙面北跪謝皇恩。小玄子又揮揮手，讓眾人送上皇上恩賜的禮品，我示意小安子上前接了，俄頃正殿裡桌上几上皆擺滿御賜之物。

受完禮，彩衣忙帶人托上幾盤銀子，分別打賞一道前來宣旨的小太監們。眾人一番推託又看看小玄子，只是不受。

小玄子嗔怪道：「德妃娘娘向來最是和善，時常體恤下人，怎麼以前常來常往的，這會子又拘謹起來啦？」

眾人這才歡歡喜喜收了銀子，齊拜倒道：「奴才恭喜德妃娘娘，謝娘娘恩典！」

我朝小玄子讚許地點點頭，甫笑著對眾人道：「都起來吧！別見外，還和往常一般常到本宮這裡坐坐，熱鬧熱鬧才是。」

眾人又謝了恩，方站起身。

我笑道：「看看，本宮光顧著和你們說話，都忘了請各位公公入座了，都坐會子吧。」說罷轉頭吩咐道：「彩衣，看茶！」

「不了，娘娘！奴才們奉旨辦事，這就要回去覆旨了。往後啊，奴才們有的是機會到娘娘跟前叨擾，還要娘娘莫嫌奴才們叨擾了娘娘清靜才是！」

「既是公務在身，本宮也不便挽留。小安子，替本宮送送大家。」我面上一派莊重溫婉，笑著吩咐小安子替我好生謝謝眾人，送一干人到宮門口。

眾人剛告辭退出，我便即氣力散盡躺倒在椅上。彩衣和秋霜忙扶我入了暖閣，斜臥貴妃椅榻，小安子、小碌子他們此時恰也進來。

四人跪在地上磕頭賀喜：「奴才們恭喜主子！」

我笑盈盈地喚眾人起來，將手中金冊交予小安子妥善保管。略舒了口氣，我復又斜臥貴妃椅上，若有所思。

「這會子宮裡人人都羨慕本宮富貴榮華、榮寵萬千，卻不知這道聖旨把本宮推到了風頭浪尖，當眞是步步驚心。」我不由得感歎著，側頭思索了好一會，冷笑一聲，「不過，這也屬意料之中了。你們去打賞宮裡頭的奴才們吧，順道吩咐下去，今後宮中上下一律謹言愼行，不得有半分差錯，否則休怪本宮無情。」

「是，主子！奴才這就去辦！」小安子答應著，帶了小碌子應聲而出。

晚膳時，皇上過來了。我笑著迎前，皇上拉住正要行禮的我，「行了，言言，又沒外人，就不必行禮了。」

我膩在他身側，笑道：「皇上這會子怎得空過來？」

「朕不放心你，就過來看看了。」皇上目光深邃地看著我。

我含羞而笑，「皇上，今兒個可是初一。」

「朕就曉得你會這麼說！」皇上微微皺了皺眉，「朕知道南御醫說你的身子得好生調養幾月才行，可朕不歇在你這兒，連過來陪你用晚膳也不成麼？」

我含笑推推他，嗔怪道：「肅郎別鬧了！肅郎心疼言言，言言心裡都明白。可如今臣妾剛剛晉了位，這會子本該去儲秀宮的皇上卻出現在月華宮，指不定明兒就傳成甚樣了呢！」

皇上沉默一瞬，未再堅持，我知他聽進去了。

他又扳過我的身，一本正經地說：「言言，朕本想晉你為貴妃，可如你所言，那賤婦剛去，朕不得不以妃禮將她葬入妃陵。朕思前顧後，便只封你為妃了。言言，朕會想辦法給你最好的，朕曉得你在這宮裡頭無依無靠，朕再寵你也有顧及不到的時候，朕已經跟皇后提說過，往後就由你和淑妃協助她掌管後宮。你好好調養身子，一段時日後便過去幫忙吧。」

我又驚又喜，張了張嘴，還沒說出話來，皇上又道：「好生養著，朕先去皇后那邊了。」

待到皇上離去，彩衣和小安子上前恭喜我，我這才反應過來。原來他一直都知曉我的難處，也眞眞是難為他了，事事為我想得周到，只是不知……若有一天他發現我原來並非他所想的那般賢良淑德，會是怎樣憤恨？

晉位實在意料之中，掌權後宮雖說稍顯意外，但也在情理之中。然這些都沒能讓我感到興奮異常，畢竟我心裡掛記著的是另一件更為重要之事。

今天已是第五日，如果玲瓏回不來，那我在這宮裡往後之路恐怕就舉步維艱了。午膳沒用些什麼，小安子勸我歇會兒，我懷著忐忑不安的心躺臥在貴妃椅榻，朦朦朧朧一直睡不安穩。

正懵懂間，忽聽得有人在旁小聲喚著：「主子，主子，醒醒！」

我迷迷糊糊睜開雙眼，眼前之人不是玲瓏卻是誰來著，旁邊小安子咧著嘴樂呵呵地笑，我不由得受了感染，笑容浮上臉龐。

我一下坐起身來，拉著玲瓏，「你可回來了！」

玲瓏受了我的感染，笑著用力點點頭，「主子，我回來了。事情都辦妥了！」

我忙示意她坐在旁側，追問道：「兄長怎麼說？」

「將軍說他知曉了，又命奴婢日夜兼程趕回來，好好保護您和小主子！」

我一聽，心中那塊大石終於落地，拉著她的手鄭重道：「我的安全就不著管了，倒是睿兒！玲瓏，睿兒的安全我就交到你手上，全權拜託你了。」

玲瓏鄭重其事地點點頭，我鬆了口氣，這才發現玲瓏竟連包袱都還挎在背上。我忙催她回去休息，又令小安子喚人小心伺候著。

過得幾日，皇后派人請我過去。

剛抵儲秀宮門口，早等候在那兒的寧英姑姑忙上前將我迎進。

入得正殿，皇后和淑妃已端坐在殿中閒話，見我到來便停了聲，齊看向我。

我忙迎上前去，含笑行禮道：「妹妹見過皇后姐姐，淑妃姐姐！」

皇后滿臉堆笑，眼中有掩不住的落寞，她眼明手快一把扶住了正準備屈身的我，「好妹妹，此地無外人，況且你身子本嬌貴些，這禮就免了吧！」

我也不客氣，喜笑顏開道：「如此妹妹便不客氣了，多謝兩位姐姐體諒！」

三人客套了幾句，皇后才笑道：「如今長春宮那位沒了，宮裡總算平靜許多。今兒起，這後宮就由咱三姐妹掌管了，本宮身子骨向來不好，三天兩頭的請御醫診脈，活脫脫是個藥罐子，往後便多靠兩位妹妹共同打理打理。」

「皇后姐姐客氣了，妹妹和淑妃姐姐定然唯皇后姐姐馬首是瞻！」我不露顏色，一派端莊肅穆之態。

皇后頷首道：「德妃妹妹通情達理、熟讀詩書，往後這後宮的帳目便委靠你了，淑妃妹妹這方面稍遜色些，你多多擔待。」

我忙含蓄道：「皇后姐姐過獎了，妹妹往後還要靠兩位姐姐多多提點呢！」

「德妃妹妹不著客氣，這些都是簡單的帳目，本宮時常頭疼難忍，就拜託你了。」皇后邊說邊示意寧英姑姑領了內務府分管帳目的帳房太監進來，甫看向我道：「這個月各宮的月俸皆已發下，來月起就由妹妹接管。此是帳房管事太監蘇公公，妹妹如有不明之處，只管問他便是。蘇公公！」

「奴才在！」跪在地上的蘇公公忙應道。

「等會子你便給德妃引路去帳房，細細地爲德妃講解。」

「奴才遵旨！」蘇公公得了令，躬身退下。

接著三人又說上了幾句，我方才告退出來。

候在門口的小安子一出儲秀宮便問我皇后可有為難我，我搖搖頭，百思不得其解，皇后居然如此輕易放了權，實教人捉摸不透。

接下來的幾日，我都待在帳房裡，實在看不完，索性喚蘇公公命人將帳本搬回了月華宮。我扔開帳本，揉揉疼痛不已的頭，終於明瞭皇后何以輕易交權，蘇公公那兒一問三不知，帳目繁瑣又複雜。

一晃三五天便就過去，我卻對著成山的帳本仍然毫無頭緒。

小安子端了碗人參烏雞湯進來。看著神情疲憊的我，他輕言勸道：「主子，您都忙上一天了，歇會子吧。」

我端起碗，小口喝著雞湯，歎道：「一晃眼就近月中，本宮卻毫無頭緒，眨眼間一月便要過去，到了月初之時月俸若是有個差錯，本宮可就不好下臺了。到時皇后收了權，本宮也是無話可說啊！」

「哼，奴才就說皇后娘娘怎地如此好心，卻原來給主子您備了雙這樣的小鞋，等著主子自己來穿！」小安子忿忿地說，猛地眼睛一亮，趨前附在我耳邊小聲說：「主子，那蘇公公已然是被皇后娘娘收買了，主子想靠他肯定是不成，主子不妨傳話叫莫大人……」

我一聽，果真是好計謀，忙道：「小安子，事不宜遲，你趕緊去內務府登記，明兒就請莫大人進宮探望睿兒。」

翌日午後，莫尚書便帶了個人進宮探望小皇子。

父親見過我，指了指旁邊的人，道：「娘娘，您要找的人，微臣給您帶來了。這就是皇城最大錢莊裡的帳房管事金媽，人稱『金算盤』！不知娘娘請她來所為何事？」

我並未答話，只往上前參拜的那人望去，一驚，想不到這金算盤竟是個女人，看著她不亢不卑地朝我請安的樣子，心中不由添了幾分佩服。

我親自上前扶她起來，柔聲道：「金媽，快快請起！本宮冒昧相邀，還望你莫見怪才是！」

金媽顯沒料到我會如此禮遇她，略略惶恐，「娘娘客氣了。不知娘娘請草民前來，所爲何事？」

我立時吩咐道：「小碌子，去傳寧嬤嬤抱小皇子過來。彩衣，你和玲瓏在跟前小心伺候著。小安子，請金媽到偏殿喝茶。」

「是，主子！」待二人分別忙去了，我才轉向微顯激動的父親，對他含淚而坐的神情彷若未見，只冷然道：「父親在此候著，等一下睿兒便過來了。」

說罷掀了簾子往偏殿而去，背後傳來一個老人老淚縱橫的聲音：「謝謝，謝娘娘恩典！」

我頓了一下，終默然提步走了出去。

別說這宮裡，這世上哪兒不是踩低墊高的地方？當初若他知我也有今日，斷然不會那樣對待我們母女，如今又來這番假惺惺的惆悵感動，豈非可笑之極！

二十四　勾心鬥角

經過金媽的悉心指點，我終於從最初的毫無頭緒漸漸入門，細加查看之下，發現先前帳目實嫌混亂，遂領了帳房裡的人重新整理宮裡各項帳目，這幾日眞眞忙得不可開交。

我行至帳房門口，守門的小太監正要通傳，我舉手示意一下，他便低頭不語了。我立於門前階上，聽得裡頭有人抱怨道：「眞眞是新官上任三把火，德妃娘娘一掌權就要把帳目全改了，咱家在這宮裡作了幾十年的帳啦，她卻一上來便這改那改的，害咱們成日淨瞎忙也沒個結果。」

「蘇管事，你小聲點，當心隔牆有耳！」旁有小太監輕語勸道。

「怕甚！她能管到哪天還難說呢，再過幾日便要發月俸了，到時出了亂子，看她怎麼下臺！」蘇公公一副不以爲然的語氣。

我冷哼一聲，大步跨進去，冷聲道：「那也得等本宮眞出了亂子，你才能說這等風涼話！就幾日工夫你都等不了麼，蘇管事！」

眾人一見我，心知方才蘇管事的話已悉數傳進我耳裡，忙齊齊跪道：「奴才拜見德妃娘娘，娘娘息怒！」

蘇公公此時渾身顫抖地跪落我跟前，初冬天裡竟滿頭大汗。

我冷冷一笑，「說啊，蘇管事，如今本宮就在你跟前，怎麼不說了？」

「娘娘息怒，奴才知罪，娘娘饒命！」蘇公公神情惶恐，磕頭不止。

「蘇管事，本宮念你在帳房掌事多年，縱無功勞也有苦勞，常日你懈怠事務，本宮睜隻眼閉隻眼而不予理會。想不到你卻變本加厲，居然胡言煽動帳房裡奴才們，你該當何罪？」

「娘娘饒命，娘娘饒命啊！」蘇公公顯出六神無主之狀，心知今日恐怕難逃一死。

「本宮想饒你，偏這宮規饒不了你！皇后娘娘把宮裡帳目交予本宮全權處理，本宮也不能徇私枉法！」我冷聲道：「來人啊！帳房管事蘇公公懈怠帳房事務、妄傳謠言，即日革職，杖責二十，送入雜役房！」

不多時，便有行刑司太監將早已癱軟在地的蘇公公拖出去。

屋子裡靜得連根針掉在地上都能聽見，耳裡唯聞院子裡「劈啪」杖責聲及蘇公公的哀號。眾人皆低垂著頭，我看不到眾人的表情，卻瞥見眾人晃動的衣襬。

「你們好好忙活，壞了有本宮擔著，好了本宮自然不會虧待！」我聲音一凜，「但若有人存貳心，想乘隙搗亂、想居中搬弄是非，抑或有人想當牆頭草好見風轉舵，該趁早死了這條心！」

眾人怔愣半晌，跪在前頭年紀稍長的太監才道：「奴才們定當唯娘娘馬首是瞻！」

眾人忙跟著一起說道：「奴才們定當盡心竭力，唯娘娘馬首是瞻！」

我滿意地點點頭，「你們中誰是帳房副管事？」

「回娘娘，奴才是帳房副管事霍二。」方才先回話的那太監回道。

「往後你暫代蘇公公之職，領著大家扎扎實實做事，本宮定不虧待盡心盡力之人！」

「奴才遵旨！奴才謝娘娘恩典！」眾人又同聲道。

我這才喜笑顏開，柔聲道：「起來吧，都各自忙去吧。霍公公，你隨本宮過來。」

說罷便帶了霍公公到我獨自處理事務的內室，拿起帳本細細地與他分述，他不住地點著頭，原本只顯恭敬的臉龐漸漸爬上了敬佩之色。

忙碌的日子終告一段落，我靠坐在椅上舒了口氣。

「娘娘，本月俸祿均已經發下，您看看，這是支出的帳目。」霍公公將帳本恭敬地呈遞至我跟前。

我接過帳本，隨手翻了翻，抬起頭看著他道：「嗯，本宮知曉了。你先下去吧，本宮會慢慢細看，霍公公近日辛勞了。」

他聽我這麼說，倉皇低下頭道：「奴才惶恐，娘娘！」

「好了、好了，本宮知道了，在本宮跟前不著這般拘束。你們都是在帳房待了幾十年差的人，你的能力本宮還不清楚麼？蘇公公被我處罰，不過是明正典刑以便大家齊心協力做事罷了，只怪他剛好撞到這當頭。我已經吩咐過雜役房的管事好生照顧他。你抽個空不妨去看望他，見機讓他回來，都做了幾十年活，叫他管帳也順手些。」

「奴才替蘇公公謝過娘娘恩典！」霍公公顯未料到我還會讓蘇公公回來，我沒要了他的命，在他們眼裡已是天大的恩典。

我不以為然地笑了笑，突然想起一件事，問道：「對了，那個全標注上去了吧，你都替我辦妥了麼？」

「是。」他點了點頭，回道：「一切遵照娘娘的吩咐，亦只娘娘才能想出此般匠心獨具的方法來，眞可謂事半功倍，較之往昔簡單明瞭許多。奴才不敢有半點疏忽，娘娘若不放心，待會不妨親自查看帳目，奴才都寫上了。」

我聽他這麼說，滿意地點了點頭，「本宮知曉，你下去吧。」

「是。」霍公公朝我拱了拱手，甫躬身退出。

看著他徐徐退出後，我才翻開帳本一頁頁看下去。果眞如我吩咐，在那些地方覽見他已作好的標注，我方放下心來。

略略放鬆身子靠在軟椅上，我繼續逐頁翻著帳本，拿起一旁的茶杯剛想呷口茶潤喉，發現杯中已然空空如也，正想開口喚人，卻見著小安子走進來。

「怎麼了，有甚事？」我蹙眉問道，平日看帳時我不喜有人在旁，故若無大事他們都不會入內打擾。

小安子點點頭，「主子，新晉的惠才人來了，說想拜望娘娘。」

惠才人？不就是宜貴嬪殿裡的貼身侍女麼，聽說皇上到宜貴嬪殿裡，不料宜貴嬪不在，卻偏巧碰上丫鬟惠香在園中撫琴。翌日宮裡便多了個惠常在，短短數月即升至才人，現下又大有晉位的可能，一時倒也風光無比。

才想著，她就走了進來。我仔細打量著，發現她眞是越發標緻了，從前宜貴嬪尚是貴人之時便常帶著她。那時我就看出她好生打扮會是個美人兒，沒想到眞眞仔細妝扮之後，遠遠超出了我的想像。白皙水嫩的肌膚，水汪汪的大眼，嬌豔欲滴的櫻桃小嘴，再加上搖曳生姿的身段，盈盈一握的纖腰，猶如畫中走出的絕代佳人。

宜貴嬪、榮婕妤她們雖也漂亮，然和她相比總覺著少了幾分青春。呵呵，原來我們也老了啊，已是昨日黃花，哪裡比得上她們這些正盛開的牡丹。

走到跟前，我再細細一看，她標緻雖標緻，只是面色不太佳，微透著蒼白。

「妹妹給姐姐請安。」

她倒十分客氣，一來就給我行禮，只是她並非三品以上的嬪妃，按祖制是不能主動在我面前自稱妹妹的。不知是她做了主子時日尚淺不懂規矩，抑或是看高了自己。

我不以爲意地點點頭，示意她坐下。

她頗耐得住性子，坐下後也不急著說，只默然看著我，倒像是希望我先開口。我只作未見，自顧喝著彩衣剛奉上的熱茶，她無事不登三寶殿，我又有甚好急的？

果然沒過多久她就等不及了，扭扭捏捏像是有些猶豫，又過得片刻才細聲開口道：「姐姐，妹妹前來只是想問一聲，爲甚我的月俸少了二十兩？」

原來是爲了這件事，我在心裡冷哼一聲，覺著她畢竟丫鬟出身，果真小家子氣。難不成以爲我存心剋扣她的麼？

我勾起嘴角，笑著對她說：「惠妹妹莫誤會，本宮只不過替皇上看著這後宮帳務罷了，我們的月俸都是內務府照定數發的，本宮是不能經手也經不了手的。」

「那爲何……」

「妹妹前月裡爲打點奴才，這銀子是不是用得多了些？你前月帳上超支，故才從你本月的月俸裡扣的。」

她聽了我的解釋倒說不出話來，黯然低下了頭，擱在膝上拿著絲帕的手微微收攏。俄頃，她抬頭時面上卻帶了幾分埋怨，「那……那份補貼的銀子爲甚也沒有？」

補貼的銀子？她怎麼會說到這分上？我心下一驚，知定是有人在背後搗鬼。

我立時挺直了身，看著她，冷聲道：「誰告訴你有補貼銀子這件事的？」

她像是被我突來的嚴肅給嚇著，微愣之後，結結巴巴地開口道：「是宮裡姐妹們閒聊時告訴婢妾的……」

「是哪位姐妹？」我追問道，隨即省悟到欲知是誰搗鬼只能曉之以理。我歎了口氣，復道：「那份補貼本宮不是剋扣你，而是現下你沒法拿，那是給懷了身孕的嬪妃的。哼，她們可一併告訴你這款補貼條件？」

她倏地抬頭望著我，滿臉訝色，隨即紅了臉頰，吶吶道：「沒、沒有……」

「你做主子的時間雖不長，可進宮時日也不算短了，怎麼別人說甚你都信？你自己怎地就不多思量，如今你聖寵正濃，皇上因此冷落了那些姐妹，她們會那樣好心告訴你麼？」

她聽我這麼一說，眼眶馬上紅了起來，長長睫羽微微扇動，眼淚似斷線珍珠般滾落而下。抖了下身子，咬了咬唇，惠才人起身「咚」的跪落在地，顫聲道：「娘娘開恩，救救婢妾！」

瞧她此狀，我無奈地長歎了口氣，怎地弄得像是我欺凌她似的，「好了，好了，別哭了。惠妹妹，本宮也是為你好，你新晉做了主子需銀打點一群伺候的奴才，本宮再明白不過，可這月俸都是按照品級所給，皆有定數，你自己也要斟酌著花用。平日裡若出手過於大方，那群奴才慣了之後也會蹬鼻子上臉，到時你要怎麼辦？」

她用帕子揩了揩眼角，吸吸鼻子道：「德姐姐……婢妾本是宜貴嬪的丫鬟，偏巧那日宜貴嬪不在，婢妾於園中彈琴讓萬歲爺撞見，婢妾也拒絕不得，宜貴嬪卻四下謠傳婢妾勾引皇上。婢妾區區丫鬟出身，在這宮裡無依無靠，拿宜貴嬪沒轍，連殿裡頭伺候的奴才們也瞧不起婢妾……」

我揉了揉額頭，只覺著頭開始疼起來，闔上眼用擱在案几上的手撐著頭，對她說道：「你先回去吧，這事容本宮再想想。」

「是，娘娘！」她應了一聲，隨後卻緊接傳來另一響聲。

我睜開眼發現她無力地癱坐在地，臉色越發蒼白。

「惠妹妹，你怎麼了？」我忙示意彩衣將她扶起落坐椅上，輕聲問道：「是害病麼？」

「承姐姐關心，婢妾沒事，只是近日來老昏昏沉沉的提不起半分力。」

「本宮問你，那補貼之事可是淑妃和榮婕妤告訴你的？」我按著她的肩，一字一頓地問道：「你最近是否跟榮婕妤走得近？本宮剛看過你那兒的支出了，你竟能夠撐到眼下才來跟本宮開口，是不是她有出手幫你？」

惠香在我的注視下，微顯畏懼，神情緊張地點了點頭。我原本混沌的思路頓時豁然開朗，心下一陣冰涼，卻忍不住勾起嘴角。

我拉著她的手，道：「無論你是宜貴嬪的宮女還是皇上的妃嬪，對本宮而言，你都是本宮的好妹妹。你先回去吧，你的虧空本宮會幫你想辦法。」

「謝謝娘娘！」惠香點點頭，歡歡喜喜地回去了。

我瞧著她的背影，終是冷笑一聲，心知這事兒沒那麼快落幕。皇后，你可真是夠狠，本宮就陪你玩玩，讓你長長見識。

按例，宮裡位分稍高又有生養的姐妹每月月底總會上皇后那兒聚聚，聊聊當月的情況，畢竟她位居六宮之主，儘管中宮之權向被分割出去，以前是麗貴妃，而今好不容易沒了，卻又多了一個我。

這日，一眾姐妹齊赴皇后宮裡閒敘。

「德妹妹，辛苦你了！」坐在首位的皇后不緊不慢地拿起几上的茶杯，慢悠悠呷了一口，那陣冷嘲熱諷也自她唇間吐出。

「皇后姐姐誇獎了，都是姐姐在旁指點，妹妹不過略盡棉薄之力。」我不動聲色地應道。

「本宮原本不想妹妹如此操勞，只是後宮瑣事繁多而本宮身子向來不好，只能偏勞兩位妹妹。虧妹妹出了月身子調養得宜，本宮倒不擔心妹妹的身子骨，只憂皇上會怪罪本宮占用妹妹太多時間。」皇后輕言細語說道，末了還斜視我一眼。

立時便有幾道凌厲眼神掃將過來，我苦笑道：「妹妹自產下睿兒便一直調養著身子，如今新晉的妹妹們個個嫩得像白蔥似的，妹妹我早已成昨日黃花，皇上到我宮裡亦僅閒敘一番罷了，無甚占不占用的。」

旁邊那幾個一聽，臉色立時和緩不少，有人甚至露出幸災樂禍的樣子。

「哼，德姐姐何須這樣含蓄，不就是新晉的惠才人麼？萬歲爺對她的恩寵誰看不見啊！」宜貴嬪一副忿忿然之狀，忍不住拉高了音調。

「她就慣用她那等嬌嬌弱弱的狐媚樣迷惑皇上，我瞧著全身寒栗都起來了。」榮婕妤氣沖沖說道。

「好了，好了，你們說話也遮著點吧，上回太后不是說過你們了麼？」一旁的淑妃自上次對付我而反被治得服服帖帖後便收斂不少，又回復以往的一派溫文和善，甚至更為低調，連我如今掌權後宮她都似有若無地忍讓著。

「喲，淑妃姐姐，上回在寧壽宮說德妃姐姐時你可非這般和善呢！」榮婕妤所出的二皇子在太子被幽禁後受到皇上賞識，她的地位跟著水漲船高，晉了婕妤，也有了說話的底氣，「我們說的哪句不對了，你倒是說說啊！」

「你……」淑妃被她衝了一句，愣了愣，那話遂跟著梗在喉裡。她本是心雅的生母，靠著皇后提攜才得今日，眼下她被榮婕妤嗆成這樣，皇后也只作未見，看來這其中頗有問題。淑妃到底只是白了臉，微微蹙眉卻未再多言，然誰都看得出她心裡不快。

「行了，行了，都住了。」皇后見淑妃不再言語，氣氛沉悶下來，方道：「這皇上寵著誰，並非我們能夠決定，皇上找誰，我們又怎麼能干涉呢？大家還是看開點吧。」

我朝皇后頷首表示贊同，亦附和道：「我看大家還是想開點吧，咱姐妹幾人都是有生養的，兒女們替我們爭氣便就足夠了，比起那些膝下空虛的可好上許多。」

榮婕妤睨了我們一眼，道：「皇后姐姐，德姐姐，話不能這麼說，新人太受恩寵難免心生驕縱，再說了，她又不是不會生養，倘再生下個皇子，難保她不會騎到我們頭上。兩位姐姐掌管後宮，可不能置之不理啊！」

「是啊，這個月來只怕是除卻初一、十五和偶爾翻幾次別的宮裡的牌子外，都是她在伺候皇上了！」宜貴嬪皺著眉在旁煽風點火。

「宜妹妹說得一點沒錯，她現就居於你宮旁，她那兒有甚風吹草動你還能不知？」榮婕妤頓了頓，眼角微微瞄了我一眼，繼續說道：「我就聽說那惠才人前幾天不就爲了幾十兩銀子，上德姐姐那兒鬧了麼？」

看她這樣不痛不癢地說著，我心中不禁冷笑一聲。她倒好，明明是她跑到惠才人那裡說三道四誤導了她，這會兒竟反過來爲我抱屈啦。

任她千算萬算也算不到如今這宮裡大半奴才都受過我的恩惠，且她定沒料到惠才人會把那些事一五一十的告訴我吧。我索性順水推舟，將計就計給她下了個套。

「什麼？榮妹妹所言可都是真的？」皇后挺直了身子問我，卻又突然看了榮婕妤一眼才道：「看來榮妹妹上次和本宮說的絲毫不差，不過稍稍向她透了點口風，她那副恃寵而驕的姿態就全露出來了。」

我呵呵一笑，緩言道：「不過是樁小事，不值一提。惠妹妹新晉了才人，有不明之處想問明白，倒也在情理之中。」

皇后深深望了我一眼，又若無其事地喝著茶。淑妃有些擔憂地睇向我，而榮婕妤的嘴邊則隱掛著一抹微笑。

轉眼間已是冬月初八，天氣逐漸轉寒，本不是一齊去向太后請安的日子，可皇后偏偏差人來請我。我估摸著她是忍不住了，稍微打理妝容後便隨著傳話太監去往寧壽宮。

入得暖閣，向太后請了安，我起身見這陣仗眞是不一般，連平日鮮少出來正懷著三月餘身孕的熙嬪也都在。

我入座之後，陸續又來了幾人。

皇后朝榮婕妤遞過眼色，榮婕妤隨即起身朝太后道：「太后，臣妾等今日前來，乃有件事欲請太后作主。」

太后緩緩看了我們一眼，覺得今日氛圍略顯不對勁，開口道：「怎麼了？甚事這般勞師動眾的？」

「太后，臣妾本不想說，但爲了江山社稷，臣妾不得不說。皇上、皇上他實在過於獨寵新晉的惠才人了。」

我一聽，差點忍不住笑出聲來，榮婕妤眞不是告狀的料，不說惠才人的不是，倒數落皇上的不是。

我趕緊端起宮女新奉上的茶，假裝呷了一口好遮掩嘴邊笑意。

「放肆！」太后果眞如我所料，猛地拍桌怒斥道：「這些都是誰教你說的？誰給你這等權力在此數落皇上的不是？」

我心中暗歎了口氣，皇后啊皇后，你真真是個眼拙之人，連這樣的人你也用，難怪你沒辦法在後宮獨大，穩坐六宮首位。

那榮婕妤倒也是個膽大之人，不曉她是腦子太笨還是性子太直不懂拐彎，見太后動怒也不知住了，反倒直挺著腰跪地昂首看向太后，「這些話句句都是臣妾的肺腑之言，無人教臣妾，更無人慫恿臣妾。皇上獨寵惠才人，使後宮不能雨露均霑，怨氣叢生，不利皇家開枝散葉！」

「住口！」榮婕妤一再提皇上的不是，太后真動怒了，猛地站起身來指著榮婕妤道：「你瞧瞧你現下這副樣子，哪有半點皇子母妃、一宮之主的寬容大度，哀家所見只是一張爭風吃醋的醜臉！你在這兒口口聲聲指責皇上獨寵專房，你平心而論，今日這番話有多少是出自嫉妒、多少又是出自你口中錚錚有聲的江山社稷？」

榮婕妤被戳中了要害，臉色刷白，但她素來心直口快又甚倔強，竟仍默然挺直著身子。

「哎呀，榮妹妹，惠才人再怎麼著，你也不該說皇上的不是啊。母后，您也別怪榮妹妹了，她也是看不下去，才站出來替姐妹們說話的。」皇后彷若漠視這緊張的氣氛般，上前扶起榮婕妤，朝著太后微微蹙眉道：「那個惠才人真格是過分恃寵而驕，這不，前兒她還上德妹妹那裡鬧去呢，硬說德妹妹剋扣了她的補貼。」

好個皇后，狐狸尾巴這會兒總算露出來了，到底把我扯將進去。

我起身微微一福，輕聲道：「是，太后，惠才人確實來過。」

「太后，您看，臣妾此言非虛。臣妾的話或許不中聽，卻是句句屬實。」榮婕妤見我也站出來答言，她立刻一副占了理之狀，不服氣地朝太后頂上一句。

太后眉頭深蹙看著我，「德妃啊，哀家和皇上信任你，才把後宮的帳交付給你。我相信你是不會存心惹出事來的，難道眞是惠才人存心尋你麻煩麼？」

「再精明的人都有糊塗的一日。」皇后似笑非笑地看著我道：「何況德妹妹新近接手，貴人事忙，也許眞忘了給補貼呀！」她走上幾步湊在太后耳邊低語了一番。

太后抬頭定定地看著皇后道：「你可確定？」

「嗯。」皇后愼重地點點頭，又補充了一句，「臣妾起初只是不信，仔細查後便覺八九不離十了。」

太后頓了一下，匆匆往外走去，突地停步朝我們道：「你們都在這兒候著，沒哀家的吩咐，誰也不許離開。」

太后說罷便即離去。我暗自冷笑一聲，看來皇后爲了擊垮我好獨攬大權，還眞眞是豁出去了。

「德妹妹。」坐在我旁邊的淑妃擔憂地靠了過來，拉著我的手小聲道：「我看像是有意針對你，榮婕妤不過是被她挑唆罷了。」

「淑妃姐姐，沒事的。」我心下瞭然，你也不過是被皇后冷落了才靠到我這邊來而已。然我面上卻不動聲色地笑著回視皇后挑釁的目光，細聲對淑妃道：「我今日將讓她見識我的手段。」

榮婕妤這才害怕起來，急急與皇后小聲嘀咕著，皇后一個勁地寬慰著她，目光卻頻頻朝我望過來，那得意的笑顏彷若昭揭已志在必得。

約莫過去兩炷香的工夫，太后返回，坐著呷了口茶，方喚人傳了帳房的霍公公和蘇公公進來。

「方才哀家已私下裡質問霍公公和蘇公公兩位管事了，也親自把近幾月的各宮月俸帳本親自點算過。」太后一臉嚴肅地坐在上位，沉聲說道。

跪在殿中的霍公公磕了個頭，回道：「回太后和各位主子，帳房所有帳冊皆有檔可查，太后吩咐奴才帶來的近半年帳冊均在此。」說罷指了指他和蘇公公跟前兩疊堆高的帳冊。

「如何呢？母后，臣妾所言非虛吧？」皇后略顯激動。

太后未搭理她，只對著我道：「德妃，這事哀家想聽你親口解釋。」

我微微一笑，起身跪下道：「太后明鑒，後宮各類帳目臣妾接手這兩月來均進行了調整，至於各宮月俸的帳目，臣妾也稍做了改動。太后方才既然覽過近幾月各宮月俸的帳冊，那應該也看到了，這兩個月的帳冊上有兩種記錄。正文記載正常支出，而批注則是臣妾所書。」

我說到這兒，眾人皆是不敢置信，一時間交頭接耳議論紛紛。

我昂首看著太后，更確切地說，應是看著太后身邊的皇后道：「批注所記均是各宮各人虧空和填補銀子的數目，上個月共有十二位姐妹虧空，本月皆補回了銀子，而本月又有九位姐妹虧空，上頭都有批注。」

說到這兒，我輕輕一笑，接著道：「太后您還記得上個月臣妾以給睿兒添置物品向您借貸那筆銀子麼？就是現下用的這筆備份銀子了，只是當時不知此事是否可行，也就沒敢明著告訴您，怕您擔心，臣妾想每月省省還上也就是了。這筆小額備份銀主要用在新晉位和新近有了身孕的姐妹處，先用這裡面的銀兩救救急，待有了寬裕再暗中補上。臣妾未將此事告訴大家知道，也是爲了保存虧空之人的顏面。如今太后問起，臣妾也不得不說了。」

我仔細觀察著皇后的神色，我每說一句，她的臉頰就失去一分血色，待我說完她早已是面如白紙，怔在當場。

一直跪在殿中的霍公公啓口道：「娘娘所言句句屬實，這帳目都是娘娘吩咐奴才們做的，這備份銀也由奴才保管著，近兩月備份銀的運作亦如娘娘所述，德主子未曾碰過銀子，自然也從未挪用過大內一分一毫。」

「回太后和各位娘娘主子，霍管事所言非虛，奴才可以作證。」同跪著的蘇公公開口附和道：「這個月的批注還是奴才幫著整理後，娘娘才注上去的。奴才自雜役房調回帳房後便在跟前整理這些帳目，亦只娘娘這般心思玲瓏、宅心仁厚之人才會想出此法來幫助旁人了。」

「蘇公公，據哀家所知，你才是帳房管事，是德妃掌權後杖責於你，責貶了你的管事之位，怎麼這會子你倒替她說起話來了？」

蘇公公紅了臉，磕頭回道：「回太后，奴才慚愧。奴才當時對德妃娘娘更改記帳方法不以爲然，心中不服，故頂撞了主子而被娘娘責罰，是奴才咎由自取。娘娘寬厚，不計前嫌又將奴才從雜役房調回，給了奴才這樣個洗心革面重新做人的機會，奴才感激還來不及呢，又怎會再心生怨恨？」說著說著竟熱淚盈眶，用衣袖揩拭眼角。

「好，好，好孩子！那些備份銀就不消還哀家了，從帳上支取，一旦皇上問起就說哀家用了。」太后連連點頭，親自上前扶起我來，對著其他人怒視，尤盯著皇后道：「你們可都聽見了，德妃的手是乾乾淨淨的，以後哀家不想再聽見這等無中生有之事。」

皇后「咚」的跪下，低著頭憤恨地道了句：「臣妾謹遵太后訓言。」

「還有，方才哀家已命太醫給惠才人診過脈，她已經有了身子，那份補貼的銀子就撥給她吧。」

我盈盈一笑，回道：「是，臣妾知曉，待會臣妾會親自給惠妹妹送去的。」

「嗯，好，好。」太后笑著輕拍我的手，突然又肅起臉對著癱坐在一旁的榮婕妤道：「惠才人有了身孕，最是需要靜養，你沒事不著去看她了。哀家瞧你面色不佳，好好在自個兒宮裡歇著吧，天寒地凍的，哀家可不希望有誰病倒了！」

榮婕妤慘白著一張臉，俯下身哽咽一聲：「是。」

太后的身子早已一日不如一日，忙了這會兒當是乏了，便讓我們各自回去。淑妃拉著我要與我同行，我心下明瞭，面上自是一副再樂意不過的樣子。

剛出寧壽宮，榮婕妤從後呼喚，快走幾步跟上我們。她別有意味地看了我一眼，才道：「淑妃姐姐，你好自珍重，莫要太過善良，以致遭人利用猶不自知。」

「那個人應該是你榮婕妤才是吧？」我心道，覺著有些好笑。方才被我教訓了一頓還嫌沒吃到苦頭，這一轉眼又說的是甚話。

「德妹妹。」皇后一派雲淡風輕之樣，上前含笑道：「姐姐也是輕信了他人之言，事關重大而不得不慎重，這才稟了太后。所幸妹妹無事，姐姐同感安心。」

我笑道：「勞煩姐姐操心，往後還得靠皇后姐姐多多提攜。」

皇后點點頭，朝淑妃覷了一眼，便若無其事地上了軟轎。

淑妃冷哼一聲，低聲道：「她倒好，向來只做好人。」復又朝我道：「妹妹可得小心些才是。」

我笑應道：「多謝姐姐關心，姐姐今兒可得空到妹妹宮中坐坐？」

淑妃點點頭，我二人遂上了軟轎，朝月華宮而去。

二十五　釜底抽薪

屋外下著大雪，又是一年冬來到，我獨臥在貴妃椅上翻著書，屋內一片寂靜，唯聞窗外呼呼風聲颳進耳裡。

「彩衣姑姑，彩衣姑姑？」外間傳來膽怯中帶著顫抖的輕喚聲，是個從不曾聽過的聲音。

無人回應。彩衣這丫頭也不知野到哪兒去了，我心道。

屋外一片沉靜，就在我以為那人已離開時，那聲音又再次在繡簾處響起，清脆而怯生生的，「請問，有人在麼？」

我輕皺眉頭，柔聲道：「誰在外頭？進來吧。」

繡簾輕掀，倏地增大又隨著繡簾落下而減小的風聲昭示著屋外的寒冷，一抹淡綠身影小心地挪進來，一見躺靠在貴妃椅上的我，愣在當場，直直地看著我。

我輕咳一聲，她回過神來，「咚」的一聲跪落在地連連磕頭，顫聲道：「娘娘恕罪，娘娘恕罪！」

我看著她身著薄薄單衣，忍不住蹙眉，坐起身輕道：「快起來吧，大冷的天，你是哪個宮的？」

她謝了恩，起身規規矩矩地站著，許是屋子裡較暖和，又許是見我輕言細語的，心中不那麼緊張了，細聲回道：「回娘娘，奴婢是浣衣局的奴才。奴婢平日裡都在院中漿洗各宮主子們的衣服，不曾出來，今兒個……」她頓了一下，才又道：「今兒個管事嬤嬤不得空，便吩咐奴婢送漿洗好的衣服過來給彩衣姑姑。可奴婢不識彩衣姑姑，才驚擾了娘娘。奴才拙笨，衝撞了娘娘，請娘娘恕罪！」

悅耳嗓音娓娓傳入，讓人如沐春風。聽她這麼一說，我方才看到垂低著頭的她手捧著一疊摺收整齊的衣衫。

我起身上前示意她將衣衫放在旁邊的桌案上，她見我上前，不免又緊張起來。我細細打量著她，可真真是個嬌弱弱的可人兒。

我含笑上前拉了她同坐炭盆旁的椅子，手上冰涼扎手的觸感讓我微愣一下。她也覺察到了，紅著臉自卑地低下頭，將手縮了回去。

我一把抓住她的手，細細察看著，在她詫異目光中輕撫那些長了凍瘡、結了繭和凍裂的傷口，輕聲問道：「疼麼？」

她飛快地抬頭看了我一眼，又迅速低下頭去，回道：「不，不疼。娘娘，奴婢習慣了。」

我見她怯生生惹人憐的模樣，輕歎了口氣，想起壁櫃上還有幾盒前些日子我派小磣子去問南宮陽要來給殿裡奴才們用的凍瘡膏，起身取來一盒打開，用手指掬起一球藥膏輕抹在她手上。

「娘娘……」她哽咽著，話未成句，眼淚已如斷線珍珠般滾落而下。她伸手接過藥膏，開口道：「娘娘，奴婢自己來吧。」

我點點頭，遞到她手中，「擦完就帶回去吧，往後用得著。」她沒多言，只默默點了點頭。

「主子，今兒外頭可眞冷啊！」彩衣邊掀簾子邊嚷道，見屋中有人忙住了嘴。

那奴婢見有人進來，作勢欲起身。我拉了她坐下，轉頭吩咐道：「彩衣，去把前兒你從櫃裡翻出的那件棉襖拿來給……」忽兒想起還不知她的名字呢，又轉頭問道：「你叫什麼名字？」

她忙收妥藥膏，又拉起袖子揩了揩眼角，整好儀容，才沙啞著嗓子道：「回娘娘，奴婢叫木蓮。」

「木蓮，你家裡還有甚人啊？都是做什麼的？」我看她好不容易放鬆，見彩衣回來又緊張起來，就隨口這麼一問。

「回娘娘，有爹娘和兩個弟弟、一個妹妹。」

「這大冷的天，怎麼也不多穿點？看你，都凍成這樣了，看著真教人心疼。」

「回主子，奴婢打小家裡就窮，今又多了幾個弟妹，一家人全靠爹在殿前侍衛房打雜以及奴婢每月的月錢爲生。」

我心底又嘆：「哎，苦命的孩子！」

彩衣已取來襖子，作勢要給她穿上。她卻躲閃開去，連聲道：「不，不，娘娘，奴婢已受您莫大的恩惠，萬不敢再拿娘娘的東西了。」

「穿上吧，這是舊衣，擱在那兒也沒人穿了。」我笑著拉了她，讓彩衣給她穿上。

我左右瞧看，活生生一個小美人，在浣衣局裡洗衣，眞眞是暴殄天物。她欣喜地摸摸那滑手的緞子，掛著淚痕的小臉上綻開了笑容，跪在地上磕頭道：「謝謝娘娘恩典。」

我正要說話，小安子在外間說：「主子，奴才進來了。」說罷掀簾而進。

木蓮見人越來越多，忙道：「娘娘，奴婢出來有些時候了，也該回去，再晚管事嬤嬤就要找人了，奴婢不多打擾娘娘了。」

我點點頭，柔聲道：「嗯，去吧。往後有甚難處，只管來找本宮。」

小安子從進門見到木蓮起，便目不轉睛盯著她。木蓮在小安子逼人的目光中怯怯地謝了恩，躬身朝外退去。

小安子瞪著木蓮消失的繡簾，呢喃道：「像，像，真的是太像了。」

彩衣敲了敲小安子的頭，笑罵道：「人都已經走啦，還看！看見漂亮姑娘連眼珠子都不轉了，人都走遠了還盯什麼盯。」

「去，去，別鬧。」小安子拂開彩衣，轉身上前道：「主子，方才出去的那位姑娘是甚人呀？」

「喲！說說你還來勁了？」我本想逗一下小安子的，可見他一本正經的表情，不明所以的答道：「怎麼了？她不過是浣衣局的奴才罷了，本宮見她可憐，便留了她一陣子。有甚不對麼？」

小安子定了定神，見屋裡沒有外人，才道：「主子，那丫頭跟已故的薛皇后長得可真像啊！」

我心下一動，「真的？你能肯定麼？」

「奴才怎敢跟主子開這種玩笑。」小安子見我若有所思的樣子，忙道：「奴才進宮那會子正是薛皇后懷著太子之時，奴才跟在楊公公身邊，時常見到皇后。奴才不會記錯的，那臉蛋、那身段，沒有十分，也有七八分像！」

我一聽，忙吩咐道：「小安子，叫小碌子去安排一下，將她悄悄調往偏僻不見人的地方，做些簡單活兒，好生調養身子，別讓人發現了。她要問起，只說是本宮的恩典。」

「是，主子。」小安子答應著往外退去。

「主子，她不過一個洗衣的丫頭，您這麼恩典她？」彩衣到底心直口快，問出了小安子心中之惑。

「唔，現下還沒想到，留著吧，總會有用的。」我闔眼靠在椅上呢喃著。

不曉過得多久，迷迷糊糊間只覺有人往我身上蓋被，張開眼後微愣一下，才知是我不覺間竟睡著了，彩衣取來錦被爲我蓋上。

彩衣見我朦朧睜眼，歉聲道：「主子，吵醒您了。」

我搖搖頭，準備起身。彩衣又道：「主子，再睡會兒吧。」

我坐起身來，在彩衣攙扶下挪身到鋪著軟墊的楠木椅上，踩在椅下的暖腳銅爐上，慵懶地說：「這大冷的天，又不能外出，坐在屋裡就昏昏欲睡的，睡得人都糊塗了。」

「主子不想歇了，那就用點甜湯吧。」小安子正好端著一盅東西進來，笑道：「主子，剛燉好的生地龍骨湯，趁熱暖暖身。」

我笑著接過小安子舀好遞過來的青花瓷碗，用銀匙攪著，猛地想起來，「小安子，東邊的養生湯還用著麼？」

「當然，主子特意交代的事，奴才豈敢忘了。」小安子收拾了一下，坐在我腳邊的軟凳上道：「先前伺候跟前的奴才沒有換，又尋著機會找到了那邊會煲湯之人，特意偷學過了，做法、材料、味道同先前一點未變，小玄子做得天衣無縫。」

我點點頭，小口喝著湯，又緩緩問道：「你們辦事，本宮放心。對了，那，那邊全安排妥當了？」

「放心吧，主子，都安排妥當了。」

我頷首道：「成敗在此一舉，本宮可不想做第二個麗貴妃，自以爲萬無一失，其實不過坐以待斃。」

連著幾天的大雪終於歇止，太陽照在冰天雪地上一絲溫暖也感覺不到，不過碰上這樣的天氣，心情也轉好不少。

我坐在寧壽宮裡認眞地聽太后講經，太后正講到興頭上，殿外傳來沉重的鐘聲。我和太后愕然對望一眼，又不約而同朝殿外望去，這千斤巨鐘只有在宮中皇后、太后薨逝才可敲的。

正發愣間，雲秀嬤嬤跌跌撞撞奔進，氣喘吁吁地嚷叫道：「太后，太后，不好了！」

太后臉色一黯，沉聲喝道：「哀家也知出大事了，可你慌慌張張，成何體統？但有何事，速速稟來！」

雲秀嬤嬤沒理會太后的喝聲，深吸了口氣，顫聲道：「回太后，太子……太子剛剛去了！」

「什麼？」我們俱是大吃一驚，霍地站起。

太后剛一開步，便軟軟地倒下，我忙上前扶住了她。

雲秀嬤嬤一邊同我一塊扶著太后，一邊高呼殿外的人進來伺候著，又命人去請太醫。眾人七手八腳把太后扶了躺在床上。

雲秀嬤嬤拉著我道：「娘娘，東宮這會子只怕亂成一團了，您快去看看吧，這裡有老奴幾人伺候著就成了。」

雲琴嬤嬤也朝我點頭道：「皇上、皇后這會子只怕已是傷心欲絕，淑妃又向來不理事，德主子您快過去吧，無論如何得要撐著。」

我頷首而應，呼上彩衣他們一同疾步出了寧壽宮，直奔東宮而去。

東宮裡亂哄哄一片，我直奔正殿而去，入得正殿，推開來來往往的奴才進暖閣。奴才們跪了一地，嗡嗡哭成一團。

皇后暈厥了幾次，這會兒正躺在偏殿內室，太醫伺候在跟前，皇上則面色沉痛，一言不發坐在旁邊，對屋子裡的人和事彷若未聞。

我重重地透了口氣，高聲道：「小玄子，將皇上送到偏殿歇著。南宮陽，還不快命人去備些安神湯來！」

南宮陽得令，忙吩咐人準備去了。我上前扶著皇上，他抬眼看到我，硬生生扯開嘴角，想給我個笑臉，卻比哭還難看。

我忍不住鼻子一酸，哽咽道：「皇上……」

他拍拍我的手，沙啞道：「言言……」

「皇上，先歇著吧，這裡有臣妾呢！」我心疼地看著一夕之間彷彿老了許多的他，眼睛微微發澀。

他沉重地點點頭，沙啞道：「小玄子，楊公公如今是不能理事了，你暫代內務府總管一職，協助德妃處理此事。」

「奴才遵旨！」小玄子跪了回道，又令一旁的小太監扶皇上歇息去。

待皇上離去，我神色一凜，低聲吩咐道：「小玄子，立即調人暗中圍了這兒和那邊，密切注意進出之人，另外迅速派人設置靈堂。小安子，帶東宮掌事太監宋公公來見我。」說罷帶著彩衣入了西暖閣。

宋公公雖悲痛萬分，可也甚是有禮，一入門便跪落行禮，「奴才見過德妃娘娘。」

「嗯。宋公公，今兒本宮單獨召見於你，是有些事想問問你。」我也不叫他起身，頓了頓又道：「太子養病期間，都是誰在跟前伺候著？」

「回娘娘，是老奴帶了下人們在跟前伺候著。」宋公公不亢不卑地回道。

「宋公公，你別在本宮面前打哈哈，本宮問的是誰在跟前伺候太子殿下的飲食起居？」我不由得提高了音調。

「奴才不敢！回德妃娘娘的話，太子殿下的飲食起居一向是老奴親自伺候，二十多年來不曾變過。」宋公公抬起頭來直視著我，高聲回道。

我目光炯炯盯著他，一字一句說道：「太子一出生，宋公公便是太子跟前的貼身太監，宋公公二十年如一日全心侍奉太子殿下，本宮十分清楚。可近大半年來，太子殿下的飲食起居眞的還是宋公公一人全權操辦，不曾假以他人之手麼？」

「這……」宋公公見我一副胸有成竹的樣子，不免有些底氣不足。

「宋公公。」我打斷他的話，續言道：「你看著太子長大，疼他、愛他、敬他、護他，本宮清楚。如今太子去了，你悲痛欲絕，爲保全太子殿下的名聲拚命想掩飾之事，本宮也清楚。可宋公公要知道，有此事，你想掩也掩不住，想擔你也擔不了！」

「娘娘……」宋公公聞言霎時白了臉色，大雪的天頭上冷汗涔涔。

我拿起案上彩衣方才送進來的御醫診斷結果扔給宋公公，疲憊地說：「你自個兒好好看看吧！」

宋公公用顫抖之手慢慢拾起地上的紙，上頭赫然書著：「慢性中毒而亡！」

「這、這怎麼會……」宋公公一臉難以置信之色。

「如果本宮未記錯，方才在殿中所見的宮女翠奴便是長春宮麗貴妃跟前的侍女吧？」我冷冷地說道：「虧你還是宮裡的長輩，本宮看你眞眞是老糊塗啦，連這點警覺都失了！」

「天啊！老奴有罪！」宋公公高聲慘呼，癱軟在地。

小安子忽地掀簾闖進，疾呼：「主子，不好了！宮女翠奴上吊自盡了。」

「什麼？」我和宋公公皆是大吃一驚，失聲低呼。

我又驚又怒，這翠奴是太子養病期間伺候太子飲食的貼身侍女，我本打算從她身上下手，如今她這麼一去，只怕要壞事了。

我霍地起身往外走去，到門口才又轉頭對癱軟在地的宋公公道：「宋公公，本宮言已至此，你自個兒善加斟酌，你若眞心疼愛太子殿下，就好生保重自己，爲太子殿下申冤報仇。」頓了一下，又道：「小安子，找小玄子調兩個人，仔細伺候著宋公公。」

入得正殿，奴才們正有序地忙碌著。我心亂如麻，見小玄子湊上前來，忙吩咐道：「小玄子，把東宮的奴才們都看好，可別再出事了，否則你我難逃干係啊！」

「是，娘娘！」小玄子答應著，轉頭吩咐旁邊的奴才前去辦了。

我立於正殿階上，看著已然偏西的冰冷夕照和望不到頭的雪白宮殿，心知如今已是箭在弦上不得不發。重重地透了口氣後，我沉聲道：「小玄子，帶上人，跟本宮走！」

疾步出了東宮，登上早已停在門口的軟轎，一行人直奔長春宮而去。

長春宮門輕掩，幾月未有人住便也荒涼下來。大紅的宮門已微微褪色，推門而入，宮中一片寂靜，了無生氣。

暗中圍住的奴才們早已查過，宮中無人。我領頭入了正殿，冷聲吩咐道：「來人啊！給本宮搜，仔細搜，一片瓦也別放過！」

「是，娘娘！」前來協助查辦的殿前侍衛應聲而動，入了各屋翻箱倒櫃，仔細查看。

不多時，已有一名侍衛雙手捧物，上前來稟：「啓稟德妃娘娘，奴才在暖閣小櫃的夾層中發現了這本書。」

我瞟了一眼那本書封上寫著「養生之道」的書，不以爲意地道：「一本破書，值得如此愼重麼？再給本宮仔細搜！」

「是，娘娘！」那侍衛應聲而退。

「等等。」小玄子叫住他，又轉頭向我說道：「娘娘，此書既是放於夾層之中，定然有些用處，否則也不會保存得如此隱祕。」

我略略沉吟，頷首道：「呈上吧！」

那侍衛忙又把書呈將上來，小安子上前接過轉呈於我。我拿了書，隨手翻了幾頁，微微一怔後細細察看，面色不由凝重起來。

待到看完之時，已然怔在當場，呢喃道：「眞眞是天下最毒婦人心！」

處理完雜事，天色早已暗下，各宮皆上了燈。

我緩步踏入靈堂之中，處處白花花一片，彷若屋外白雪皚皚的景象。靈堂正中擺著千年檀香木龍棺，兩邊掛著大幅輓聯，甚少露面的太子妃跪在靈前燒著倒頭紙。

皇上神情憔悴地呆坐一旁，見我進來，他強抑著悲痛上前低聲道：「你跟朕來！」

我緊隨其後入了偏殿，皇上沉聲問道：「德妃，你都查到了什麼？」

我心下一驚，開口輕喚：「皇上……」

皇上神情一肅，聲音中透出不自覺的威嚴，「難道你不打算跟朕說麼？」

我心下明瞭，今兒個我做的樁樁件件都已難逃他眼了，伸頭縮頭都是死，不如賭上這一把。

想到這兒，心裡反而平靜下來，我默然跪在地上，沉痛道：「皇上息怒！臣妾並非有意隱瞞，而是念及如今皇上的精神和龍體，臣妾實在不願……臣妾擔憂皇上的身子，怕您知曉實情會承受不住啊！」說著眼淚簌簌而下，痛心萬分。

皇上一愣，表情轉趨柔和，親自上前扶我起來同坐楠木椅上，低聲道：「言言，看朕都說了些什麼，朕眞是糊塗了。」

我柔聲道：「臣妾體會皇上的痛心，可臣妾一來便認出了太子跟前的侍女翠奴從前在長春宮裡伺候，這才起了疑心，於是單獨傳喚宋公公，想從他口裡問出些底細。不想那邊還沒問出個所以然來，這頭卻出了事，翠奴竟上吊自盡了。臣妾心知其中定有陰謀，便令小玄子帶人搜長春宮，不想果眞如臣妾所料，竟在暖閣中搜出了此物。」

我說著緩緩從袖中拿出那本《養生之道》，卻躊躇再三，遲遲不願遞過去。皇上輕拍我的肩膀，將書接了過去，「別怕，言言，朕挺得住！」

皇上翻開書細細看了起來，初時眉頭輕蹙，有些不明所以，漸漸地神色凝重，待看完時早已是悲憤難平，渾身顫抖。他緊捏著書頁的指節泛白，半天才迸出話來，「好歹毒的賤婦，朕念及舊情，未滅你九族，你卻死也不放過朕的皇兒！」

我滿目痛楚，擔憂地看著他，「皇上，龍體要緊，您得好生保重。」

皇上沒理會我，只朝門外高聲喚道：「小玄子，叫宋公公來見朕！」

宋公公一進門見皇上的表情，又見我在旁，心下已知皇上所爲何事，跪倒在地痛哭失聲：「皇上，老奴死罪啊，皇上！老奴辜負了皇上的信任，一時大意，害了太子殿下！」

皇上同樣紅了眼，沉痛道：「你確是死罪！朕把太子託付於你，你就是這樣回報朕的麼？那宮女究竟是怎麼回事，還不給朕細細道來？」

「皇上，老奴糊塗啊，老奴天天跟在太子身邊，竟不知他何時對長春宮那位娘娘存了那樣的心思。太子殿下病重，貴妃娘娘親送來養生湯，後來太子殿下便常常掛記著這養生湯，奴才命人厚著臉皮要了幾次，貴妃娘娘索性就送來了宮女翠奴每日爲太子殿下熬製養生湯。」

宋公公頓了一下，抽了口氣，又接著述道：「老奴也眞眞是老糊塗了，不中用了，竟不曉兩人暗通款曲，直到皇上那次陪德妃娘娘划舟在蘆葦叢裡撞見……那日之後太子殿下被幽禁，老奴才慢慢曉知此事。」

「你既已得知，卻爲何不將翠奴調開？」皇上冷聲追問道。

「老奴一知此事，次日便把翠奴調開了，可太子殿下非要喝那養生湯，甚至絕食。老奴無法，只好又將翠奴調回。」傷心過度的宋公公此時已是淚流滿面，喘吁吁地抽著氣。

「混帳東西，自尋死路，與人無尤！」皇上一聽宋公公說太子至死仍對麗貴妃念念不忘，忍不住岔道。

「宋公公，宋公公！」我驚恐地看著宋公公俯倒在地，喘著粗氣，口角竟有鮮血流出，氣息亦漸漸轉弱。

「你……」皇上愣在當場。

「太醫，小安子，快傳太醫！」我回過神來，朝門口高聲喊道，小安子忙掀簾進來。

「不用了，德妃娘娘。」宋公公輕聲喚住我，又轉頭看著皇上，喘著氣用盡全力說道：「皇上，老奴有罪，就罰老奴去黃泉路上繼續伺候太子殿下吧。」

宋公公的呼吸越來越弱，我心中一片茫然，閉眼輕輕透了口氣。小安子趨前探了宋公公鼻息，朝我搖搖頭。

皇上輕歎一聲，吩咐道：「命人好生安葬。」語罷舉步走了出去。

太子的葬禮有條不紊地進行著，可自那日以後，皇上再未踏足靈堂，鎮日獨待在御書房中，不然就在軍機處與重臣商議政事。

直至太子下葬前夕，皇上突然頒下聖旨，直指前賀臣相與已故麗貴妃祕密謀反被揭發，皇上顧及舊情准其卸甲歸田，不料兩人恩將仇報而毒害太子，念賀相有功於朝廷，著發配邊疆，沒收全部家產，永不得回皇城，將麗貴妃貶爲庶人，遺棺即刻遷出皇家陵園等等。

一石激起千層浪，朝中頻頻有人揭發賀相同黨，不消一月，權傾朝野的賀氏一黨便全軍覆沒了，一時皇城街頭巷尾皆在議論此事。父親進宮來看我，言語中不免因此有些洋洋得意，畢竟剷除賀氏一黨他功不可沒。

我萬分震驚，心中更是萬分害怕，寵愛了多年的女子他連眼都不眨一下便賜死，如今一句貶爲庶人便命人將其屍身拖出皇家陵園，棄屍荒野。

麗貴妃說得沒錯，宮裡的女人不過就是一顆顆的棋子，代表著一個個家族利益，爬得越高就會跌得越重。

如今我背後不過就是看似逐日茁壯的莫氏家族罷了，父親的日益強大讓我開始驚駭，若不想走上麗貴妃的老路，便得好好斟酌思量。

太后傷心過度身子虛弱，皇后悲痛萬分重病臥床，宮裡一時冷清許多，連著而至的新年宮中也沒了喜氣，在憂傷沉悶的氣氛中度過。

開了春，太后的身子慢慢調養回來，我本以爲皇后會就這樣去了，不想她竟也一天天好轉。

皇上因著她沒了太子痛心萬分，便時常去儲秀宮看她。她捉住這個機會，一步步將榮婕妤和宜貴嬪提攜上來，竟升了榮昭儀和宜婕妤，大有榮升爲妃之勢。

皇后病重時日，後宮權柄自是落在了我和淑妃之手，淑妃又是個沒甚主見之人，這後宮便是我說了算。如今皇后身子眼看著一天天康健，我們又不得不做做樣子，多少拿些事到她跟前詢問她的意思。

「皇后姐姐，不知妹妹上次所提開春修葺長春宮、落霞殿和梅雨殿等幾處宮殿之事，皇后姐姐以爲如何？」

其實此事我早稟過皇上，宮裡發生了這麼多事，想從宮外選些品德兼優的妹妹們進來沖沖喜，皇上已然同意，西寧楨宇那邊也暗中準備，選了些靠得住的官府千金。如今皇后問起，我便拿了此事搪塞於她。

「此事，本宮看就不必了吧！」皇后不冷不熱地說道：「這幾年連起戰事，國庫空虛，我們姐妹雖幫不了皇上什麼，可這宮裡的開支得能省則省才是！」

我心中冷笑一聲，面上不動聲色。

淑妃卻衝口而出：「皇后姐姐，此事我和德妃妹妹已然稟過皇上了，皇上亦已恩准。」

我心中暗歎一聲，這個淑妃還眞是成不了氣候啊，也不知她當初在我殿裡埋下那顆棋子是她自己的意思，還是他人之意哩。

「兩位妹妹想再選些妹妹進來沖沖喜，也熱鬧熱鬧，此是好事，姐姐亦極力贊成。」皇后接過話去，用毋庸置疑的語氣說道：「至於宮殿麼，我看就叫奴才們打掃乾淨便成了，不消再勞師動眾的重新修葺。趕明兒我與皇上說說，此事就這麼定了！」

我不動聲色地喝著茶，未多言。

淑妃也沒有說話，不過臉色就不怎麼好看了。

（待續，請繼續閱讀《棄女成凰（卷三）奪后之路》）

「晉江文學城」**新銳作家**｜眾人氣小說名家**不吝力薦**

楚妝唯美感人成名代表作

瀲。灩。江。山

那令人心頭忽而一窒隨即淚流的對白

那眞實得讓人觸手可及的人物

保．證．揪．心！！

原創小說名家不嫉妒推薦

熱播劇《美人心計》原著作家 **瞬間傾城**

恢弘唯美，動人心處，似一幅精謹細膩的工筆畫。

《夢回大清》超人氣暢銷作家 **金子**

有點欲說還休的滋味。眞正情由心出，筆隨情走。

水墨江湖新武俠流派創始人 **施定柔**

一場在江湖、沙場、宮廷中角逐廝殺的愛情輓歌。

【上冊】盼若雙燕長相守

楚妝◎著　定價 250 元

【下冊】誰道無情勝有情

楚妝◎著　定價 250 元

陶花，身懷神射絕技——武冠天下的桃花箭，不僅奪人魂魄，更奪天下好男兒的心！

從契丹草原到秦淮水鄉，江山如此多嬌，都不比這「新版花木蘭」陶花笑靨動人攝魂。

契丹太子與她青梅竹馬，即使分隔千里，仍難忘兩小無猜情誼！

美如「蘭陵王」的周國名將秦文，閱女無數，卻被神射女神在燕子河畔所傷，連心也不保。

視陶花為生命珍寶的少年天子趙恆岳，誓言到八十歲也不放棄擄獲她。

到底，誰能成為她生命中比翼雙飛的另一隻燕子呢？

國家圖書館出版品預行編目資料

棄女成凰（卷二）一手遮天攻心計／木子西著；——
初版. ——臺中市：好讀, 2013.7

面：　公分，——（真小說；31）（木子西作品集；2）

ISBN 978-986-178-277-5（平裝）

857.7　　102005099

好讀出版

真小說 31

棄女成凰（卷二）一手遮天攻心計

作　者／木子西
總 編 輯／鄧茵茵
文字編輯／林碧瑩
美術編輯／鄭年亨
行銷企畫／陳昶文
發 行 所／好讀出版有限公司
台中市 407 西屯區何厝里 19 鄰大有街 13 號
TEL:04-23157795　FAX:04-23144188
http://howdo.morningstar.com.tw
（如對本書編輯或內容有意見，請來電或上網告訴我們）
法律顧問／甘龍強律師
承製／知己圖書股份有限公司　TEL:04-23581803

總經銷／知己圖書股份有限公司
http://www.morningstar.com.tw
e-mail:service@morningstar.com.tw
郵政劃撥：15060393 知己圖書股份有限公司
台北公司：106 台北市大安區辛亥路一段 30 號 9 樓
TEL:02-23672044　FAX:02-23635741
台中公司：台中市 407 工業區 30 路 1 號
TEL:04-23595820　FAX:04-23597123

初版／西元 2013 年 7 月 1 日
定價／220 元
如有破損或裝訂錯誤，請寄回知己圖書台中公司更換

Published by How-Do Publishing Co., Ltd.
2013 Printed in Taiwan

ISBN 978-986-178-277-5

情感小說 · 專屬讀者回函

書名：棄女成凰（卷二）一手遮天攻心計

姓名：________________ 性別：□男 □女 生日：______年______月_____日

教育程度：________________________

職業：□學生 □教師 □一般職員 □企業主管

□家庭主婦 □自由業 □醫護 □軍警 □其他________________________

電子郵件信箱（e-mail）：______________________ 電話：__________________

聯絡地址：□□□ ____

您怎麼發現這本書的？

□書店 □___________ 網路書店 □朋友推薦 □___________ 網站／網友推薦

□其他____

買這本書的原因是

□內容題材深得我心 □價格便宜 □封面與內頁設計很優 □其他__________

您閱讀此本小說的原因：□喜愛作者 □喜歡情感小說 □值得收藏 □想收繁體版

□其他____

您喜歡閱讀情感小說的原因

□打發時間 □滿足想像 □欣賞作者文采 □抒解心情 □其他________________

您不喜歡哪類情感小說的情節設定

□人人都愛女主角 □女主角萬能 □劇情太俗套 □太狗血 □虐戀 □黑幫

□其他____

最無法忍受的主角人物關係

□父女 □師生 □兄妹 □姊弟戀 □人獸 □ BL □其他____________________

您最常接觸情感小說的方式

□購買實體書 □租書店 □在實體書店閱讀 □圖書館借閱 □在______________

網站瀏覽 □其他____

您喜歡的情感小說種類（可複選）

□宮廷 □武俠 □架空 □歷史 □奇幻 □種田 □校園 □都會 □穿越 □修仙

□台灣言情 □其他____

推薦你喜歡的情感小說作者或作品（多多益善喔）

____

您這對本書還有其他想法嗎？請通通告訴我們：

____

請填妥後對折黏貼，直接投郵即可，無須貼郵票。

廣告回函
台灣中區郵政管理局
登記證第 3877 號
免貼郵票

好讀出版有限公司　編輯部收

407 台中市西屯區何厝里大有街 13 號

電話：04-23157795-6　傳眞：04-23144188

沿虛線對折

購買好讀出版書籍的方法：

一、先請你上晨星網路書店http://www.morningstar.com.tw檢索書目或直接在網上購買

二、以郵政劃撥購書：帳號15060393 戶名：知己圖書股份有限公司並在通信欄中註明你想買的書名與數量

三、大量訂購者可直接以客服專線洽詢，有專人爲您服務：客服專線：04-23595819轉230 傳眞：04-23597123

四、客服信箱：service@morningstar.com.tw